总第十一辑

新诗评论

2010年 第1辑

NEW POETRY REVIEW

北京大学出版社
PEKING UNIVERSITY PRESS

图书在版编目(CIP)数据

新诗评论. 2010年第1辑(总第十一辑)/北京大学中国新诗研究所编. —北京:北京大学出版社,2010.3
ISBN 978-7-301-17000-7

I. 新… Ⅱ.北… Ⅲ.新诗-文学评论-中国 Ⅳ.I207.25

中国版本图书馆CIP数据核字(2010)第032201号

书　　名:**《新诗评论》**2010年第1辑(总第十一辑)
主　　编:谢　冕　孙玉石　洪子诚
本辑编辑:吴晓东
责任编辑:张雅秋
标准书号:ISBN 978-7-301-17000-7/I·2210
出版发行:北京大学出版社
地　　址:北京市海淀区成府路205号　100871
网　　址:http://www.pup.cn　　电子邮箱:pkuwsz@yahoo.com.cn
电　　话:邮购部62752015　发行部62750672　出版部62754962
编辑部62752022
印 刷 者:北京山润国际印务有限公司
经 销 者:新华书店
650mm×980mm　16开本　16.25印张　234千字
2010年3月第1版　2010年3月第1次印刷
定　　价:30.00元

目　录

诗歌课堂

访　谈

观察与言论

巴枯宁的手

一

多年来，有首短诗，一直放在我心上，还时不时拿出来温习。这就是诗人肖开愚的《下雨——纪念克鲁泡特金》，它写于上世纪 90 年代初：

这是五月，雨丝间夹着雷声，
我从楼廊俯望苏州河，
码头工人慢吞吞地卸煤
而碳黑的河水疾流着。

一艘空船拉响汽笛，
像虚弱的产妇晃了几下，
驶进几棵杨槐的浓荫里；
雨下着，雷声响着。

另一艘运煤船靠拢码头，
“接住”，船员扔船缆上岸，
接着又喊道：“上来！”
随后他跳进船舱，大概抽烟吧。

轻微的雷声消失后，
闪出一道灰白的闪电，
这时，我希望能够用巴枯宁的手
加入他们去搬运湿漉漉的煤炭，

倒不是因为闪电昏暗的光线改变了
雨中男子汉们的脸膛，

他们可以将灌满了他们全身的烧酒
赠送给我

但是雨下大后一会
停住了,他们好像没有察觉。
我昔日冒死旅行就是为了今天吗?
从雨雾中捕获勇气。

第一次读到这首诗,我就被深深吸引,觉得其中有种说不出的力量,让人欲罢不能。这力量是什么,我也曾试图解释,但一直没有满意的答案。表面看,它是一首标准的90年代诗歌,具有清晰的叙事特征,这种特征后来被追认为那个时代基本的诗歌风尚。在诗的开端,诗人漫不经心地勾勒出了一个具体的时空:那是在上海,苏州河畔,五月里一个阴沉的雨天,有人在劳动,有人在旁观。

写作此诗的时候,诗人正在上海,住处是华东政法大学的教工宿舍,他的妻子毕业于那所学校并留校任教。政法大学毗邻著名的苏州河,从诗人所住的二层木楼的二楼楼廊望下去,河上的一切大约可以尽收眼底,而这一切大约也十分平凡,并无多少奥秘。但为什么诗人要将这首日常叙事的诗歌献给克鲁泡特金呢?诗中陡然闪现的"巴枯宁的手"一语,更是强化了我的疑问。当然,只要粗通历史就会知道,克鲁泡特金与巴枯宁的名字,代表了久违的无政府主义传统,它曾对中国现代知识分子影响颇深(据讹传,作家巴金的名字就是取自两人名字的首尾。这只是一种讹传)。然而,在污浊的苏州河畔,在一个瞬间的空想中,两位无政府主义大师的出场,或者用诗人的话来说,他们的"加入",究竟又意味着什么?我隐隐地感到,这不仅关乎一首诗的解读,而且可能还是一个契机,能将相关的思考凝聚。

几年前,我曾试着从细读的角度,对这首诗做过一些分析。比如,我关注了诗歌节奏、情绪的变化,前三节平缓,第四节突变:先是"一道灰白的闪电"撕破雨丝的网罗,既而"巴枯宁的手"一语,带来一种超现实的、乖戾的揭示力。诗人像个熟练的拳手,在一瞬间凶狠地打出了组合拳。此外,我还注意到了词语之间潜藏的隐喻性,像"巴枯宁"这三个字，在汉语中别有一种枯瘦与狰狞之感，这恰好与“闪电”、“手”的形象形成一种语义的共振。这样的“细读”或许不差，甚至可能说到了点子上，但我自己并不满意，因为单纯着眼于修辞的枝节，并不能解释内心感受到的古怪力量。要抓住这首诗，进而能够真正“加入”它，我知道应该要做的，是首先将它从它自身中解放出来。

二

开愚自己有个说法：当代诗与现代诗不同。二者究竟如何不同，在不同的场合，我也听过他的表达，但始终没有很完整的把握。但这首诗我敢断定，一定属于他所谓的当代诗，而不是那已被美学化、经典化了的“现代诗”。当然，两个范畴之间并非没有连续性，从此诗潜在的模式上，就可看出这一点。刚才说了，它是站在华东政法大学的楼廊上写就的，河水虽然不洁，卸煤的劳动也不够壮丽，但毕竟可以算一道风景，一道当代风景。“我在楼上看风景”，这样的“看风景”视角，让人本能地联想起卞之琳的名作《断章》：“我在桥上看风景/看风景人在楼上看我/明月装饰了我的窗子/我也装饰了别人的梦。”

作为现代诗的精品，《断章》短短四行，化绝对为相对。问世以来，相关的解读很多很多，其中不乏洋洋万言的长文，细致阐述其中镜花水月的幻美悲情。在泛滥的读解中，有一种我觉得相当别致，那就是将这首短章（断章）意识形态化，认为风景之中无奈的观看，其实是卞之琳这样的自由主义知识分子，在历史面前一种疏离的态度的表现。换句话说，抽象的桥并没有架在虚空里，它不过是一群人唯一可能的历史位置。这样的解读显然要刻意升华，但至少将《断章》解放了，风景里有了烦琐的历史和人事。现代诗的趣味化、情调化，正配合了它的经典化，普通读者期待普遍人性，好在阅读中安放日常的失意感、挫败感，他们喜欢那些感受空阔但又能轻易转化为经验的诗歌。但现代诗的起点恰恰与此不符，它要求的是在瞬间的紧张中提取新的激情，将失意或挫败转化为醒觉的可能，回到经验的目的恰恰是为了粉碎它、重建它。在这个意义上，“当代诗”距“现代诗”可能并不遥远，立异求变，或者只为了恢复那个曾有的起点。

回到上面的解读：卞之琳的群体，说小一点，是30年代活跃于北京的一小撮现代派的诗人；说大一点，其实是自由主义的京派知识分子。这个群体出自后人的追溯，内部的差异也大过了共性，但在特定的位置上，他们确实不得不分享了某些态度，其中就包括对所谓“风景”的偏爱。当年，在给诗人徐玉诺的散文诗《寻路的人》中，周作人曾解释了这种好尚的由来：

> 我曾在西四牌楼看见一辆汽车载了一个强盗往天桥去处决，我心里想，这太残酷了，为什么不照例用敞车送的呢？为什么不使他缓缓地看沿路的景色，听人家的谈论，走过应走的路程，再到应到的地点，却一阵风的把他送走了呢？这真是太残酷了。
>
> 我们谁不坐在敞车上走着呢？有的以为是往天国去，正在歌笑；有的以为是下地狱去，正在悲哭；有的醉了，睡了。我们——只想缓缓的走着，看沿路景色，听人家谈论，尽量的享受这些应得的苦和乐；至于路线如何，或是由西四牌楼往南，或是由东单牌楼往北，那有什么关系？

这长长的一段，传达的不仅是一种虚无的人生观、美学观，也包含了对现代历史的特定忧惧感。历史不仅充满一种暴力，而且从本质上也无法信任，既然任何选择都属虚妄，在这个时候，智慧的、人道的心灵只能无奈地敞开，在自然性的伦理安宁中，享受刹那的永恒。这似乎是一种典型的现代主义美学，自波德莱尔以降，高调的现代主义将“刹那”提升到了原则的高度，而在现代中国，这种美学似乎也不乏回响，朱自清在20年代就写作长诗《毁灭》，盘根错节地阐发他的所谓“刹那主义”。但和周作人的历史忧惧感一样，当年中国作家的颓废或虚无，与波德莱尔们的城市经验并无太多关联，它们更多是内发于中国的社会政治生活之中，在普遍的现代主义脉络中其实很难得到说明。

这似乎有点扯远了，还是说京派。从上面一段话里，可以搜寻出周作人后来思想的线索，而京派的圈子也被这种情绪大致笼罩，卞之琳、朱光潜、沈从文、何其芳、冯至等一干人的文学，都多少与此牵连。既然，血雨腥风的历史难以参与，但又不想沉沦于其中，只好先将一切看做风景，然后再作打算。由此可见，《断章》中对时空相对的把玩，出于佛家的理路，玄妙无限，但最终还是落进了现代人的处境。有西方学人将 30 年代京派的文学立场，比喻为“倾斜的塔”。“我在楼上看风景”，“塔”在我们便宜的傻瓜相机里，其实也就是“楼”而已。当然，“看”的偏好，或者说“看”的诗学，有相当的弹性。在朱光潜那里，它演化成两种基本历史态度的对立：演戏与看戏。前者，指的是政治人物与历史的肉搏；后者则属于审美的、知识的静观，不远不近的“非利害关系”座位，对于学院里头脑发达、心思敏锐的教授们非常适合。在卞之琳的眼中，风景既是骨肉丰满的西洋油画，又是一些轻描淡写的中国线条。人生在世，感官经验会扑面而至，像巨大的蜂群让人难以招架，诗人的想象则是捕获形式的容器，让风穿过、水穿过、鱼和鸟穿过，剩下的则是空灵的心智，而大小、远近、古今、你我之类的诡辩只是一种容纳并淘洗的技巧，这解释了为什么像元宝盒、白螺壳一类容器形象，一时间遍布了卞之琳的诗歌。如果说这种将历史不断玄学化、抽象化的做法，来源于象征主义的“结晶”立场，那么深受德国浪漫主义影响的冯至，对于这个问题的处理则更为优雅，诗歌的容器先是被比喻成为泛滥的流水赋形的“水瓶”，既而变形为一面旗帜，以飘动变化的自己来把握那些把握不到的事体。变化中有持久，有形中蕴无形，歌德的古典主义结合了中国的通变观。无论怎样，在芜杂流变的历史当中，诗歌的想象作为一种造型与抽象的能力，总是能脱颖而出，又将一切作为“风景”容纳。诗人的身份也从先知、情种、斗士或莽汉，一次次校正为智者。他在忍耐与观察中可以进行超越性的思考，获取内省的存在深度，通过心智的成熟，来消化、对抗外部世界。中国现代诗可能的道路，也就此告一段落。

三

与《断章》相比，《下雨》当然不再是现代诗，即便是再业余的批评家，也至于将其情调化、玄学化。“看风景的人”与“风景中的人”，都有了确定的社会属性：一个是脱离乡土、被抛入全球化航路的当代诗人，一群是懒散劳动兼寂寞休闲的工人，风景也被明确落实在90年代污浊的苏州河畔。关键是，看风景的人此刻渴望“加入”了，他们湿漉漉的劳动里也没有精致的相对性。

进入90年代之后，当历史的巨兽贸然闯入，不仅是这首短诗，整个90年代诗歌都试图走出现代诗的风景，后来被广泛命名又备受争议的诗歌转型，也就发生于其中。许多充满活力的当代诗人，刚刚从80年代拥挤、热闹的“诗歌菜市场”中挤出身来，或者如开愚一样，经历昔日“冒死的旅行”，抵达了写作和人生新的站台。相比于80年代，这些诗人都有了一定的阅历和年轮，他们中有的发了横财，有的彻底消失于人海，有的则更有名气、更博学了，而且学会了反思的技术，能够口若悬河地解说自我与未来。但无论怎样，这个先锋的群体终于一劳永逸地被市场时代边缘化了，许许多多原本可资依赖的东西，都瞬时成了“岁月的遗照”：启蒙者的角色刚刚遭遇挫折，逐渐兴起的大众趣味还没赢得广泛尊重，左翼的激进态度因历史的缘故，正被普遍地不信任并严重地遗忘。唯一可能的方式，只有不反抗、不顺从、不诅咒、不讨好也不放弃了。这需要一种外交式的分寸感，介入但不承担责任，“见证”但不需要“作证”。我们都是在场的局外人，不光诗人如此，一整代人文知识分子都被迫或自愿地回到看台上。

在保持独立性前提下对历史审慎地开放，这种自由主义的态度在一段时间内，有很大的说服力，因为在某种意义上，它也是唯一可能的态度。如果伴随足够的伦理紧张，这样的态度确实不失风度，在所谓“关怀的神话”与“自由的神话”、“见证的迫切性”与“愉悦的迫切性”之间维持一种活力和平衡。但问题是，这样的态度也容易变成漂亮的“平衡木”体操，在伦理上，它可能发展为犬儒主义，在美学上，它的底牌则是享乐主义，两重主义的叠加使“虚无”也变得肉感。于是，这一时期的写作变得丰厚、深邃又迷人。当然，90年代的自由主义与当年京派的自由主义，已经有了很大不同，诗人们已没有那么多的书生气和娘娘腔，他们接受了时代的教训，更多容纳了现实的不洁与混乱，增强了对差异和变化的敏感。然而在骨子里，“看风景”的诗学，虽然经过了后现代语言观的洗礼，但并不等于说它就终了了，接纳现实的目的，不过是将其转换为一套可自由组织的符号，诗人张枣就敏锐地将当代诗歌的走向比喻成了“朝向语言风景的旅行”。十字街头的“塔”或“楼”自然不足为据，这些空间过于封闭、局促了，诗人们于是纷纷外出，或者置身于咖啡馆、广场、火车站等公共场所，或者搭乘火车、汽车、飞机，或者干脆骑车、徒步，像回收垃圾那样，将当代生活大面积扫描到诗中。不过，这一切终归服务于骄傲的心智展开，最终是为了将个体从历史中赎回，赎回他不可化约的经验，赎回他不能与人雷同的语言。这些可燃垃圾也源源不断地，为90年代的语言活塞提供了崭新的能量。历史的“风景化”意味着对现实利害关系的超越，“历史的个人化”则意味着甩脱历史担当后的轻逸，二者虽然不同，但仍可以看出大致相似的取向。

《下雨》似乎也属于这个类型，诗中的只言片语暗示了某次旅行，在楼上俯望的位置，也显示了“我”与“他们”、“我”与历史实践之间不可消除的距离，显示了诗歌可能的社会位置。但这首诗古怪的力量在于，它在属于的同时又包含了对上述类型的抵拒：“我”不仅是一个观望者，而且也想“加入”其中，灰白闪电之中一只手的形象，使得“加入”的动作也切实可感了，外在的历史不能仅仅看做是被语言轻易消化的风景，它像一种阴沉沉的实在，就搁在那里，有它的节奏和时间，显示出一种自足，排斥着“我”妄想中的参与。与此不一定必然相关的是，在那几年间冒出的90年代诗歌的各种自我表述中，开愚的声音也显得有几分异样。他著名的《九十年代诗歌：抱负、特征和资料》一文，现在已是90年代诗歌神话建立的一篇重要文献，其中他也提到自己在1989年时对“中年写作”的发明。作为90年代诗歌的子概念之一，“中年写作”和“中年气质”的说法影响不小，后来也颇受诟病。但在开愚的表述中，所谓“中年写作”既有针对以往青春写作不成熟、放纵的一面，希望以成人的智商和经验来校正，但它同时还指向了一种成人的担当意识、责任意识。换用韦伯的表述，“责任伦理”与“意图伦理”在他那里是兼重的，正是诗人一厢情愿的道德感，而非秋风迟暮之中的沧桑世故之感，构成了他笔下“中年写作”的核心。对于现代艺术而言，从辩护中发展出来的傲慢哲学，倾向于对具体伦理问题的抱不置可否的态度。可以说，这是某种更高级的文艺伦理的起点，但开愚的看法与此有些不同。

当然，对社会伦理虚张声势的承担，可能会使诗歌写作变得笨重、粗俗而又狡狯。还好，诗人内在的责任意识与媒体世界里的维权意识并不是一回事。《下雨》中，对“劳动”的想象性参与，似乎有些许的暗示，但一切只是隐含着，伸出的手与其说是现实性的，不如说是概念性的、思辨性的，诗行最终还是落回内心挣扎的自我戏剧。楼上的眺望与想象的加入，似乎又重复了在张力中把玩“平衡”的文化体操。然而，正像远处的奇异布景和两个突然冒出的陌生人，“克鲁泡特金”与“巴枯宁”的出现，决定了这出内心的戏剧已发生在不同的框架之中。

四

2008 年夏天，在青海西宁的一个路边摊上，我和开愚等几人喝酒谈天。我借机向他提问，《下雨》中的“克鲁泡特金”和“巴枯宁”，到底有无具体的含义。他的回答让我略略吃惊。

本以为，请出两位大师的名号，只是出于诗人的任性。剥去特定语境和所指，在诗中随意拼贴掺杂一些固有的历史表述，是当代诗一种常见的技巧。由此，历史便可碎片化、波普化，转化成为创造力吞噬的饵料。“克鲁泡特金”与“巴枯宁”这两个名字，由于连接了遥远的无政府主义记忆，正好可以为楼廊上的眺望提供一种阴郁的背景。将历史消化为一种特定的风格，是 90 年代诗歌的一大特征，这恰恰又是博学的犬儒主义最迷人的地方。但开愚却说，所谓“纪念克鲁泡特金”，是一件有根有据的事。在 80 年代初或者更早，他的确一度热衷于阅读无政府主义的著作。因为一个偶然机会，他曾闯入家乡的县图书馆，在里面得到过这方面的书籍。为了印证这段记忆，他还提到了一些具体的书目，比如巴枯宁的《面包与自由》等。除此之外，他似乎还谈到了《下雨》另外的背景：他根据“上海无政府主义、社会主义和工人运动方面的史料”，去找过无政府主义者当年在上海的活动据点。他对他们曾展开工人运动的地方不一定有上海诗人熟悉，但他带着外地人的多重好奇将某种假设的处境关联了进去。因而，在一个雨天里，几种记忆和经验耦合了,于是便有了这首诗。

开愚所说的无政府主义者的据点,具体在哪里,或者是否存在,我无意去做专门的考证。苏州河的两岸,遍布了半殖民地时代和社会主义时代诸多工商业的遗迹,历史上诸多工人运动也确实一次次从这里燃起。至于他到底阅读过哪些无政府主义的书籍,对我来说,其实也并不重要。重要的是,知识、记忆和具体的时空场景,在这里有了一种新的关联感,这让我意识到《下雨》中的"看",或许并不发生于卞之琳的现代诗传统,反倒是贴近了20世纪中国文学另外一种传统。上世纪30年代,社会剖析派文学的代表作家茅盾,在他的"1930年代的ROMANCE"《子夜》的开头,也如此眺望过苏州河的风景:

> 苏州河的浊水幻成了金绿色,轻轻地,悄悄地,向西流去。黄浦的夕潮不知怎的已经涨上了,现在沿这苏州河两岸的各色船只都浮得高高地,舱面比码头还高了约莫半尺。风吹来外滩公园里的音乐,却只有那炒豆似的铜鼓声最分明,也最叫人兴奋。暮霭挟着薄雾笼罩了外白渡桥的高耸的钢架,电车驶过时,这钢架下横空架挂的电车线时时爆发出几朵碧绿的火花。从桥上向东望,可以看见浦东的洋栈像巨大的怪兽,蹲在暝色中,闪着千百只小眼睛似的灯火。向西望,叫人猛一惊的,是高高地装在一所洋房顶上而且异常庞大的霓虹电管广告,射出火一样的赤光和青燐似的绿焰:Light,Heat,Power!

在这段文字中,小说家隐含的"看"的位置,自然与诗人不同。他"看"到的是苏州河与黄浦江的交汇处。在那里,一个畸形都市的现代景观,更为集中地展现出来。而且,小说家站得显然更高,看得也更远,他发展出一种末世论的纵深视野。在这种视野中,30年代疯狂投机、买空卖空的上海,处于资本与欲望的旋涡之中的上海、各种矛盾交错激化、革命潜能热烈奔突的上海,被想象成一个某种"利维坦"式的巨大存在。它"蹲在暝色中",释放出电光与火焰,正等待着作家举起思辨的文字长矛,冲入它的内部,挑破暮霭中隐秘的历史逻辑。作为写作当代诗的诗人,开愚是站在自家的楼廊上的,那种提供纵深视野的至高位置不可能再有，他看到的风景也只是日常生活的局部。同时，人、风景与历史，也都封闭于自身，排斥着任何史诗性阐释的可能。即便如此，至少有一点开愚是与茅盾相同：风景里仍然充满了政治，蕴涵了一个时代可以称之为奥秘的东西。“看”的过程不是为了无利害地静观，从而再次确认自身智力与情感的完满，“看”的过程实际上也是一种搏斗和角力的过程。它要求破除纳喀索斯式的封闭自我，要求一只挣扎着伸出去的手。

茅盾不仅伸出了手，而且他相信自己抓住了历史的枢纽，这源于他对一整套唯物主义世界观和认识方法的信任。在后社会主义时代，上述观念和方法虽然还在政治教科书中保持它的一贯性，但在人们心中早已失去了历史的解释力和说服力。开愚“看”的位置，以及想要伸出的手，显然借助了另外的传统，而这一传统似乎更早就已退出了历史。上面已提到，“克鲁泡特金”与“巴枯宁”代表的无政府主义思潮对中国知识分子一度影响很深。从晚清到五四，它的影响力可以说是覆盖性的，不仅为皇权秩序的颠覆提供了理论基础，也开启了社会改造、伦理改造以至个体改造的具体门径，新村主义、工读主义、泛劳动主义等等，都呈现于无政府的背景中，中国早期的思想领袖和革命领袖，如蔡元培、李大钊、陈独秀、毛泽东、恽代英、施存统、周作人等，也无不曾沾染无政府主义的色彩。诚然，当马克思主义经济决定论显示了更明快的说服力，当列宁主义提供了切实有效的先锋政党方案，无政府主义在一系列论战中，逐渐失去了历史的可能性，成为一段被“克服”的历史，但它的一些基本理念，如对乡村共同体的关注，对知识与劳动结合的强调，对社会互助与合作的重视，对权力合理化的反对等等，仍融入了20世纪中国的历史进程中，并构成一种历史内在的批判性力量。

在《下雨》中，诗人暴露了自己对这段被“克服”的历史的偏爱，但在相关的文章中，他似乎没有正面谈过无政府的理念，他表露出的政治思考和社会理想，好像更多儒家的成分。在《回避》中，他曾这样道白：

> 我年少时身上疯狂着一个慈悲的万能皇帝，“他”后来降级为官僚。帮助我国诗人成熟性格和风貌的唯一位置是官僚位置，承担职权的位置，儒家传统挥之不去；不是皇帝和人民（人民是皇帝

的嘴脸），不是无所顾忌的超专业知识分子（我国的超专业知识分子如同官僚，斟酌实用价值），只是斡旋实效的官僚。

官师合一的政教系统瓦解后，儒家的基本命题之一，也就是如何形成一种社会性的伦理关联，个体的修养不是凌空地化鹤与成圣，而是朝向了人伦日用之间。这种理念依托于关系的、人伦的社会基础，与现代民族国家框架下孤独的自由主义有根本的不同。据说，诗人年轻时作为本地知识分子和上进青年，在仕途上曾颇有一番前景，但后来考虑到自己既无背景又无团伙，单打独斗，恐无太多机会，所以后来专心于文学生涯了。尽管如此，一个地方的官员（官僚）位置曾是唾手可及的，这段经历也潜移默化成为其日后观察、思考的视角。

在上面的表述中，诗人的理想区分于两极化的政治模式：一边是精英的政党和专业知识分子，一边是可以通过口号与传媒操纵的芸芸众生。他的理想不仅是反集权的，也是反抽象的形式民主和普遍性，他的自由主义是被传统经验过滤过的，他似乎更看中某种地方性中生发出的政治可能。在这一点，他的位置或许与无政府主义立场为邻。因为，在无政府主义者看来，“从下而上”的自发性合作，是社会改造的前提，拒绝“从上而下”的组织或灌输，这也需要一个斡旋的中间层。对此，柯尔曾有如下的描述：

> （他们所追求的）是一种建立在自然合作基础上的社会。这样，社会才会鼓舞而不会压制人要求“互助”的自然倾向。……他们希望用自由联合的方法取代从上而下地组成的国家来达到这个目的；通过这种自由联合，地方性的或者职能性的小单位就会为采取共同行动而团结耆老。

一般说来，地方出身的诗人，讨论“洋气”和“土气”，往往敏感于城乡、南北、中西之间的差距，从而为自己的出身辩护。在开愚这里，所谓地方性有另外的所指，那不是方言、民俗、怪癖组成的奇观特征，也不是对普遍中央集权的反感，而是在抽象的人际关系和观念统摄之外，一种对于有限的公共生活的兴趣，一种对于与他人休戚与共的生活的可能性的思考，一种可以共同执守的信用价值的发明。这种思考方式偏离于文学的现代主义与政治的现代主义，儒家的遗风融进了革命时代的互助理想。在这个意义上，古代的官僚兼诗人，不是风流雅趣的典范，而是代表了那种能将文学生活与人事关联、社会实践打成一片的传统，洋气的无政府观念与土气的小官僚理想，上海的工业记忆与县城里的旧事秘闻，就这样可以在他的诗中如雨中的幻影一样相互转化了。

五

作为“改革开放”的历史产物之一，当代诗是随着“改革开放”的深化而被边缘化的，但换一个角度，它又是这段历史的受益者。最初，作为“抗议文化”出现的写作，天然具有意识形态的合理性，为了寻找自己的身世，为了使这个身世更具英雄色彩同时更洋气，诗人和批评家们也一直在努力，不断追溯起当代诗可能的资源。从30—40年代现代诗有限的努力，到“文革”时期“地下的写作”，到黄皮书代表的阅读特权，再到一连串西方大师的名录：普希金、叶赛宁、卡夫卡、帕斯捷尔纳克、艾略特、庞德、史蒂文斯、奥登，溯源而上甚至到歌德、荷马。这个想象的“谱系”当然不限于文学，哲学的、宗教的、美学的，前现代的与后现代的，自80年代开始，诗人们吞咽着各种稀奇古怪的知识和传统，以形成自己秘密的营养系统。从效果上看，这种广泛的涉猎以及对伟大“谱系”的发明，的确使当代诗在具有历史合理性的同时，又具有了美学的正确性。

然而，主动追忆也就是一种主动的遗忘。上述知识从总体上看，或许构成了一种“告别”的知识，与20世纪中国社会主义的历史告别，与革命时代的思维方式和感受方式告别。在整个社会喜气洋洋的转型中，这种告别显得激情饱满又耐人寻味。诗人欧阳江河的名作《傍晚穿过广场》，将这一“告别式”演绎得最为精彩：被告别的“广场”（历史）布满了集权主义的梦魇，它是英雄站起和躺倒的地方，而“我”最终穿过了它，作为幸存者和见证者，最终只能以“内心的影子广场”对抗新时代的喧嚣。所谓告别式也就是一种成人式，目的是从历史中拯救出个体，获得一种与现实保持反思性张力的自我存在。这首诗在阅读中引起的普遍震动，除了激情、诗艺、思辨的完美结合外，也因为它恰好说出了多数人对历史变化的可能理解。

在告别之后，这个自觉成年的诗歌主体，虽然还带着苦闷的面具，但沉浸于“影子的广场”中，这感觉其实还不错。渐渐地，语言的自信滋生出了自满，在各种朗诵会与酒会上，都能见到他的身影，他的名字也出现在选本和课堂上，他的“告别式”与“成人式”甚至被写进了文学史里，成为稳定常识的一部分。政权的合法性依赖经济的稳定增长，各种流行的批判哲学和娱乐哲学，又乐于拆除各种各样的关联和纽带。渐渐地，他的傲慢与孤僻被推崇风格多样性的时代容忍以至欣赏，他与周遭一切的反思性关联，也因日久年深而逐渐失去了弹性。除了一如既往地怨怒于读者的平庸外，诗人的自由主义没了真实的对手，他靠惯性在语言的可能性中滑翔，无意间错过了对世界做出真正严肃的判断和解释。

在这种氛围中，《下雨》在我阅读中引起的震动，或许与某种“不告别”的状态相关。一方面，诗人的“看”发生于现代诗歌无奈的历史位置之上；另一方面，它又似乎保有了社会主义时代甚至前社会主义时代文字生活的政治性。这种“不告别”多少有点怀旧色彩，但绝不是感伤兮兮的，而是暴露了某种挥之不去的记忆的在场，它不仅在场，而且仍潜在地支配了自我的意识。巴枯宁与克鲁泡特金这两个名字的前后对峙，就像一柄铁钳，紧紧地夹住了这首诗，也强化了意识深处的结构：不是从他人那里赎回自我（当代诗歌的基本主题之一），而恰恰是在一种“加入”意识中获得自我更生的勇气。在这个意义上，“不告别”恰恰不是怀旧的，而是指向了一种挣脱当下的可能，一种重建主体的可能，无政府主义的记忆提供了这种结构，它唤醒了诗歌语言内部沉睡的政治性。正如接通了密布于历史深处的电网，这首短诗一下子从它的90年代里挣脱出来，一气呵成，迂回盘曲，又张力弥漫。

有关诗歌政治性的讨论，并不是一个新的话题。包括开愚在内，不少当代诗人早就强调中国历史、政治作为诗歌资源的重要性，像一笔封存的财产未免可惜，如果它不被想象力兑现。但诗歌的政治性，不单是一个题材的问题，不单是读什么样的书，采取什么样的风格，援引什么样典故的问题(与小说、电影等方式相比,无论诗人有怎样的史诗性抱负,诗歌都毕竟只是一种“轻”的文体,这限制了它处理当代生活的能力,但这也给了诗歌以另外的机会),或许更为重要的,是怎样看待诗歌的位置,怎样重构它的社会场域,怎样置身于现代中国的历史当中思考语言的可能性,怎样在“成人”的仪式之后仍保持主体真实“触着”的问题。即便如《下雨》这首短诗,虽然包含了某种介入(加入)的意图,但它终究不是一首鼓吹社会互助的诗歌,而是仍发生于“现代—当代”文艺对个体意识高度关注的线索之中,它所唤起的政治性也不可能直接兑换成行动。

克服现代社会的分化,恢复文本与行动、知识与实践之间的关联,曾是上世纪诸多革命文化和先锋艺术的伟大构想。这种构想不仅体现在激进的口号之中,还依托于一系列具体的社会运动和政党政治,而达成的前提,则是某种实践性主体的重塑。茅盾在《子夜》的开头,之所以能够为苏州河两岸提供一种纵深的视野,不仅与他掌握的社会理论相关,也源于他对中国社会性质论战之类当代重大问题的真实参与。如今,当整体性的社会运动失之阙如,在一个“去政治化”的年代、一个文化公共性全面萎缩的年代,诗歌可能的政治性,或许仍与街头的、网络的、环保的、维权的、救灾的、扶贫的事件或行为相关,但从根本上说,诗歌乃至文学的处境已根本不同了,历史的“风景化”成为更突出的当代宿命。如果不清醒地认识到这一点,一味想恢复革命年代的实践功能,在动机上或许令人尊敬,但并不能真正改变语言与历史的分裂,结果可能倒是进一步复制、强化了这种分裂。从某种“妥协性”的角度看,诗歌能否唤醒潜在的政治性,还是要寄托于对自身位置及历史脉络的沉思上,诗歌社会场域的重构,不仅要考虑写作的外部功能,同时也应在写作内部发生。它必须提供一种关于文学生活的全新理解,必须有能力置身于当代精神生活的危机之中,而不只是一如既往地陷入伦理与美学的习见冲突。在这个意义上,《下雨》这首短诗,它的魅力恰恰在于体现出了某种挣扎而不能的结构。从自我审视的角度,那只伸出的巴枯宁的手,或许正因为是概念性的,才能形成一种真实的“加入”或参与。

其实,文化公共性的丧失已酝酿了对公共性新的期待。在当下中国的思想和文艺领域,如何在自由主义、现代/后现代之外,构筑一种新的理论视野,已成为不少人思考的焦点。这不是说儒家的、左翼的、无政府的资源可以直接派上用场,而是意味着我们至少应该挣脱当代的逻辑思考,当代的思想和艺术才有未来。正如一代又一代人的实践所显现的,文化创造力来自"时势"的挤迫及观念的重释,需要一种"斡旋实效"的智慧,审时度势,别立门户,以求关键时刻的瞬间出手。这一过程,不是某个领域苦心孤诣可以设计出来,而是需要更广泛的心智联合。当代诗并非因为自身的边缘化,就丧失了对话的可能,其实践性品质的重塑,关键是看它是否有意愿且有能力"加入"进去、加入到当下价值重构的戏剧之中。至少在《下雨》一类写作中,我可以读出创造价值、重建主体"触着"的努力,它对无政府传统的援引,也暗示出当代诗原本也可以有另外一套引擎。

当然,一首短诗装不下太多的历史。从华东政法的楼上走下,苏州河畔早已改换了风景。90 年代中后期以后,经过政府投资治理,污浊的苏州河已变得清亮,垃圾和搬煤的工人不见了,城市换上漂亮时髦的新装。随着过往历史的痕迹被整治、被抹去,所谓历史的总枢纽也更为隐晦了。即便如此,作为一种文化实践的当代诗,仍可能面临它的选择:是在默认的文学秩序和利益秩序中,将一切放进语言的搅拌机中,混合成情色的或烦恼的风景,以便让藤萝一样复杂的内在意识无限攀爬,还是试着回到人的脉络、实践的脉络、劳动与恐惧的脉络里,从暧昧的历史和雨色中,试着伸出一只手来,哪怕这只是为了成就一首诗,为了唤回曾经失掉的勇气。

中国当代诗中的文化转译与心理转移

杨小滨

> 为什么移情如此必要，为什么心理分析必须经由移情来进行？移情是一种关键的幻像，终极的真实（征兆的意义）通过移情的方式得以产生。
>
> ——齐泽克（Žižek 1989:59）

尽管当代中国文学不是西方文学的简单翻版，但一个无可否认的事实是，中国的文学（后）现代主义受到了西方模式的深刻影响。比如，福克纳和马尔克斯对莫言的影响，卡夫卡和贝克特对残雪的影响，川端康成和卡夫卡对余华的影响，博尔赫斯对马原、格非和孙甘露的影响都是不言而喻的，这也是一个文化迻译的挑战性问题，可以让我们加深对中国文学（后）现代性的理解。在诗歌领域，西方文学的影响更加深远。早期的当代诗人，如根子、多多和北岛，都是所谓"黄皮书"（包括萨特、塞林格、克鲁亚克、爱伦堡、贝克特、加缪等）和"灰皮书"（西方政治类书籍）的热心读者，而"黄皮书"和"灰皮书"是"文革"期间的精英阶层才能读到的"供批判用"的西方人文书籍系列，当时西方文学（除了早期苏联的革命作品外）是遭到全面禁止的。[①] 波德莱尔、瓦雷里、史蒂文斯、帕斯捷尔纳克、曼杰施塔姆、普拉斯、金斯堡、阿什贝利等对朦胧诗人和后朦胧诗人的影响也是十分显

---

① 有关对于这类出版物的研究，可参考沈 2007。

见的。

非但如此，几乎所有"文革"后的重要诗人都热衷于写作关于——尤其是20世纪的——西方文学（或艺术、哲学）大师的篇章。这些诗作的题目常常标明为"（献）给……"、"致……"、"纪念……"、"向……致敬"等。[①] 可以断定的是，这样一种献诗的形式主要来自于诸如济慈的《致荷马》、奥登的《纪念W.B.叶芝》、布罗茨基的《为T.S.艾略特之死而作的诗》和《为约翰·堂恩的哀歌》，和毕晓普的《邀请玛丽安·穆尔小姐》这一类作品，是一个大诗人写给另一个大诗人的颂歌、哀歌或献辞。基于19世纪晚期以来中国和西方不均衡的文化关系，这不像是一次中国诗人和他们的西方同行之间平等的对话，而是一次伟大的西方心灵向中国语境的迻译。不难看出，中国诗人不仅向文学艺术大师致敬并努力赶超国际水平的文化地位，同时也表达他们自己在当代中国的本土经验，这种经验可与西方大师的历史或生活经验相对应。或者说，这样的诗歌潮流代表了一种愿望，试图将非中国的权威声音转化为具有中国特色的独特声音。[②]

如果转译（translation）和转移（transference）有着相同的词源，我们可以发现，文化迻译也可以看做是心理分析意义上的移情，连结着作为文本的西方大师和作为读者的中国追随者，而后者又将情意转移回到

---

① 奚密也发现，"中国先锋派往往把外国诗人认同为精神先驱。……以下这些是常常在诗或散文中提到的名字：荷尔德林（1770—1843）、里尔克、博尔赫斯（1899—1986）、茨维塔耶娃（1892—1941）、曼杰施塔姆（1881—1938）、兰波（1854—1891）、普拉斯（1932—1963）、帕斯捷尔纳克（1890—1960）……"（Yeh 66）

② 需要指出的是，当代诗人偶尔也书写（或把他们的诗献给）古典中国诗人，尽管相对于书写西方诗人来说数量要少得多。例如，杜甫就出现在诸如萧开愚的《向杜甫致敬》、西川的《杜甫》、廖伟棠的《杜甫》、梁晓明的《杜甫传第二十七页》、黄灿然的《杜甫》中。张松建（2008）详述了这个现象。其他可以归入这个范畴的诗有：李亚伟的《苏东坡和他的朋友们》和《司马迁轶事》、柏桦的《李后主》、孙文波的《与王阳明无关》、清平的《孔子》、萧开愚的《寒山谈寒山道》等。并不令人惊讶的是，因为1980年代普遍对于传统中国文化的批判性反思，在这些与古典中国文化人物有关的诗里可以发现一种批判的视角或幽默的语调（也许除了西川的《杜甫》）。无论如何，当代中国诗人和传统中国文人的关系与他们和西方文人的关系是大不相同的，不过这个话题需要另一篇文章来讨论两者之间的异同。

前者身上，如同被分析者向分析师的移情。① 本文试图通过运用拉康有关移情的理论，探讨中国诗人如何以不同方式致意于那个拉康称之为“被认作知的主体”的西方他者：“只要被认作知的主体存在于某处……就会有移情”（Lacan 1978：232）。另一方面，拉康也探讨了弗洛伊德有关（肯定性的）作为爱的移情，这显然是中国诗人与他们书写或致意的对象之间的关系。中国诗人对于移情的需要与病患对精神分析的需要具有某种可比性：中国必须重新调整它文化上的异常和精神上的疾病，这样的观念充斥于20世纪以至于之后的中国。对于中国诗人来说，与西方大师的移情关系是一种解除抵抗的方式，或者说，是清除文化现代化和精神自由化障碍的方式。

中国诗歌中这样的跨文化移情同“文革”后西方化的知识潮流当然是相应的。② 在1980年代，西方文化，尤其是现代西方文化，被认为是对“文革”影响下中国社会弊病的一种疗治。敏锐于时代精神的中国当代诗人在精神上与西方现代文化巨人产生亲近，并把他们看做是西方文化传承的重要部分，而西方文化正是中国社会在努力学习并且赶超的。因此，诗歌中的跨文化移情反映了一种寻求处理精神问题的需要。对中国诗人同西方先行者之间移情关系的探讨并不仅仅意味着对文化迻译的探讨。移情应当理解为是一种基于心理和感情纽带而不是理性的积极关系。无论如何，作为被分析者或学习者的中国和作为分析师或大师的西方之间的互动方式，也与拉康在精神分析的过程中所发现的移情方式同样多样。我们将看到，中国诗歌里的跨文化移情以不同征兆表达了中国知识分子对于西方的不同态度。

下面我将讨论的是，移情，依据拉康精神分析理论，可以采取一系列的不同态度。首先，中国当代诗的抒情声音往往把西方大师想象成

---

① 为了纠正可能的误解，Jane Gallop 指出“在移情的关系中，批评家不再是分析师，而是病人……在移情的过程中相信分析师的掌控”（Gallop 307）。同样，读者和译者也处在病人的位置上，正如 Susan Ingram 提出的“作为病人的译者模式”（Ingram 101）。有关译者作为被分析者的问题，亦可参阅 Quinney 116—122。

② 比如，刘晓波在1980年代倡导“全盘西化”：“全盘西化就是人化、现代化……因为只有西化，人性才能充分发挥，这不是一个民族的选择，而是人类的选择。”（1979：250）

一个小他者，作为类似于镜像中自我的形象。在这样的想象性移情中，自我与小他者的认同似乎保证了诗人自己的地位和西方大师一起上升到了国际的高度。既然想象的认同产生的仅仅是虚幻的整一自我，在另一些诗中，抒情主体便通过臣服于大他者来建构自己，这个大他者当然就是西方大师放大了的父亲形象。换句话说，在这种符号性移情的过程中，抒情的"我"把自己的地位置于西方大师的形象之下，并把后者尊崇为统摄的权威。不过，对拉康来说，在有效的移情中显现的"大师"既不是想象化的理想自我（ideal-ego），也不是符号化的自我理想（ego-ideal），而是欲望的客体，一种令人不满足的匮缺，导引出内在压抑的释放。在这个范畴诗作中，我们可以看到抒情主体成为分裂的，无法维持稳定的情态。

在想象化移情和符号化移情之间

多多是中国当代诗歌史上第一位在诗作中与异国先行者进行交流的诗人。在近年的一次访谈中，多多表示："我喜爱的诗人总是在变化的，比如从波德莱尔，到茨维塔耶娃，到勒内·夏尔……我更关心去寻找那些与我具有源初的关系的诗人……也就是说他没有做完的事情，你可能正在做，这就天然地承认了一种承继关系，一种共有性。我跟他们进行对话。"（多 2005）他的诗《手艺——和茨维塔耶娃》写于 1973 年，当时只有在爱伦堡为 1950 年代出版的茨维塔耶娃诗集所写的序和爱伦堡回忆录中的段落才能读到茨维塔耶娃诗歌的只言词组。[①] "手艺"的典故出自茨维塔耶娃的组诗《尘世的特征》中的诗句——"我知道，维纳斯是双手的事业，/我是手艺人——我懂得手艺"，也是贯穿多多整个写作生涯的关键词，把他与许多同时代的诗人区分开来。在很大程度上，多多在诗中尝试将茨维塔耶娃的经验和表达迻译为他自己的，同时将他的感受转移到茨维塔耶娃身上。

我写青春沦落的诗

---

① 爱伦堡：《人，岁月，生活》（作家出版社 1962—1964）。见宋 254。

(写不贞的诗)
写在窄长的房间中
被诗人奸污
被咖啡馆辞退街头的诗
我那冷漠的
再无怨恨的诗
(本身就是一个故事)
我那没有人读的诗
正如一个故事的历史
我那失去骄傲
失去爱情的
(我那贵族的诗)
她,终会被农民娶走
她,就是我荒废的时日(多2000:15—16)

多多在诗中的许多用词响应了茨维塔耶娃在《我的诗,写得那么早》中的诗句,比如:"我的歌唱青春和死亡的诗篇,/还没有被人读到!"另外,"被咖啡馆辞退街头的诗"指的应当是1941年8月底,茨维塔耶娃申请在苏联文学基金会的餐厅工作却被拒绝的故事,这个事件可能直接导致了她几天后的自杀。1973年,在"文革"时代的中国,多多经历着数十年前茨维塔耶娃在苏联所经历的同样的命运:一个强烈意识到文学写作技巧——也就是"手艺"——的诗人,被他的同代人,也被那个建立在口号、宣传和媚俗之上的政权所忽视和抛弃。因此,多多从茨维塔耶娃那里迻译过来的不仅是诗歌文本,也是她的生活、精神和气息。不过,这样的迻译也是一次汉化的过程,其中多多自身的生活起着形塑的功能。一方面,多多感到他自己被赋予了茨维塔耶娃式的可以抵御现实污浊的精神高贵;另一方面,即使是茨维塔耶娃——一个诗性优雅的象征——也会"被农民娶走",变成"荒废的时日"。这样的结局指明了严苛的社会环境,当时知识分子在接受贫下中农再教育,而精神活动是徒劳的。多多本人在京南的白洋淀和根子、芒克一起度过了知青的岁月,并且一同写下了中国先锋诗的最早篇章。

也可以说，多多把自己视为茨维塔耶娃在中国的转世。《手艺》一诗是一次对茨维塔耶娃的感应性阅读（斯皮瓦克认为这就是一种迻译的形式）；隐含在多多阅读中的是强烈的自我尊崇，但不是通过自我美化，而是通过自我贬斥。在这首诗里，多多以否定的方式想象了精神的顶峰，把他的诗描绘成“不贞的”、“冷漠的”、“没有人读的”、“失去骄傲”的、“失去爱情的”。否定的效应只是加强了符号域的压制性肃穆，这个符号域建构了表面上光鲜的——纯洁、温馨、华丽、热烈的——文化秩序。

许许多多的中国诗人感受到苏联体制的相似性。这可能正是为什么有那么多中国当代诗人写到苏联时代的诗人，包括茨维塔耶娃、帕斯捷尔纳克、曼杰施塔姆、阿赫玛托娃、叶赛宁和马雅可夫斯基等。“文革”后最著名的诗人之一海子——他在 1989 年 3 月 26 日卧轨——写过两首相关的诗：《诗人叶赛宁》和《马雅可夫斯基自传》。我们似乎并不惊讶他所书写的这两位诗人都自己结束了生命；尽管海子不是模仿了他们的死亡，但这两首写于海子自杀前两年的诗暗示了海子与两位自杀的苏俄诗人之间的情意认同。海子把他们的死看做是对世界的积极告别，无论以《诗人叶赛宁》诗中的宁静方式，还是以《马雅可夫斯基自传》诗中的激烈方式：

> 说声分手吧松开埋葬自己的十指
> 把自己在诗篇中埋葬
> 此刻在美丽的小镇上
> 不会有苦荞麦儿香
>
> （《诗人叶赛宁》；海 1997：331—332）

> 一切噪音进入我的语言
> 化成诗歌与音乐梨花阵阵
> 在我弃绝生活的日子里
> 黑脑袋——杀死了我
> 以我血为生背负冰凉斧刃
> 黑脑袋长出一片胳膊

挥舞一片胳膊
露出一切牙齿、匕首
黑头里垒满了石头
像青铜一样站着
站到最后站到末日

（《马雅可夫斯基自传》；海 1997：324）

事实上，叶赛宁和马雅可夫斯基代表了海子诗学和精神感性的两个维度：麦子的意象是叶赛宁自然主义静谧的隐喻，而黑色头颅的意象（以及血和牙齿）则是马雅可夫斯基未来主义激愤的隐喻。无论如何，我们都不难察觉，对苏俄诗人的绘像映射了海子对想象化自我——拉康意义上的理想自我——的自恋式投射，这个自我从苏俄逶译到中国，替海子自身发声。

海子对苏俄诗人的热情是一种情感上的认同，把自身的感受转移到他者身上。从《马雅可夫斯基自传》的诗题便可以清晰地看出，海子将自己视为马雅可夫斯基。这样的诗学风格饱含着精神移位，或更确切地说，是心理移情。拉康把移情效应看做与爱相同："这里产生的正是通常被称为移情效应的东西。这种效应便是爱。十分清楚的是，如所有的爱一样，它只能在自恋的场域里图绘出来，就像弗洛伊德给我们展示的。爱从根本上而言就是冀望被爱。"（Lacan 1978：253）书写西方诗人，同样创造了爱的效应——也就是对文学前辈的爱。不过，如拉康所强调的，这个爱不仅是外向的爱，它本质上是内向的欲望，一种被爱的愿望，或者确切地说，被大师所爱的愿望。因此，理想自我就变成了自我理想（ego-ideal），从符号父亲（前辈）的角度把主体规范为它秩序的一部分。正如拉康所言："主体同分析师的关系中心是在权威能指的层面上，也就是我们所知的自我理想，因为在那里他自己会感受到满足和被爱。"（Lacan 1978：257）在逶译的过程中，译者期望获得原作者的认可和赞扬；同样，在移情的过程中，被分析者的隐秘欲望是获得分析师（大师）的认可和爱。这里，移情摇摆于想象域和符号域之间，也就是认同于他者和寻求他者的认可这两者之间。

毫无疑问，同西方（大多是苏俄）文学大师的想象性认同普遍存在于“文革”后的中国诗中，一直到 80 年代晚期和 90 年代初，尤其在王家新、张曙光、西渡、黄灿然的诗里出现较多。在他们的诗里，可以看出，拉康所称的想象化移情和符号化移情成为中国诗人与受尊崇的西方大师之间的主要关系。在这两种情形下，西方文学大师都是作为被颂扬的人物出现的，中国诗人则寻求一种与之在灵魂上的契合，或其精神指向为中国诗人建立起应当遵循的父法准则。在上述的诗人中，王家新可能对西方大师的书写最为热情。他的诗《瓦伦金诺叙事曲：给帕斯捷尔纳克》(1989)和《帕斯捷尔纳克》(1990)都是 1989 年之后中国诗的代表作，在这个时期，中国知识分子正面临着严峻的社会历史危机。[①] 如王家新自己所说(2007:116)：

> 俄罗斯诗歌，尤其是二十世纪俄苏诗歌再次对中国诗歌产生实质性影响，是在八十年代后期以后。曼杰斯塔姆、阿赫玛托娃、茨维塔耶娃、帕斯捷尔纳克等诗人，对八、九十年代以来的中国诗人具有特殊的意义。我们不仅在他们的诗中呼吸到我们所渴望的“雪”，而且在某种程度上，正是通过他们确定了我们自己精神的在场。我甚至说过这些诗人构成了我们自己的苦难和光荣。显然，这不是一般的影响，这是一种更深刻的“同呼吸共命运”的关系。

在另一篇文章里，王家新(1997*a*:49)写道：“我不能说帕斯捷尔纳克是否就是我或我们的一个自况，但在某种艰难时刻，我的确从他那里感到了一种共同的命运，更重要的是，一种灵魂上的无言的亲近。”将苏俄的严冬迻译到中国 1989 年后的时代气候中，王家新似乎想象自己是帕斯捷尔纳克——那个在苏俄体制下饱经沧桑的诗人和小说家——在中国的转世。在他 1989 年底写的《瓦伦金诺叙事曲：致帕斯捷尔纳克》中，王家新体验着“这苦难世界的美丽”(王 1997*b*:40)，和“把苦难转变为音乐”(41)。

在帕斯捷尔纳克的小说《日瓦戈医生》中，日瓦戈在十月革命后从

---

① 柏桦(2006:12)亦发现：“王家新以一个中国诗人的心灵与背景完全契合了另一个俄罗斯诗人。……王家新借《瓦雷金诺叙事曲》、《帕斯捷尔纳克》两首诗深入地介入了中国的现实。”

莫斯科逃避到偏远的村庄瓦伦金诺。在小说的后半部分，瓦伦金诺也是日瓦戈和恋人拉拉遭到国家机器威胁而逃往的地方。在王家新的诗里，瓦伦金诺意指的是“片刻的安宁”（王 1997*b*：40），或者一个能够“在这严酷的年代/享有一个美好的夜晚”（41）的空间。然而，1989 年后，王家新试图获得的这样的“片刻的安宁”不是来自于地理上偏远的空间，而是来自诗歌写作，来自与内在自我的对话，这个内在自我由作为理想自我的帕斯捷尔纳克所体现。

王家新的这首诗从一开始就有一个汉化的蜡烛意象，它将苏俄文学中的象征迻译或转化到中国文学传统中来。蜡烛的意象在《日瓦戈医生》中出现过多次，具有各种象征意涵。除了在圣诞夜点燃的蜡烛是现实主义的描绘，小说中大多的蜡烛意象尽管也有同样的宗教意义，但基本上是象征着社会政治环境的黑暗中一线希望的光明。在他生命中的一个关键时刻，年轻的日瓦戈看到拉拉窗户里的烛光照射到窗外的黑暗中：

> 尤拉注意到一扇玻璃窗上的窗花被烛火融化出一个圆圈。烛光从那里倾泻出来，几乎是一道有意识地凝视着街道的目光，火苗仿佛在窥探往来的行人，似乎正在等待着谁。
>
> “桌上点着一支蜡烛。点着一支蜡烛……”，他对自己低声说。[①]

“桌上点着一支蜡烛/点着一支蜡烛”，成为日瓦戈的诗《冬夜》（Pasternak 1958：542）中反复出现的母题，这个诗题也暗示了冰冷的黑夜和给予爱的允诺的蜡烛象征之间的对立。小说中其他出现蜡烛的象征性段落里，蜡烛总是黑暗中微弱的光亮。比如：“在过道里，医生让老小姐拿着蜡烛，自己走过去扭动门扣，拉开了门栓。强劲的阵风把门从他手中吹开，烛火熄灭了，冰冷的雨点溅落到两个人身上”（150）；或者：“日瓦戈进去的那间包房，被小桌上一支滴着油的蜡烛光照得很亮，从稍稍放下一点的窗口吹来的风，使烛焰不住地晃动。”（158）

---

① Pasternak 1958：81. 小说快结尾的时候，烛光的意象再度出现：“她怎么能想到，躺在桌子上的死者驱车从街上经过时曾看见这个窗孔，注意到窗台上的蜡烛？从他在外面看到这烛光的时候起——‘桌上点着一支蜡烛，点着一支蜡烛’——便决定了他一生的命运？”（500）

不过,王家新诗中反复出现的烛火母题,把背景放在时间绵延的维度上,强调了时间的流逝:

蜡烛在燃烧
冬天里的诗人在写作
……
蜡烛在燃烧
诗人的笔重又在纸上疾驰,
……
蜡烛在燃烧
我们怎能写作?(王 1997*b*:40—43)

这首诗中燃烧的蜡烛令人想起李商隐的著名诗句"蜡炬成灰泪始干"。帕斯捷尔纳克小说(诗)中在黑暗与光明之间的空间界限,或在外(日瓦戈作为观者)和在内(拉拉作为爱的隐秘对象)之间的空间界限,转化成对于争取自由和解放的知识分子艰苦行为的时间性关怀。季节仍旧是冬天(如同《日瓦戈医生》),但诗人(帕斯捷尔纳克而不是王家新)作为抒情主体并没有在追寻希望的烛光;他体验的是写作的难度,渴望快速的写作,以便祛除内心的焦虑。这首诗开始于第三人称的声音——"又一场暴风雪/止息于他的笔尖下"——但转成了第二人称——"诗人!为什么这凄厉的声音/就不能加入你诗歌的乐章?"(42)——又结束于复数第一人称——"当我们永远也说不清/那一声凄厉的哀鸣/是来自屋外的雪野,还是/来自我们的内心"(43)。最终,王家新忍不住通过创造了一个属于二者的单独声音,将自己与帕斯捷尔纳克融为一体。也可以说,他经由帕斯捷尔纳克演练腹语,将他自己的精神苦痛的体验移情到这位苏俄文学大师身上。

据研究拉康的学者指出:"那个拉康称为'想象性移情'的,正契合于弗洛伊德遭遇的作为治疗障碍的移情类型。"(Nobus 2000:116)然而,在想象化移情中抹去与他者的距离意味着这种积极介入却舍弃了大师的意旨:"紧紧依赖同分析师的想象性同一,被分析者始终被他者阻碍,无法聆听大他者含有的知识。"(Ragland-Sullivan 1986:123)因此,假如说在《瓦伦金诺叙事曲:给帕斯捷尔纳克》中移情从符号模式(作为“他”或“你”的大他者)退为想象模式(合一存在的“我们”),那么在一年后所写的《帕斯捷尔纳克》一诗中,王家新则完全抛弃了想象化移情,直接进入了符号化移情的领域。尽管这首诗的开始通过强调“这是我们共同的悲剧”(王 1997*b*:64)来指明共有的生活命运,但诗的主要部分将帕斯捷尔纳克处理成一个拷问和质询中国诗人的父亲形象:

> 这就是你,从一次次劫难里你找到我
> 检验我,使我的生命骤然疼痛
> ……
>
> 这是你目光中的忧伤、探寻和质问
> 钟声一样,压迫着我的灵魂(王 1997*b*:66)

在出自全诗末段的后面这两行里,帕斯捷尔纳克被尊为大他者,他的质询成为诗人主体性的建构。钟声作为大他者的符号化声音,“压迫”或模塑了诗人的内在“灵魂”。但我们也不能忽略了前面这两行中符号化的父亲不仅具有质问的功能(“检验我”),还具有去势的功能(由“使我的生命骤然疼痛”所暗示)。换句话说,只有通过去势,主体才获取了他的位置,尽管是一个失败的位置。

无论如何,显见的是,王家新作为中国诗人试图表达他紧紧依附于苏俄诗人的渴望,以便能够感知和认识帕斯捷尔纳克可能经验到的:

> 呼喊那些高贵的名字
> 那些放逐,牺牲,见证,那些
> 在弥撒曲的震颤中相逢的灵魂
> 那些死亡中的闪耀,和我的
> 自己的土地!
> ……
>
> 把灵魂朝向这一切吧,诗人
> 这是幸福,是从心底升起的最高律令

不是苦难,是你最终承担起的这些
仍无可阻止地,前来寻找我们(王 1997*b*,65)

拉康的名言"欲望是他者的欲望"在这里尤其相关。表现在这首诗中的,是王家新采用了,或更确切地说是创造了,帕斯捷尔纳克的视野和关怀,并且将其作为他自己的视野和关怀。拉康论及这个现象时说:"这就是为什么我们说,在作为移情的爱背后,是对分析师的欲望和病患的欲望之间的连接的肯定。这便是弗洛伊德巧妙地表达的,应当在同行间重申的观念——毕竟,这只是病患的欲望。病患的欲望,没错,不过是在与分析师的欲望相遇的情形下。"(Lacan 1978:254)

王家新这两首有关帕斯捷尔纳克的诗代表了80年代末和90年代初中国诗人普遍陷入的想象化移情和符号化移情。类似的例子还有柏桦的诗句"我开始钻进你的形体/我开始代替你残酷的天堂"(《献给曼杰斯塔姆》)(柏 2002:86),西川的诗句"他为我写下诗歌/并悄悄地/摆到我肮脏的桌上"(《聂鲁达画像》)(唐 1992:203)。这两个例子中,对西方诗歌声音的迻译都成为对中国诗人与之认同的理想自我的想象性召唤。

作为欲望的移情,或如何遭遇真实域

文化英雄的(尽管是悲剧性的)想象图景无法永久持续。1988年和1993年,多多分别写了两首献给普拉斯的诗,《1988年2月11日——纪念普拉斯》和《它们——纪念西尔维亚·普拉斯》。在这两首诗中,早年的自我沉溺的语调被间距和反讽所取代。《1988年2月11日》是纪念自杀于1963年2月11日的普拉斯的,起始于这样的诗行:

这住在狐皮大衣里的女人
是一块夹满发夹的云

她沉重的臀部,让以后的天空
有了被坐弯的屋顶的形状(多 1989:118)

诗中普拉斯的女性形象不再被描绘成一个女英雄或者女圣徒,而是一个和“狐皮大衣”“发夹”相关的世俗、物质的女人，尽管“一块……云”暗示了某种高蹈、圣洁的特征。多多对普拉斯精神和世俗之双重性的描绘在诗的第二节中继续：的确，肉身的“沉重的臀部”[①]扭转了圣洁的“天空”，把它拧弯成“屋顶的形状”，一个日常居家的意象。之后，多多又提起普拉斯在“没有了她的世界存有两个孩子”（Frieda 和 Nicholas），这个世界也没有“他们的父亲”，也就是泰德·休斯，他被描绘成把绑着孩子的马踢得飞跑起来。一个诗歌家族被撕裂了，孩子们获得了无人照看的自由。在这里，多多先是（以臀部的意象）展示了一个性感的普拉斯，然后又展示了一个没有普拉斯的世界，她的孩子即将跑失。在他写茨维塔耶娃的诗中的那种与伟大诗人相认同的姿态消失了，诗的欲望对象不再是纯粹恢宏和崇高的了。但无论如何，在多多的诗句里，我们可以发现一种追逐诗意他者的欲望，尽管普拉斯的“诗意”生活实际上充满了悲剧。由于普拉斯是自白派诗人，多多所追逐的实际上是她自白的内容——个人的艰难和失败——不管是真正体验还是戏剧性展演的。[②] 诗的第二部分更为晦涩，不过我们仍然可以从“逃离眼窝的瞳仁”、“火车……出了轨”、“外省的口音”、“被辱骂后的痕迹/像希望一样”、“吃带尖儿的东西”（多 1989：119）等词句中，察觉到一种深刻的欲望，试图捕捉正常的、有秩序的世界，却无法成功。这种无法满足的追逐伟大诗人灵魂的欲望在多多 1993 年另一首诗《它们——纪念西尔维亚·普拉斯》中更加明显，其中诗意的视野与其说是（像 1988 年的前一首诗中那样）错位或失当的，不如说是飘忽的：

裸露，是它们的阴影
像鸟的呼吸

它们在这个世界之外
在海底，像牡蛎

吐露，然后自行闭合

---

① 这个意象可能与普拉斯在《晨歌》一诗中的自画像有关：“一声哭，我出床上滚下，母牛般笨重，/穿着维多利亚式睡衣满身花纹。”（Plath 1981：157）

② 近来的普拉斯研究发现她有时也在自白诗中虚构精神的病态。见 Rose 1992：5.

留下孤独

可以孕育出珍珠的孤独
留在它们的阴影之内

在那里,回忆是冰山
是鲨鱼头做的纪念馆

是航行,让大海变为灰色
像伦敦,一把撑开的黑伞

在你的死亡里存留着
是雪花,盲文,一些数字

但不会是回忆
让孤独,转变为召唤

让最孤独的彻夜搬动桌椅
让他们用吸尘器

把你留在人间的气味
全部吸光,已满三十年了。(多 2000:139—140)

不难察觉,一种空虚和飘忽的感受体现在像"裸露"、"阴影"、"呼吸"、"之外"、"气味"、"吸光"这样的词语中,渴望抓住普拉斯留下的痕迹。再者,"鸟的呼吸"、"世界之外"、"海底"这样的意象都是通过建立与抒情主体之间的距离,指涉了不可企及之物,而这个主体便塑造为面对深渊或遥远的欲望主体。然而,这首诗中不能满足的欲望不是希望所维持的,而是由强烈的普拉斯式语汇所纠缠的,比如"珍珠的孤独"、"鲨鱼头"、"撑开的黑伞"、"气味/全部吸光",等等。多多从普拉斯那里迻译过来的是她的感官脆弱,这在相当程度上反映了多多——同时作为一个在欧洲流亡的诗人和 1989 年的经历者——自身的不安。多多诗中有着创伤的内核,它包含的与多多个人史及国族史相关的记忆痕迹同它包含的与普拉斯相关的一样多。当多多写到"在你的死亡里存留着/是雪花,盲文",他唤起了普拉斯之死的阴郁意象,并把这些意象与自己的生活经验相认同。尽管多多在普拉斯身上感悟到了他自身的命运，但这样的认同并没有上升到一个理想自我的高度，而是无法将所有破碎的对象或虚空成功地整合到有机的心理整体中去。

作为今天派的主要诗人，多多直到1980年代末才广为人知，那时后朦胧诗早已兴起。中国诗人对于西方文学大师的崇仰在1980年代中后期依旧持续，但后朦胧诗里对于精神前辈的想象关系有着各异的表现。将多多关于普拉斯的诗和沈睿写的关于另一个自杀的自白派女诗人赛克斯顿的诗放在一起来考察也许是无可避免的。如果说多多的诗显示了一种经验朝向西方偶像诗人含混形象的移情，那么沈睿的诗则上演了一场戏仿想象化移情的舞台剧。作为一个女性诗人，沈睿却坚决地避免了与西方经典女诗人的简单认同。在她的诗里，对于自杀诗人悲剧一生的迷恋去除了感伤的同一化，而喜剧性的双重化揭示了扭曲了的镜像关系：

那天我尾随在你身后，在去精神病院的路上，
你半路折回，燃着烟，重坐在打字机前，
把我抛在树林中，我不得不为自己做饭

从那天起我就吃你的诗，我在你的衣兜里
找到一把钥匙，我把它藏在岩石下，
我围着它又跳又唱，它使我拥有了你

你干吗把心咬成两半，我无法缝合它们
我有针，有线，一枚顶针，我日复一日
干了又干，直到双眼再也看不见
你浇花，给女儿们洗澡，去开家长会
你开着汽车，不理睬我要搭车的手势，
你一个人在房间中，没我的帮忙，就作了那事

我怨你，恨你，把你钉在我的十字架上，
我们背靠背，彼此互相安慰，哈，
我们真是一类，我们打趣地嘲弄对方，可真是一类。（崔1993：41—42）

奚密在论述当代中国诗"诗歌崇拜"的文章中讨论到了这首诗，并且敏锐地指出，与王家新(她当时的丈夫)相反，沈睿在诗中"表达了一丝反讽和自我讽刺，这在男性诗人的悲剧崇高性中是缺乏的"[①]。我们可以看到，无论是赛克斯顿还是"我"，都没有被美化：两者都被描绘成陷在家务劳作和责任中的家庭妇女。赛克斯顿甚至还是精神病院的病人。沈睿用"吃你的诗"这样的语句来强调赛克斯顿的世俗特性。此刻，理想自我成为模仿意义上的了，她无法被企及(赛克斯顿不给"我"搭车的机会)，只有等到变成死后的鬼影才得以亲近。甚至赛克斯顿的鬼影也不是"我"可以正视并且认同的对象：她的背影只能映照"我"的背影。想象化移情于是在"打趣地嘲弄对方"的喜剧场景下遭到戏仿——"我"无法找到一个完整的理想自我。并且，赛克斯顿的角色在这场黑色幽默的游戏里也不是一个能够塑造出自足主体的大他者。

这首诗中另一个有趣的因素是"我"在赛克斯顿衣兜里找到的"钥匙"。但是，"我"只是围绕着钥匙"又跳又唱"，甚至还把它藏起来，却不用它来打开任何东西，仿佛那只是我们必须与之保持距离的一个对象，一个具有刺激而不是满足欲望功能的物体。"拥有"赛克斯顿的方式是把她的钥匙留在别处，不去触碰。这把钥匙似乎是可以用来打开赛克斯顿神秘内在的创伤化心理的。不过，沈睿在这里拒绝了完美理解或全身心拥抱赛克斯顿精神世界的可能。钥匙成为赛克斯顿内在生命的残余，也正是拉康称之为"小它物"(*objet petit a*)的，那个直接相关于分裂主体的欲望目标—原因(这里，沈睿诗中的诗人迷失在寻找同一性的过程中)。为了详述在我们语境中的"小它物"概念，考察它如何引起对拉康意义上的真实域的诗性遭遇，我们现在来看一首后朦胧诗人欧阳江河的诗作。

1988年张枣和欧阳江河分别写了题为《邓南遮的金鱼》的同题诗。和多多、沈睿的诗相比，张枣和欧阳江河的诗更具修辞上的游戏性和语

① 见 Yeh 1996:77. 沈睿对于反讽的敏感，作为对于创伤内核的迫近，也可以在她其他文体的写作中找到。比如她关于历史暴力的文章是这样描写某个恐怖夜晚的："枪声其实并不稠密，噼啪噼啪地，好象是过年的夜晚放的零星鞭炮，在窗外的天空，莫名其妙地有种喜庆的气氛。"

义上的多义性。"邓南遮的金鱼"这个故事想必出自伊莎多拉·邓肯的回忆录《我的一生》:

> 小堤亚侬宫饭店里有一条邓南遮珍爱的金鱼。金鱼在一个美丽的玻璃鱼缸里游着,邓南遮常常喂它,还对它说话。金鱼会拍打着鱼鳍,嘴巴还一开一合的,好像在回他话似的。
>
> 我还住在小堤亚侬宫饭店的时候,有一天我问饭店经理:"邓南遮的金鱼到哪儿去了?"
>
> "啊,女士,这真是个令人鼻酸的故事啊!邓南遮去意大利了,他嘱咐我们要好好照顾那条金鱼。'那条金鱼',他是这么说的,'最懂我的心。它就是我所有快乐的象征!'他还不断拍电报来问:'我挚爱的阿多佛斯近来如何?'有一天,阿多佛斯在鱼缸里游得有点缓慢,而且不再要求要见邓南遮先生,后来就死了。我将鱼捞出来,丢到窗外。但是邓南遮先生的电报又传过来了:'我觉得阿多佛斯身体不舒服。'我回电说:'阿多佛斯已经死了。昨晚死的。'邓南遮先生又回电说:'将它安葬在花园,并且为它立一个墓。'于是我抓了一条沙丁鱼,用锡箔纸包好,然后将它埋葬在花园里,我还立了个十字架,上面写着:'阿多佛斯长眠于此!'邓南遮回来马上问我:'我的阿多佛斯埋葬在哪儿?'我带他到花园的坟墓前,他带了好多花来给它,站在那儿好长一段时间,还啜泣不已。"(Duncan 1927:260)

1987年底到1988年初,张枣从他留学的德国短期返国。在和欧阳江河、柏桦、钟鸣等人在钟鸣家会面时,张枣讲起了这个邓南遮的故事。这个故事吸引了在座的每个诗人,他们相约各自写一首题为《邓南遮的金鱼》的诗;不过,似乎最后只有张枣和欧阳江河完成了约定。[①]

---

① 根据2008年3月7日与欧阳江河的电话通话,2008年3月15日张枣的电子邮件,和2008年4月27日和张枣的电话通话。现存的数据显示两首不同的张枣诗作都题为《邓南遮的金鱼》——一首是广为收编在各类选集中的,另一首是新近发现的手稿——后者张枣本人已不复记得。依据欧阳江河的回忆——不知是由于他现在不确的记忆还是张枣当时不确的概述——张枣告诉大家邓南遮在故乡(而不是酒店)有一条他外出旅行时日夜思念的金鱼。

在欧阳江河和张枣的诗里，邓南遮的形象（更不用说金鱼的形象），绝非诗人可以与之认同的理想形象。如果说张枣的诗更多地聚焦在金鱼的形象上，欧阳江河的诗则具有复杂的政治美学意涵：

内心的纳粹，用尖脸措辞
一个纸上的大人物
他神经中那些更为宽泛的女人
能在鼓吹里走出多远
他炫目如蜂窝
而妙处一片漆黑

恍若隔世的邂逅
爱情的人造天堂，天堂之水
我们身体里最痛的语言
扫射的情人涌向街头
美多么好，美置身于革命
移开的手把管风琴弹奏到寂灭

弹奏到谁的一吻
我们美好一生中下雪的日子
阳光灿烂的日子
波光粼粼的皮肤想黑就黑
而太阳是晒不够的
正午的睡眠荡漾开去

一只金鱼为此哭泣
它在温暖的南方梦想着
无法解开的唯美的扣子
一件衣裳，一座空城
镜子每天都在死去

人群中最孤单的诗人
把整个世界扔到一边

为金鱼而歌
他温馨的声音像一片飞蛾
冲锋的，走向断头台的形象
染上了金鱼的疾病和大火

金鱼是火的种族
浑身冒起水的骨头
眼睛突出但茫无所见
因为冷漠的美人在观赏
金鱼的邓南遮越热烈（欧 1997:32—33）

根据欧阳江河的说法，吸引他的是原先故事中邓南遮的极度美学化的生活，以及他对南方故园的乡愁。其实，小堤亚侬宫饭店位于意大利以北的巴黎，而金鱼死时邓南遮恰是在意大利旅行。如果欧阳江河对邓南遮轶事的狂想部分地来自试图将一个欧洲的故事迻译到中国经验中，那么那个误译的部分恰好寓言式地揭示了对于中国诗人独特感性的重要方面：一种对于南方——一个可以理解为相对于肃穆北方而言是愉悦另类（假如不是反抗）的地域——的文化癖好。值得注意的是，欧阳江河本人来自于南部的省份四川；而更具启发的是，金鱼"在温暖的南方梦想着"，而不是在寒冷的北方梦想着温暖的南方。更确切地说，金鱼被构想成一件诱人的欲望目标一原因，成为一种感伤化的、审美化的生灵，永远地纠缠在自己空间的命运里（"无法解开……扣子"）。"一件衣裳"和"一座空城"都意味着没有内容的包装，而"镜子"当然也指示了幻像和虚空。

对于邓南遮及其金鱼的矛盾情感充满在整首诗中，但具有明显的政治意涵。"纳粹"一词出现在第一行，暗示了邓南遮与法西斯的联系。欧阳江河在一定程度上通过将邓南遮的轶事迻译成对当代中国政治文化理解的表达，探究了本雅明所言的法西斯主义的"将政治美学化"。欧阳江河是诸如《我们（乌托邦第一章）》和《萧斯塔科维奇：等待枪杀》这类政治诗的作者，这些诗处理了有关威权主义的问题。如果说像《我们（乌托邦第一章）》这样的诗探讨了威权主义的人物如何成为统摄所有其他能指的主人能指，那么可以说《邓南遮的金鱼》探究了美如何演示暴力和死亡的问题。换句话说，在中国的语境里，邓南遮不是一个可与之产生情感契合的理想形象，而是一个需要探索的谜，一个需要译码的符号。我们不能忘记，革命时代的政治规划是高度美学化的（革命家本人也可能是优秀的诗人），要解开政治与美学的错综网络，就不得不深入探视暴力和美相汇聚的浪漫或武力的快感。

本诗的高潮无疑来自第五节，诗人邓南遮被想象成遭遇了似乎拥有某种传染疾病的金鱼（"染上了金鱼的疾病和大火"）。前一行里的"冲锋"暗示了保卫邓南遮在1919—1920年间在Fiume（今克罗地亚）建立并自立为公爵的意大利卡尔拿罗摄政国的敢死队。诗人的好战行为源自一种病态的、发烧的热情和狂喜，不吝啬将全世界奉献给一条他所迷恋的漂亮金鱼（"把整个世界扔到一边/为金鱼而歌"）。不仅"飞蛾"的意象换喻式地指涉了自我献身（暗示着"飞蛾扑火"），"走向断头台的形象"也形象地凸显了牺牲的身体。

应当记得的是，邓南遮并没有为金鱼牺牲什么。欧阳江河对邓南遮生平的误译（或蓄意的误译）试图总结他对于政治和美学狂热的——不仅有关邓南遮，而且也有关晚近中国历史的——理解。欧阳江河独特的辩证诗学深入到暴力的狂喜深渊——"我们身体里最痛的语言/扫射的情人涌向街头/美多么好，美置身于革命"——成为他对热烈和毁灭的革命时代记忆痕迹的创伤内核。于是，甚至被简要描绘的邓南遮本人的形象也显示出崇高的特征："他炫目如蜂窝/而妙处一片漆黑。"诗人的"炫目"形象无法掩盖真实域的黑洞，这个黑洞当然具有"蜂窝"所隐喻的双重特性——甜蜜和刺痛。

我们于是可以清楚地看到，对于西方大师的逡译方式在这首诗中有相当大的不同。邓南遮既不是诗人认同的理想自我，也不是规范抒情主体欲望的自我理想；他的暧昧形象引发了追寻不确定性的欲望。这个形象亦可以看做是拉康的"小它物"，作为欲望的目标—原因，显示为来自真实域创伤内核的无法符号化的残余。在这样的移情中，分析师不是把被分析者调度到一个他们能够认同分析师的情形下，而是把自己调度到一个位置上，使得被分析者去除认同，发现他们的欲望在大他者欲望的调节中，并且确认这个欲望本质上的虚无。拉康相信只有在分析师自己置于“小它物”基座的位置上时才能展开，不是被分析者可以发生欲望认同的对象，而是产生欲望的对象。……这里，分析师不再被期待在与被分析者的主体间关系中成为大他者主体，而是在主体分裂所标识的纽带中成为一个目标—原因。（Nobus 2000：79）

换句话说，被分析者（在我们的语境中是中国诗人）不把分析师（西方文学大师）视为认同或尊崇的正面形象，而是一个召唤欲望的空缺。如果被分析者不能在想象化移情和符号化移情中自由表述，分析师便作用为“小它物”以促进表达，这种表达将打破被分析者压抑的心理结构：“与自我理想的认同代表了移情中抵抗的一面，自恋和要求的方面，而同小它物的认同是分析启示的推动力，作为欲望的移情。”（Chaitin 1996：179—180）

在实际的精神分析过程中，当移情开始时：

> 被分析者把分析师置于黑格尔为认知而战的主人位置，而主体则占据了奴隶位置。精神分析的伦理要求分析师保留这个位置，持续地移动到奴隶的位置，将“小它物”与自我理想相隔离，以便产生他自身的不完整，他自身对大他者的需要，总之，是任何主体以主体想象自我理想能够的方式来知晓和控制他自身欲望的不可能性。（Chaitin 1996：189）

换句话说，有效的移情不是建立在主奴关系的基础上，而是建立在 $a <> \$$ 公式上。这个公式构成了拉康的分析师话语——它是对统治的主人话语的颠覆——被分析者并不是受分析师指令来如何去除他的征兆。被分析者并不被动地追随主人能指。分析师作为被分析者的欲望目标—原因，让后者从他自身的分裂主体投射到“小它物”上。在移情的过程中，被分析者应当发展出用自己的欲望与“小它物”打交道的策略。在当代中国诗的语境下看，在这样的移情中，西方大师不再被绝对地拥戴为主导的力量，而是成为困惑的，不确定的源泉，唤起对创伤、矛盾和疑难的探索。

齐泽克把“小它物”描述为“在主体核心的真实域的那一点，无法

被符号化，作为每一个意指行为的残余、剩余、残留而产生，它是一个硬核，包含了可怖的绝爽、痛快，因而也是同时吸引和拒斥我们的——分裂了我们的欲望并且激发羞耻”（Žižek 1989：180）。我们不难从臧棣的诗中发现“同时吸引和拒斥我们的”元素，包括那些跟西方大师相关的。例如，《纪念古斯塔夫·克里姆特》始于一句简单的诗行“克里姆特掴维也纳的耳光。”（臧 2003：73）。这个有些暴力的行为包含了一记清脆的响声，引发了读者的警觉和兴奋。不管可以模拟于臧棣及其新颖诗学创造的克里姆特有多么异端和反叛，他的“堕落”艺术如何震惊了维也纳的文化保守主义者，这位艺术家没有呈现为诗人的自我理想。对臧棣而言克里姆特的意义在于“他的天赋是巨大的漩涡”或者“画一个女人就是还原一个秘密”（臧 2003：74）。“漩涡”再一次成为拉康的真实域，可能吞噬“天赋”崇拜者的诱惑源泉，而“秘密”则是更加深奥的，无法蠡测的内核，藏有克里姆特女性形象的诱惑、致命力量（比如 *Danae* 或 *Die Jungfrau* 或 *Wasserschlangen I*）。臧棣把克里姆特艺术颓废迻译为他自己对风格形式（但不是做作）的迷恋，可以看做把他的探询欲望移情到克里姆特的美学深度上去。诗的结尾是更为困惑的图景：

> 例外不多，所以，她们看上去
> 全都鲜艳如一块块奶酪。（臧 2003：74）

这个图景包含的奶酪不仅是视觉的而且还有嗅觉的吸引，很可能是指涉克里姆特绘画中经常可以发现的装饰性的、小块状的、漩涡般的图案。这些艳丽的色斑或者“漩涡”同时具有诱惑和拒斥特性，如同奶酪的气味，或者，如同奶酪上的小孔：无固定形状、虚空、有吸附力。在另一首诗《纪念贾柯梅蒂丛书》里，臧棣同样探讨了现代艺术行为的深刻秘密：“我必须回到//最瘦的线。首先，是返回”，因为“它很像诗，难以捉摸，却最接近我们的真实”（臧 2008）。我倾向于将“最瘦的线”——代表了贾柯梅蒂的美学风格——看做是细弱、消失和缺憾瞬间的符号，是“小它物”的虚空，永久地煽动起填满的欲望。再者，“难以捉摸”意味着“真实”必须从拉康“真实域”的意义上才能理解，因为它绝不是一般意义上的现实或真理——后者是臧棣常常被不满的读者或敌意的批评家要求表现的。换言之，臧棣把克里姆特和贾柯梅蒂迻译到中国的语境中，成为眩晕的、深不可测的、意义暧昧的对象，激发起响应他们召唤的欲望。

也可以说，在这两首诗中，臧棣处理的不是艺术家本身，而是他们的作品，或更确切地说，是他们作品中致命的诱惑——唤起了投入他们创伤深渊——真实域——的欲望："小它物"正是显示为裂缝或裂隙，切断了时间或空间的延续性，这种延续性是主体费尽全力但未能成功维持的。臧棣的诗《纪念安德烈·纪德》就书写了这样的创伤，起始于纪德和"我们"（这一代）之间的间隙，而不是同一：

> 纪德死了。但我们另有
> 一个出发点。（臧 2003：9）

与已逝他者的认同的不可能性，或者不可避免的分离，成为创伤的起源，为主体创造了缺失和裂隙。这里，只有自我理想的缺席才能产生移情。正如拉康所言："'分析师'绝不是现实的尺度，他仅仅通过将自己贡献为这个'去存在'（*désêtre*）的基础，为主体的真理清理出一块场域。"（Lacan 1968：59）在以下的诗行中，包含着与死后的纪德会面的梦境般场景产生了未能预料的裂隙：

> 过分严肃时
> 我们就喝花茶。有点冒昧时
> 我就去厨房削丝瓜皮。（臧 2003：9）

这里，喝花茶是一种镇静和解决难题的无效努力；当尴尬的时刻来临时，这样的逃避似乎是荒诞地分离了纪德和"我"之间的互动。认同再度地不可能：只有削下的丝瓜皮寓言式地指涉了创伤内核的残余物，即"小它物"，意指着无法重新拼合成整体的碎片。读者从这首诗里，如同从臧棣的其他诗里一样，遭遇到各种无法弥合的罅隙或开裂，比如"刚果里也找不到一只芒果。/口号看起来像伤口呢？"（臧 2003：10）纪德在殖民地非洲对田园想象的幻灭，迻译为中国诗人对无条件认同法国文学大师审美性的不可能。[1]最终留下的不是牧歌般的纯粹，而是愤怒的嘶喊，打开的不仅是社会灾难的伤口，也是作为想象的和谐和创伤的黑暗之心之间的裂隙的伤口。臧棣诗中的提问是向统治性社会话语提出的(这种社会话语试图维持统一的时代精神)，也是向统治性文学话语提出的(这种文学话语设立了一种简单的现实反映论)。

类似的裂隙也出现在孙文波的诗《献给布勒东》里，在这首诗里诗人绘出了一幅"语言的火车轰隆隆驶过"的精神图景：

> 我渴望在寂静中听见
> 语言的声音，也许它是一只猫在
> 房顶走动的声音；也许，它是花
> 静静开放的声音；也许它什么都
> 不是，只是玻璃被风擦出的声音。
> 我听着这些声音心里映现出另外
> 的图景——一个叫小提琴的女人，
> 几个叫老板的男子。(孙 2007:89)

如孙文波自己声明的，这"不仅仅是与布勒东有关的诗作，因为我实际想谈的是自己与当代被称之为先锋诗的诗歌写作的关系"(孙 2007:89)。很明显，这首诗是对布勒东自动写作实验的一次迻译，孙文波试图借用自动写作来"制造出使意义向多个方向外溢的效果，也就是使之尽量能够产生歧义，必要的晦涩"(孙 2007:89)。布勒东自动写作的超现实主义观念最初来自弗洛伊德理论的影响，而超现实主义正是拉康热情拥抱的文学艺术潮流。[2]孙文波的写作实践敏锐地契合了移情的观念："移情最初是显示为无意识的裂口——这便是移情的面向，通

---

① 纪德在二十多岁时就向往造访刚果，搜集稀有的蝴蝶品种。但直到五十多岁他才成行，当时他经历了殖民主义的不公正，并且把这一切记录在他的《刚果之行》一书中。

② 超现实主义的重要刊物《牛头怪》(*Minotaure*)1933 年创刊号上就同时发表了达利和拉康谈论妄想症的文章，拉康还在超现实主义杂志《纳伊灯塔》(*Le Phare de Neuilly*)上发表过一首题为《非理性裂谷》的十四行诗。拉康在他的研讨班上也经常征引超现实主义诗人，如艾吕亚(Paul Eluard)和阿拉贡(Louis Aragon)。拉康的第二任妻子西尔维亚是超现实主义运动的参与者巴塔耶(George Bataille)的前妻，这也是拉康与超现实主义运动的个人关系的证明。

过它，'基本法则'引发了'自由联想'之流，引发了随后的回忆、重复和重构压抑之物的过程。"（Dolar 1996：147）布勒东的遗产以某种"语言的声音"呈现给孙文波，也就是那些充满诱惑的声音——拉康把他和凝视一起描述为"小它物"。这样的声音直接相关于无意识，正如布勒东循无意识的内在声音实践自动写作时所体验的。在某种意义上，孙文波的诗同时探讨和实践了自动写作。当我们遭遇到与先前的声音无甚关联的"另外/的图景"时，这就显得尤其清晰："一个叫小提琴的女人"和"几个叫老板的男子"的图景不仅勾勒出社会结构，也破坏了纯美的、奇妙的声音。布勒东这个概念留下了不可弥补的裂痕，成为不断呼唤欲望回归的创伤源头。于是，布勒东本人或许消失了，不过他的幽灵穿梭在诗行间，如同一个模糊但诱人的声音。

在这个方向上，萧开愚的《艾伦·金斯堡来信》是一首独特的诗：它不仅是把金斯堡迻译到中国的语境中，而是把（想象的）金斯堡对中国文化的迻译再译回汉语。终极而言，移情产生于金斯堡和萧开愚之间：金斯堡已经被萧开愚假设为面对中国的壮美历史和文化的分裂主体。此诗始于牡丹花的"象征"：

> 亲爱的，我跟你们国家的命运
> ——牡丹花——在一起。（萧 2000：27）

我把"象征"置于引号内，因为这里的牡丹花基本不是一个静态的、稳定的象征符号，意指着单一的意义，它反倒是符号秩序难以完全把握的东西，或者在符号秩序之外有剩余意义的东西。一方面，牡丹是中国的准国花，可以说是中国文化优雅和优美的象征；另一方面，它也是传统中国文学中的情色（甚至淫秽）符码。事实上，本诗的背景是金斯堡和他华裔同性恋人——诗中的"他"——的关系。[①]假如牡丹的外在美艳和内在淫艳对金斯堡来说是致命的诱惑，他与中国的命运在一起的命运则成为另一种对于由第一人称"我"的声音所代表的——从未与金

① 众所周知的，金斯堡的长期伙伴是诗人 Peter Orlovsky。但据萧开愚说（2008 年 5 月 1 日电话通话），金斯堡确实有过一个华裔同性恋人。因此，这个诗中的华人"他"是确有其人，用来将金斯堡与中国的关系寓言化。

斯堡认同的——抒情主体的致命诱惑。因此，诗的双重裂隙使得金斯堡——本身便是一个分裂主体——又呈现为移情过程中的“小它物”。说得更清楚些，在诗里，金斯堡所看到的——“喉咙里的沉默/瞳孔里的黑夜，和耳朵里的政府”（萧2000:27）——首先是萧开愚通过他看到的。难怪萧开愚让金斯堡说“我像一只发抖的就要爆炸的气球”，因为金斯堡不懂他同性恋人的声音“低低向我耳中灌气”，从而只能“坐在汉语的肥皂上”（27）。但我需要再次强调的是，西方诗人的中国语言问题，事实上反映了中国诗人处理的问题是西方人与中国的问题。

如果说这首诗上演了一场舞台剧，那么可以说金斯堡作为一个角色有很多不同面具，他的魂魄穿越了李世民、王之涣、李白、William Blake、他的朋友 Gary Snyder 和 Jack Kerouac，但无法在他们中的任何一个那里耽搁。他把唐朝的坟冢看做是“时间的呕吐物”，有着“阴冷的光亮”，沿着长江蜿蜒，有如“一位早期书法家/困倦时的恶作剧”（萧2000:27—28）。整首诗是一系列这样与中国可疑的情感的依附或疏离，显示出萧开愚对于金斯堡对中国的感知的理解。对于萧开愚的金斯堡而言，中国的“他”似乎是感性的缩影，是终极的欲望目标—原因：

> 我将开启
> 通向我……的小门。
> 了不起的他，啊，蠕动的皮肤，一块真实的三明治
> （让我亲吻你，中国的大地！）（萧2000:30）

如果在诗的结尾，情色化的意象——“小门”、“蠕动的皮肤”、“真实的三明治”——对金斯堡而言是在诸如长江和李白这一类强盛文化象征之下的，从真实域而来的对象，那么它们是萧开愚呈现出来以定位金斯堡与中国、金斯堡与萧开愚等复杂的网络关系的。例如，“真实的三明治”，也可以读作是“真实域”的三明治，与臧棣诗里的奶酪意象相呼应，指向隐秘宝物（*agalma*）的多重样态。[①]对于萧开愚来说，金斯堡身上的宝物无非是他对中国的各种爱，凝聚在他对东方宝藏（文化和感

---

① 这个希腊文词语 *agalma* 原来是指苏格拉底的丑陋肉身上被认为含有的隐秘、迷人的对象，在拉康理论的意义上是欲望的对象，即作为移情关系媒介的“小它物”（Lacan 2006:699）。

性)的迷恋中。换句话说,萧开愚把金斯堡在中国的概念里发掘的宝物迻译为金斯堡身上的宝物,因为假如金斯堡是异国的他者,他不再是父位的大他者(如王家新的帕斯捷尔纳克),而是一个分裂的主体所转化的“小它物”,为另一个分裂主体呈现出或表述出创伤的碎片。这封虚构的金斯堡来信充满了缺漏和胡言,从根本上说是一篇无法理解的文本,用存疑而不是阐明的方式来表达。不管是否是有意如此,这是一次对金斯堡的忠实迻译,意思是它同金斯堡感知世界的方式是相应的,尽管从诗学风格上来说,金斯堡对萧开愚的影响极其微小。无论如何,萧开愚的诗一定不是对金斯堡的复制。按照 Chaitin 的说法,“移情与重复并不同义:移情的重复是一次新的创造,一个主体建构的符码,以便告知分析师,他欲望的某部分他无法直接表述”(Chaitin 1996:166)。在这个意义上,我们只能说,萧开愚通过金斯堡对中国的欲望表现了他自己对西方的欲望。

在这些关于西方文学巨擘的诗篇中,一方面将“主、父、创造者”的角色赋予西方作家或艺术家,另一方面将“奴、子、模仿者”的角色赋予中国诗人的结构被瓦解了。这种瓦解也挑战了将西方圣化为符号化移情中的权威父亲的知识范式。这些诗的书写避免了将西方作家作为主人话语来迻译,或者以一种简单直接的方式将情意转移到西方大师身上。在想象化移情中,小他者是被想象为理想自我的——在这个过程中,中国诗人幻想自己与西方大师融为一体;在符号化移情中,主体性的建构是靠着臣服于作为自我理想的大他者的——在这个过程中,中国诗人幻想西方大师扮演父亲的角色,以遵循他的律法和道路。在这两种情形下,移情都意味着通过美化他者来美化自己。精神分析的移情所试图释放的征兆被掩盖甚至压抑了。但移情也可以通过唤起征兆来处理创伤内核,这些征兆是经由认同的不可能性,经由在迷恋西方大师的中国诗人和对中国诗人显现为问题和碎片的西方大师的幽灵之间的裂隙来呈现的。这些裂隙——印刻着转移并不是无障碍的,绝对和谐的过程——证实了创伤(而不是虚幻和睦)的强度,正是这个创伤引起了迫近和探究的欲望。如果说有效的移情是一次“分析师被期待着支持以便引发(而不是模塑或熄灭)被分析者欲望”(Nobus 2000:89)

的过程,那么文化迻译也可以将"原初"材料处理为不完美的(尽管是)有意思的他者,以"引发"译者的欲望。而这个译者作为分裂主体,必须面对认同客体他者——即作为创伤内核破碎残余的"小它物"——的不可能性。

书目

Chaitin, Gilbert D. 1996. *Rhetoric and Culture in Lacan*. Cambridge: Cambridge University Press.

Dolar, Mladen. 1996. "At First Sight." In Renata Salecl and Slavoj Zizek eds., *Gaze and Voice as Love Objects*. Durham: Duke University Press, 129 – 153.

Duncan, Isadora. 1927. *My Life*. New York: Liveright.

Duo Duo. 1989. *Looking out from Death*. Trs. Gregory Lee and John Cayley. London: Bloomsbury.

Gallop, Jane. 1984. "Lacan and Literature: A Case for Transference." *Poetics* 13, nos. 4 – 5: 301 – 308.

Ingram, Susan. 2001. "Translation Studies and Psychoanalytic Transference." *TTR: etudes sur le texte et ses transformations* 14, no. 1: 95 – 115.

Lacan, Jacques. 1968. "De la psychanalyse dans ses rapports avec la réalité" (On psychoanalysis in its relation with reality). *Scilicet* 1: 51 – 60.

——. 1978. *The Four Fundamental Concepts of Psycho-Analysis*. New York: Norton.

——. 2006. *Écrits: The First Complete Edition in English*. New York: Norton.

Nobus, Dany. 2000. *Jacques Lacan and the Freudian Practice of Psychoanalysis*. London: Routledge.

Pasternak, Boris. 1958. *Doctor Zhivago*. New York: Pantheon.

Plath, Sylvia. 1981. *The Collected Poems*. New York: Harper and Row.

Quinney, Anne. 2004. "Translation as Transference: A Psychoanalytic Solution to a Translation Problem." *The Translator* 10, no. 1: 109 – 128.

Ragland-Sullivan, Ellie. 1986. *Jacques Lacan and the Philosophy of Psychoanalysis. Urbana: University of Illinois Press.

Rose, Jacqueline. 1992. *The Haunting of Sylvia Plath*. Cambridge: Harvard University Press.

Spivak, Gayatri Chakravorty. 2004. "The Politics of Translation." In Lawrence Venuti ed., *The Translation Studies Reader*. New York: Routledge, 369 - 388.

Yeh, Michelle. 1996. "The'Cult of Poetry' in Contemporary China," *The Journal of Asian Studies* 55, no. 1 (Feb.): 51 - 80.

Žižek, Slavoj. 1989. *The Sublime Object of Ideology*. London: Verso.

王家新，1997*a*，《夜莺在他自己的时代》，上海：东方出版中心。

王家新，1997*b*，《游动悬崖》，长沙：湖南文艺出版社。

王家新，2007，《承担者的诗：俄苏诗歌的启示》，《外国文学》6：114—122。

刘晓波，1979，《选择的批判》，台北：风云出版公司。

多多，2000，《阿姆斯特丹的河流》，太原：北岳文艺出版社。

多多，2005，《我主张"借诗还魂"》，《新京报》(2005年4月9日) URL (last accessed 9/22/09): http://www.thebeijingnews.com/culture/0820/2005/04-09/005@033700.htm。

宋海泉，1999，《白洋淀琐忆》，载廖亦武编：《沉沦的圣殿》，乌鲁木齐：新疆青少年出版社，236—263。

沈展云，2007，《灰皮书 黄皮书》，广州：花城出版社。

沈睿，2006，《那一夜的国际歌》，《沈睿文集》(*Works of Shen Rui*), 4 URL: http://boxun.com/hero/2006/sywz/4_1.shtml。

欧阳江河，1997，《透过词语的玻璃》，北京：改革出版社。

柏桦，2002，《往事》，石家庄：河北教育出版社。

柏桦，2006，《心灵与背景：论帕斯捷尔纳克对家新的唤醒》，《江汉大学学报》25，No. 3：11—18。

唐晓渡编，1992，《灯芯绒幸福的舞蹈》，北京：北京师范大学出版社；

孙文波，2007，《献给布勒东》，《小杂志》17：89。

海子,1997,《海子诗全编》,上海:上海三联书店。
崔卫平编,1993,《苹果上的豹:女性诗选》,北京:北京师范大学出版社。
臧棣,2003,《未名湖》,《新诗》4:3—104。
臧棣,2008,《纪念贾柯梅蒂丛书》,《文学自由坛》(2008年3月5日)。URL:(http://bbs. poemlife. com:1863/forum/add. jsp? forumID = 44&msgID = 2147463558&page = 1)。
萧开愚,2000,《学习之甜》,北京:中国工人出版社。
张松建,2008,《一个杜甫,各自表述:冯至、杨牧、西川、廖伟棠》,《中外文学》37,No. 3:103—145。

2009年中国内地诗界回顾

周 瓒

一 诗歌场(一):诗集、诗刊出版方式

把中国内地诗歌界划分为"官方"和"民间"两块文学场或文化生态空间,是中国当代文学研究界通行也基本认可的考察视点与评述方法。因为一方面是广泛存在于现实中不同地区、互联网的浩瀚空间的诗人群体和内部交流刊物、网络平台,构成了新诗最具潜力也最活跃的生成力量;另一方面,则是备受消费社会冷落的诗歌日益成为同样不景气的公开文学刊物的点缀以及出版的弃儿,使得我们很难从体制内的出版物中领略诗歌的前卫和更新的整体气象。同时,一定程度上,在两个阵营之间也存在着诗歌观念、文学理念的对抗性。不过,在考察了2009年内地诗歌发展状况之后,我对这种划分法产生了质疑。

为遏制出版界恶意倒卖书号的行为,2009年1月8日起,国家新闻出版署颁行的书号实名申请制度正式启动。书号实名申请制打破了原来由新闻出版署一次性拨给下属各出版社书号的方式,而采取"见稿给号"的新方法,这样,出版社手中没有书号,必须拿着书稿向出版署申领,经过审查再由出版署拨给相应的书号。这一制度是否会影响本已寥落的新诗出版呢?答案是"不会"。非但不会,考察2009年的诗歌出版物,协作出版和购买书号自费出版的诗集较之往年有增无减。让我们先列出一些出版物吧:《2008中国年度诗歌》(漓江出版社2009年1月)、《中国2008年度诗歌精选》(《星星》诗刊与四川师范大学文

理学院联袂编选，四川民族出版社，2009 年 1 月）、《2008 中国最佳诗歌》（宗仁发主编，辽宁人民出版社，2009 年 1 月）、《2008 年诗歌》（张清华主编，春风文艺出版社，2009 年 2 月）、《女子诗报年鉴·2008 年卷》（大众文艺出版社，2009 年 2 月）、《读诗，1949—2009：中国当代诗 100 首》（潘洗尘主编，江苏文艺出版社，2009 年 8 月）、《2008 中国打工诗歌精选》（上海文艺出版社，2009 年 6 月）、《2008—2009 中国最佳诗选》（周公度选编，太白文艺出版社）、《2008—2009 中国诗歌双年巡礼》（沈浩波、符马活编，浙江文艺出版社，2009 年 10 月）、《在路上：第三条道路十周年作品集》（谯达摩等编，九州出版社，2009 年 3 月）、《种玉为月》（古马著，敦煌文艺出版社，2009 年 3 月）、《破坏仪式的女人》（吕约著，天津社会科学院出版社，2009 年 4 月）、《灰娃的诗》（作家出版社，2009 年 5 月）、《扶桑诗选》（湖北长江出版集团，长江文艺出版社，2009 年 10 月）、《黑白照片》（杨勇著，作家出版社 2009）、《李森诗选》（李森著，花城出版社，2009 年 3 月）、《春风中有良知》（李承恩著，中国戏剧出版社，2009 年 9 月）、《对应》（叶辉著，广东省出版集团、花城出版，2009 年 12 月）、《我的时间简史》（靳晓静著，四川出版集团、四川文艺出版社，2009 年 6 月）、《比目鱼》（维庸著，文化艺术出版社，2009 年 8 月）、《偏爱》（李小洛著，南方出版社，2009 年 9 月）、《独脚戏》（江非著，南方出版社，2009 年 5 月）、《和学生一起读诗》（余文浩著，海天出版社，2009 年 6 月）、《黑夜里经过万家灯火》（叶丽隽著，重庆大学出版社，2009）、《虹的独唱》（刘虹著，中国文联出版公司，2009 年 7 月）、《云南记》（雷平阳著，长江文艺出版社，2009 年 12 月）等。这些诗集均系正规出版社出版，但其中到底有几本是出版社依照推广与传播当代新诗写作实绩为基本目标并在计划内择选诗人诗作来出版的呢？或许只有年度诗选算得上，而个人诗集绝大部分是由出版者（有时是作者）与出版社协商出版和自费出版的。因此，书号实名申请制其实是市场化的出版界规范内部的举措，早已被放逐于出版市场之外的诗歌和这种新制度基本无关。

也许读者会问，既然诗歌已被抛甩出了当代文学和文化生产的话语与操作轨道，那自掏腰包出版诗集又有什么意义呢？因为正如我在此前的年度诗歌回顾文章中分析过的,即便一些优秀的当代诗人偶然能获得个人资助,得以与出版社协作出版他/她们的诗集,这些诗集也仍然不可能在出版系统内优先进入流通渠道。从这一意义上讲,按公开出版程序出版诗集以获得诗歌与读者的交流,几乎是一种难以实现的奢望。也许,到了对“官方”与“民间”这两个对立的概念进行反思的时候了。随着诗歌在当代文化中彻底地边缘化,不管诗人们情愿与否,他们都只是以民间生存形态进行写作,尽管也还存在着官方刊物,传统风格的诗歌书写也在继续,但这些都不再构成当代诗人在寻求诗歌生存和写作对抗性方面的主要抗衡力量。

与此同时,2009 年的诗歌出版事业在民间相当红火。依托现实地区、网络平台和同仁诗刊,像往年一样,虽然因为资金等不稳定因素的影响,大多民间诗刊是不定期出版且也容易自生自灭,但新诗社、新诗刊及新诗人还是不断涌现。据不完全统计,2009 年重要的民间诗歌出版物有超过 30 种以上。其中,有影响较大、创办时间较长的民刊,如《阿波里奈尔》(蔡天新主编,杭州),“新诗”丛刊(蒋浩主编,去年出版了黄灿然诗集《奇迹集》、由明迪翻译的哈金诗集《哈金诗选》,北京),《北回归线》(杭州),《芙蓉锦江》(杨然、凹凸主编,成都,2009 年出版两种),“诗歌与人”(黄礼孩主编,去年出版专刊《不落下一粒尘埃:东荡子近期作品》,特刊《追蝴蝶:朵渔诗选(1998—2008)》、“第四届诗歌与人·诗人奖”专号《蓝蓝诗选》、黄礼孩、江涛合编《我的小学生活》等),《剃须刀》(两期,哈尔滨),《海拔》(三期,海南),《诗歌现场》(两期,广州)、《非非评论 2009》(四川)、《太阳诗报》(两期,北京),《坚持》(总第 6 期,内蒙古)、《漆》(十周年特刊,广西北流)等;新近创办印行的民刊则有《远方诗刊》(No. 1, 浙江嘉兴)、《核诗歌·小杂志》(第二卷,宁夏银川)、《开》(第 2 期,2008 年 10 月创刊)、《新诗品》(第二卷,云南大学出版社,云南)、《活页 2008》(2009. 3,北京)、《潮》(第一辑 河北廊坊,2009. 10)、《陆诗歌》(第 3 期,“陆诗歌论坛”,厦门)、《白诗歌》(第 4 期,广州,为“广东诗人俱乐部”网络论坛结集)、“2008 抛物线诗歌年丛”(出版拾柴、韦白、森林伐木、远人、凌峰、匡瓢、梦天岚等的诗集,2009. 3,长沙)等。这些刊物虽然依托于某个地区的诗人群体，但它们中的大部分稿约范围往往不局限于小圈子。事实上，互联网使得新一代的诗人之间的交流渠道更加畅通，不单是经由专业诗歌网站和论坛，而且也通过像豆瓣、开心网、新浪微博等新兴的集文化、娱乐、交友功能于一体的网站平台，诗人们相互认识并建立联系。这种结识方式不一定以诗歌文本交流，而更类似于一种江湖逻辑的陌生的诗人之间的慕名交往，比如以"加好友"、"加关注"等形式。

以上描述或许能说明，我们熟悉的那种"官方"、"民间"相抗衡的诗歌环境已经发生了变化，即使诗歌写作观念中的意识形态内部的紧张关系依然存在，但像"官方"、"民间"这样带有把诗人群体实体化倾向的概念已经失去了对诗歌有效的阐释效果。2009年，我们看到了越来越普遍的协作和自费出版、自费印刷等诗歌出版物。

2009年5月，《诗歌EMS》周刊创办，它是《星星》诗歌理论半月刊编印的随刊附赠的诗歌交流文本，每周快递一位诗人的新作20首左右，第1—20期为梁平、潘洗尘主编，自第21期开始，由潘洗尘一人主编。2009年共出版诗集32种。其中外国诗人译作集3种，诗人谈诗录1种，推介内地诗人有潘洗尘、桑克、树才、马铃薯兄弟、苏历铭、莫非、李少君、陈先发、张清华、张桃洲、张曙光、伊沙、陈东东、程宝林、孙磊、宇向、李琦、靳晓静、娜夜、路也、林莽、宋琳、车前子、侯马、徐江、西渡、马莉、蓝蓝、李承恩等。2009年底，《诗歌EMS60首诗丛》第一辑出版，共推出林莽、侯马、潘洗尘、宋琳、车前子、桑克、树才、莫非、梁平等9位诗人的诗集。值得注意的是，这是介于正式出版物和民间自印之间的出版方式，它挂靠于《星星》诗歌理论半月刊，并与后者一样是由出版人资助与期刊社协作出版的。虽然没有申请刊号、书号，但与体制内的刊物协作出版，有利于诗集的发行和推广。同时，《诗歌EMS》周刊重点推介诗人的近作，薄薄一册诗，既更新了阅读方式亦有益于诗人新作的及时传播。

在自编自印的诗歌民间出版物中，有一种新的出版方式引起了我的注意。2009年初，身在广州的冯俊华和他的两个朋友鳜膛弃、邓立宁一起创办了"副本"网站并在豆瓣上创建了两个"副本小组"，计划为他们选定的作者编选、印制作品集。"副本"所做的工作与一般的"自主出版”的区别在于，他们有自己的组稿、审稿和编辑方式，印刷数量很少，再印时可修订，根据需要定购，印制的作品在网上由网络书店代理销售，他们还给作者支付版税。他们称这种方式为“小出版”。“副本”创建至今，已经出版过 19 种小册子，其中诗集有 8 种：鲁毅的《到灯塔去》（第 I、II 版），《瓦尔登湖》（其中的诗），陈舸《林中路》，二十月《双行星与小卷兽》，凌越《虚妄的传记》、《尘世之歌》，拖把《当菩萨还是少女时》。

二　诗歌场（二）：诗歌活动、新诗批评与论争

从现象看，2009 年的新诗界虽然不缺评奖，不少诗歌节和朗诵会，但诗歌制造文化热点、吸引媒体眼球以及搅动诗人内部论争的能量，较之以往几年明显减弱了许多。

2009 年最具文化热点效应、波及范围最广的诗歌活动，当属海子逝世 20 周年的纪念活动。3 月 26 日是诗人海子的忌日，去年的这一天，由西川主编，作家出版社出版的《海子诗全集》在当天开幕的北京大学未名诗歌节上举办了首发式，而此次的未名诗歌节也以海子为主题。同一天，海子的诗剧《太阳·弑》的片段在北京上演。诗人世中人、卧夫发起给海子扫墓活动，也是这一天，海子生前的好友、诗人西川应邀和在京的若干海子读者前往安徽怀宁高河——海子的故乡扫墓，并拜访了海子的家。这一天，北京、上海、哈尔滨等众多城市的诗人和全国许多高校里的学生都纷纷举行纪念海子的活动，各地媒体也争相报道，当然，其中也不乏质疑、批评的声音。《中国青年报》（2009 年 3 月 31 日）记者王晶晶以《海子身后 20 年，我们在围观什么?》为题，撰文梳理并评述了海子辞世迄今所引发的一系列文化热点现象。作者认为，近 20 年来，海子诗集的出版并不一帆风顺，人们对海子和他的诗歌的认识也不算深入。虽然海子的诗歌被选入了中学语文课本，但那首《面朝大海 春暖花开》并不那么通俗易懂。海子只是作为一个文化热点现象被大众接受，而实际可能是“越大众，越轻率”。在海子故乡进行的扫墓活动，则得到了当地政府的支持与介入，这样，纪念变成“打

响海子这一具有深远意义的文化品牌”的行动，而且这一“打响品牌”的计划自“年初已确定组织”，并被当地政府部门“列为2009年重点开展的十大宣传活动之一”。不可否认，大众传媒和专业期刊给与了海子足够多的篇幅，而诗人西川却认为，作为诗学课题的海子实际还没有展开，“海子刚死时，阅读、朗诵海子的诗是一个情感输送渠道，但这么弄都20年了。大家集中在海子这个名字上，海子写了什么、表达了怎么样一个世界，还有待深入认识。他在日记里写到过的对语言音乐性的那种认识，他诗歌里写的村子里的光棍、二流子，这些东西其实都没有被谈到过”。另外，由武汉出版社出版的《汉诗》去年第1期辟有“纪念海子去世20周年特辑”，刊发了查曙明、陈陟云、尚仲敏、臧棣、潘知常、夏可君、荣光启等人的纪念和研究文章。

近四五年间，中国内地诗歌界的诗歌奖项越设越多，但逐渐稳定并产生一定公信度与影响力的诗歌奖却仍然寥寥。去年，第17届柔刚诗歌奖获奖诗人是北岛（荣誉奖）、潘维（主奖）、桑克和李成恩（提名奖），第二届中坤国际诗歌奖获奖诗人为北岛（A奖）、阿拉伯诗人阿多尼斯（B奖）以及翻译家赵振江（C奖），第七届华语传媒文学年度诗人被臧棣赢得。去年底，来自《东方早报》（2009年11月4日）的晚间综合报道称，中国诗人多多（栗世征）战胜了多位享有世界声誉的著名作家，获得了2010年的美国纽斯塔特国际文学奖，并获奖金5万美元。纽斯塔特奖仿照诺贝尔文学奖，创设于1969年，后由俄克拉荷马州富商纽氏家族出资并冠名。该奖由俄克拉荷马大学及其《当代世界文学》杂志主办，每两年颁发一次，得主只限一人，以表彰其终身成就。该奖的品位和声誉都很高，往届得主包括朱塞佩·翁加雷蒂、加西亚·马尔克斯、伊丽莎白·毕晓普、切斯瓦夫·米沃什、奥克塔维奥·帕斯、托马斯·特朗斯特罗默和阿西娅·杰巴尔等。在该奖39年的历史上，已有27位得主、候选人和评委获得了诺贝尔文学奖。多多是得到此奖的第21人和第一位华人。在康涅狄格学院任教的诗人麦芒（黄亦兵）此番位列九评委之一，并提名多多。他告诉俄州当地的《图尔萨世界报》：“多多是一位伟大的孤身旅行家，跨越了民族、语言和历史的边界。他也是一位坚定的幻想家，执著于最基本、最普遍的人类价值：创造、自然、爱、梦想和多智的思考，而这些价值往往被我们现代的喧嚣所蒙蔽。"这则中国诗人在国外获奖的消息在2009年末的诗坛引发了一阵热议。诗歌写作有语言限制，不可能像体育比赛那样，只要按照国际通行的标准动作和规则，就能够凭借实力与不同国家的选手一决高下，而国际诗歌评奖的翻译质量、写作观念和评价标准都是有待探讨的。

2009年的新诗批评相对平淡，值得注意的出版物包括：《尴尬的一代——中国后先锋诗歌》（霍俊明著，广西师大出版社，2009年7月），这是国内第一部系统研究"70后先锋诗歌"的学术著作，作者也是一位诗人。正如作者自己充满感情地确认的，本书记录了"一代人犹如胎记的历史境遇和思想印痕"。《江汉大学学报》（人文科学版）"现当代诗学研究"栏目去年主推当代诗歌批评家、学者论文专辑，展示诗歌研究者们的研究成果，参与专辑的学者包括燎原、张松建、张桃洲、张子清、陈小平、余旸、柏桦等。另外，《特区文学》的"读诗"栏去年继续"诗歌版主联席阅读"，《南京理工大学学报》（社会科学版）则开辟了"现代诗研究"专栏。

虽然一些重要的文学和学术刊物上都刊发有有关当代诗歌批评和研究的论文，但总的来说，2009年度新诗批评气氛并不活跃。四月间，一本书名为《中产阶级诗选》的编号限量出版物在坊间流传开来，我收到的赠本编号为"第120号"。诗选印刷精良，"序言"由蓝棣之撰写，题为《诗坛正来在一个"引爆点"上》，"前言"题为《中产阶级立场写作》，作者杨四平，书后"附录"收有北魏与白鸦的长文。令人困惑的是，这本意在为当代新诗写作提出批评家自己的批评立场与命名的诗选，迄今并未"引爆"出多大的反响。

北京大学新诗研究所主办的《新诗评论》去年出版了两辑，作为内地唯一高品质的诗歌研究专刊，这两辑中值得关注的话题有如下三个：第一辑中有关"1950—1970年代的诗歌问题"的讨论，这是围绕新近编竣的《中国新诗总系》（十卷本，谢冕主编）开展的讨论，话题涉及所选篇目、评价和诗歌史叙述等等；第一辑中的"海子研究"和第二辑中的"骆一禾研究"两个专辑是通过重新全面地解读与认识诗人的作品而进行的对逝者的珍贵纪念；第二辑中刊发了西川的《中国现代诗人与诺斯替、喀巴拉、浪漫主义、布鲁姆——读帕特丽卡·劳伦斯著〈丽莉·布瑞斯珂的中国眼睛〉,并回应王敖〈怎样给奔跑中的诗人们对表:关于诗歌史的问题与主义〉一文》,这篇长文是对《新诗评论》2008年第2辑中王敖论文的回应,话题主要关涉新诗历史上的浪漫主义问题。

由洪子诚主编、北京大学出版社出版的"新诗研究丛书"出版了两种:孙玉石著《中国现代诗学丛论》和张松建著《现代诗的再出发》。《中国现代诗学丛论》为作者多年来关于新诗的研究论文集。20世纪30年代被认为是中国新诗发展的"黄金时代"。本书内容分三个部分,第一部分,回眸"黄金时代",研究这一时期现代派诗潮的发生和蜕变、外国诗潮及传统诗歌的艺术联系,对林庚、废名、何其芳等作了深入讨论;第二部分,"透视历史纵横",以历史纵横的叙述方式,回顾30年新诗发展的进程并进行反思;第三部分,"探寻诗人世界",对多位诗人的写作进行探索论析,揭示其艺术个性和诗学思想。该书体现了多年来该领域最前沿的研究面貌,以及作者的治学轨迹。《现代诗的再出发》副标题为"中国40年代现代主义诗潮新探",本书的研究对象是40年代现代主义诗歌,尤其关注诸多诗人对"新诗现代性"的多元化探索。其特定的学术价值在于,它摆脱了学术界长期以来存在的40年代现代主义诗歌就是"九叶派"的成见,通过广泛的原始资料发掘证明,在40年代,现代主义诗歌是一个多元而丰富的存在。"九叶派"之外,至少还应该包括平津地区的吴兴华、沈宝基,上海的路易士,移居香港和桂林的鸥外鸥,西南联大的王佐良、罗寄一,离散法国的罗大冈,中法大学的叶如琏和王道乾等等。在此基础上,作者给出了一幅40年代现代主义诗歌的新的文学史面孔。以上二种著作为近年来新诗史研究的重要成果。有关新诗史研究,在当代部分,值得注意的成果还包括傅元峰的《暧昧的当代汉语诗歌史》(《粤海风》,2009年第2期),从批评当代诗歌史的"历史主义"倾向反观与批评诗歌写作中存在的问题,陈超的《必要的"分界":当代诗歌批评与文学史写作》(《文艺研究》2009年第12期),从中国当代文学史中诗歌场域的复杂性出发,探讨当代诗歌批评与文学史写作、研究的密切关系。

三 新诗集:诗人的“立场”与“自我意识”

从目前中国内地新诗出版方式的民间化可以大致推断,新诗的写作与传播方式正经历着一次显著的调整。或被迫或自觉地,诗人重新确认自己在文化中的位置,将目光投向了复杂、多样与不断变动中的社会现实与人生百态,从中挖掘可能的经验、精神与诗意。以下我将择选2009年出版的几种优秀诗集进行简要的绍介,也算凑成我个人的一个阅读排行榜吧。

1. 韦白《彷徨人世间》。作为“2008抛物线诗歌年丛”之一,这本诗集收录了韦白2005至2008年间的诗作45首。从这些诗作中,我们能读到一个仿佛被现实、命运挫败的灵魂对于生活、心灵世界的悲哀、无奈和绝望。绝望得很彻底,没有平静与抚慰,没有便捷的救赎,诗人只是把他的感受曝露出来,唤起读者强烈的震撼,就仿佛那一切也是从读者的心中迸发的,像《世界上一切坚固的东西都已烟消云散》、《场景》、《秋天的笔记》等诗所揭示的那样。我们不能简单地把这些归咎于诗人的悲观、消沉,或许,它们的确是这个时期动荡的世界、残酷的现实在诗人心底的投影。尽管如此,诗人还是固执地试图用写作来缓解和超越,“只有暗淡的阳光斜过水面,/ 固执地镀亮那些水泥石墩、空寂下来的 / 平台和滨江剧场上的白帆布,就像诗人要 / 固执地镀亮那些饱受混乱和蹂躏之后的诗”。韦白在诗歌写作之外,还翻译了不少外国诗人如扬尼斯·里索斯、亚当·扎加耶夫斯基、米罗斯拉夫·赫鲁伯、阿多尼斯、费尔南多·佩索阿等人的作品。

2. 蓝蓝《蓝蓝诗选》(二种)。许是个人生活的变动吧,从郑州来北京生活的蓝蓝这几年的写作较以往有了许多变化,新作也很多。这里介绍的一本是“第四届《诗歌与人·诗人奖》获奖专号”,另一本收入《诗歌EMS》周刊。蓝蓝的诗情感真挚、饱满、强烈,善用矛盾修辞,传达复杂冲突的情绪和感觉。近年蓝蓝将诗的笔触更多地探向现实,大胆地为生活在底层的矿工、穷人以及遭遇不公的普通人呼吁,传达她与他们之间的精神关联。

3. 吕约《破坏仪式的女人》。这本厚近300页的诗集应该收录了诗人吕约的大部分作品吧，包括诗和诗论。吕约近年的诗歌写作可以说有了一次大的飞跃，把她找到的一种讽刺、泼辣、洒脱的风格发展到日趋成熟。其中《致一个企图破坏仪式的女人》、《炸弹漫游》、《坐着》等代表作品，题材或可能源于当代的政治事件，但经过吕约精巧的构思和富有想象力的展开，获得了一种对当代现实的复杂而深入的开掘。正像她自己描述诗人的工作时所形容的："诗人踩在两个世界的国境线上／同时发射出三种词语。"从这本风格独特的诗集来看，吕约无疑已跻身当代最重要诗人的行列。

4. 桑克《夜店》、《冷空气》。这两本集子收录了诗人2008—2009年间的新作七十余首，显然，桑克是一位相当勤奋的诗人。勤奋诗人写作的阶段性特征往往不是非常明显，桑克的写作也如此。但从这些新作中，一个始终关注他的读者还是能够感受到诗人心态的转变，大概应归功于年龄或精神的成长吧。和之前的写作相比，这一阶段的桑克更倾心于拷问自身，中年写作中蕴含着宽容、愤怒与怀疑的综合特征。正如他在诗中写下的："我的诗并非传记，并非／灵魂的索引，而是杂烩／或者色拉，甚至是关于／一个野兽与另一个野兽／之间的私信。你是可以／把其中一个当作自己的／化身的，当然你也可以／把他们全当作风或者云。"(《声明》)

5. 宋琳《采撷者之诗》、《掌上轶事》。宋琳是一位具有沉潜、修远品格的诗人，这两本集子收录了他七十余首诗作。宋琳的诗歌特点或许可以用臧棣的一句话来概括——"诗歌是一种慢"。阅读宋琳的诗，仿佛感受到诗人是在沉思、冥想和反复吟哦中寻觅到词语、修辞和节奏感的。这或许是宋琳独特的沉静而安然的气质使然。他的诗状物细致，想象中糅藏着智慧，在一个快餐消费文化盛行，忙碌的人们根本无暇遐思的年代，宋琳温润的诗句会让读者的心境沉静、柔和下来。

6. 黄灿然《奇迹集》。这是一位诗人、翻译家，同时也写作诗歌评论。热爱诗歌的读者可能读到近年来黄灿然的不少译作，而他的新诗作品发表的不多，难得读到。作为"新诗丛刊"最新一辑的《奇迹集》是黄灿然的新作集，应该说也是他一个时期阶段性写作的结晶。称之为阶段性，这之中还包含有一种自觉，即为一本诗集而写作的自觉。正如黄灿然在《自述》中描绘的："有一天我坐在电脑前，想起这首未完成的诗，便花了十多分钟找出来。但我发现诗是不能修改的，其匆匆记下的散文化长句也是不能修改的，一弄成我平时写诗的句式，便面目全非。于是，我便让它保持原貌，并顺着原来的节奏补了几句。然后，奇迹发生了，一首接一首地写。""这首续写的诗虽然不算好，却开创了一种新节奏，并带给我不是一批或一组诗，而是一本全新局面的诗集"。确实，这样的写作状态令人艳羡。较之以往的黄灿然，《奇迹集》中的他"更率直、更无顾忌、更自由、更随意也更自信"，在这里，诗歌的"声音降为语调"。从一个普通阅读者的角度看，这些诗的语言朴实，质直，很少用到复杂多样的修辞手段，也不放任自己的想象力，诗人以极端坦诚的态度谈论着他的所见所闻，所思所感，而诗意的获得往往在不经意间，或者，在诗人从见闻、思想出发抵达的顿悟与释怀中。能够看得出，这里面有诗人对佛教有关理念比如禅的领会，也有诗人在人生的中途时对生命开阔的理解。譬如这首题为《小未来》的短诗：

少年时我觉得童年是最宝贵的。
青年时我觉得童年和少年是最宝贵的，
同时发现如果我不能发现
此刻是最宝贵的，我中年时
定会觉得童年少年青年是最宝贵的。
现在我着眼于现在：此刻是最宝贵的。
而且，就连前面不远处，那小未来，
也是最宝贵的：那红绿灯，
那地平线，那大厦和天台，
还有，那棵树，那片正在飘下
正在半空中晃荡的，就要落在
已经落在我肩上的叶子！

这短小的诗中包含了最普通不过的人生体会，但也确实是可珍视的、现在的、有存在感的生命状态。

虽然我只遴选了以上几位出版了诗集的诗人加以介绍，但细加检读，刚刚过去的2009年确实涌现了不少优秀的诗人、诗作。限于篇幅，这里就不一一介绍。

浏览各类诗歌出版物，以带有共性和自觉的诗歌理念亮相的诗群和思潮，有“高校诗歌群体”。这和北京大学五四文学社举办的“未名高校诗歌奖”有关。去年，“未名高校诗歌奖”进行到第五届，获奖与入围的诗人来自全国各地以至海外中国留学生，2009年3月在北京大学的未名诗歌节也邀请了部分获奖诗人参加。上世纪的80年代曾有影响深远的“大学生诗潮”，很多现在仍然保持写作活力的中年诗人就是来自那个时代。《星星》诗歌理论半月刊去年第2期以“遗失的诗歌部落”为栏目标题，用了整本期刊的大半篇幅，刊发回顾文章、诗选等，回顾了“80年代大学生诗潮”。2009年创刊的《远方诗刊》(诗刊为25年前成立的湖州师院远方诗社)刊发了“中国大学生诗歌联展”，去年新创刊的《诗林》下半月刊第3期刊发了“未名诗歌奖获奖诗人选辑”。2009年出版的第三期《〈陆〉诗歌》刊发了“台湾中生代及新世代诗人作品”选，也是值得关注的诗歌群体展示。

把2009年度孤立起来观察，我们可能会得出诗坛沉寂的总体印象，从诗歌写作思潮的角度来看，近几年的内地诗界没有涌现出令人振奋的具有冲击力的诗歌写作观念和群体，由此，有几位诗人发出了“当代诗歌需要一场思想运动”的呼吁。《海拔》2009年第3期(秋季号)的“海拔批评”栏下刊发了萧开愚、王歌、余旸、冷霜、姜涛的对话，要从审美角度、语言角度、阅读角度之外的“思想角度”对当代诗歌提问。讨论者们引入历史视角，回顾自上世纪80年代以来当代诗歌写作在交流、评价及生成机制方面的变化，探讨这种变化背后的社会结构和思想观念的变异。从当代诗歌评价标准的丧失、新诗发生的危机状态、诗歌与现实的关系、意识形态终结之后艺术的困难等角度，讨论者们从现状中确认出“思想运动”(具体而言，比如萧开愚所说的“新唯心主义”)所可能生发的新的价值观之于当代诗歌的急迫性。虽然这个讨论属于新诗批评，但考虑到它是当代诗人对于诗歌现状的直接发言，我且把它放在这篇回顾文字的诗歌部分介绍，因为它代表了当代诗人的“立场”

和“自我意识”。

回顾2009年中国内地的新诗写作，每每翻开一本杂志、一册诗集，或为大量凡庸之作惋惜，或为偶然看到的一句好诗欣喜、赞赏，我心中总有一丝探究的愿望升起：这些面貌、内容和风格各异，水平参差的诗，为什么能在同一个时代的写作者中生发？它们共同构成的是一些乐音的碎片，还是一个完整的交响曲？是分散零落的风景，还是层次分明、色调统一的画面？即使我以“扫描”、“回眸”、“一掠”之类的感受性的词语来处理它们，那留在我记忆中的难道只是些亮点和污迹？难道没有一种可以称之为“时代精神”的因素在其间？也许，正有另一篇文字期待着书写者。

2010.2 春节

问题与事件

关于《对表》一文的澄清

王　敖

我的文章《怎样给奔跑中的诗人们对表:关于诗歌史的问题与主义》发表于《新诗评论》2008 年第二辑,对如何看待中国新诗中的浪漫主义的问题提出了若干看法。我很乐于看到西川的一篇"回应"文章,因为该文体现出的一些思路的错乱,并非西川一个人的问题,客观上有助于我们进一步了解中国当代诗坛的一些常见病。然而,从学术讨论的角度来看,西川的文章缺乏有效的批评判断,不合逻辑和自相矛盾之处过多,在此我只是择要做一些澄清,有兴趣的读者对照相关文字,自会做出判断。

首先,我的文章并非针对西川的《落差》一文。引用西川的说法,包括宇文所安多年前在相关问题上"更深刻的描述",意在引出我的文章正面的立论。无论如何,都不牵扯这些论者本人具体的身份、学历、背景,亦无兴趣由此作出任何影射,像西川的文章做的那样。

应该说,我并不反对宇文所安的看法,20 世纪的中国诗人脱离历史地看待浪漫主义,这个现象的确是很普遍的。这种看法也给我们提供了更多的探讨余地,比如,同时期的很多西方重要诗人对浪漫主义的理解是否也充满历史性的误解(比如 T. E・休姆把浪漫主义直接比附为基督教史上的异端白拉齐主义[Pelagianism]);再比如,西方人自己对浪漫主义的历史性和政治性的严肃反思是从什么时候开始的,而这种反思潮流跟继续坚持浪漫派传统的批评家之间有过何种对话,这些问题有助于我们进一步理解的浪漫主义的复杂性。但在《对表》一文里,我对西川的看法是持否定态度的,尽管表述得已经相当委婉。

根据西川的看法,中国的诗人们在 20 世纪塑造浪漫主义诗人的形象，实际上是把自己19世纪化了。按照这种逻辑，各国受莎翁的哈姆雷特形象影响的诗人们，无疑是停留在伊丽莎白女王的时代。西方20世纪效仿寒山的诗人们，是集体回到了8世纪。庞德借重孔子的形象，则表明他并没有让自己20世纪化。试问，如果现在有人以19世纪的非洲诗人作为自我的镜像，那他算不算19世纪化了呢？这种明显荒诞的逻辑包含多重的误解，说到底都来自于一些当代诗人长期的心理焦虑，让他们在对待文化间不平等的权力关系时进退失据，从上世纪80年代到现在，已经导致了很多不良后果。比如，我们看到，有些人用参加国际诗歌交流的经验来教训国内诗歌界，同时用所谓"文学嫩仔"之类的说法来嘲弄年轻一代的写作者和读者，这些做法都从反面体现了一种文化上根深蒂固的自卑感。

长期以来，我国学界对西方现代诗的讨论主要集中于现代主义，并有很多不加反省的对浪漫主义的误判。因此，我在文章里着重回顾了浪漫主义在英美20世纪诗歌和批评中的复兴，以此来补足很多诗歌读者对这段历史的认识空缺。同时，我强调这种回顾只是讲述当时历史的一个"版本"，避免了任何绝对化的判断。此外，在中国现代文学的范围内，浪漫派诗歌的成就与局限是新诗研究中的关键性问题之一，像西川那样直接把中国的浪漫主义的产生归因于一种"小资向往"，无异于信口开河。

现代中国诗人接受浪漫主义，并非是一厢情愿的低级模仿。他们在接触拜伦、雪莱之前早就有长期的本国古典文学的熏陶，也有来自其他文化资源的修养。所以，他们在通过浪漫主义重新解释传统的同时，也主动改造了浪漫主义。他们会说，李白是个浪漫主义诗人，但也会说华兹华斯跟陶潜相通，这是一种双向的误读与改造，而且在文化上和政治上跟中国的现代性问题有复杂的纠缠。如果说他们忽视了西方浪漫主义的某些方面，那经常是出于当时中国具体的现实原因或文化特点，并不是他们到底学得像不像的问题，更不是他们是否集体缺乏模仿能力的问题。按照浪漫主义对原创性的崇拜，模仿本身就是二流的。如果把他们判定为西方浪漫派的模仿者，那就等于直接得出了否定的结论。把文化吸收与利用简化为模仿，这是非常武断的做法。

事实上，很多西方的浪漫派批评家们也承认一点，没有东方和殖民地的文化也就没有浪漫派的异域想象，更没有浪漫派的世界视野。也就是说，浪漫主义虽然起源于西方，但它本身就是在帝国主义扩张的过程中文化冲撞融合的结果。比如，在18世纪后期，在英国出现过一场“东方文艺复兴”，具体表现为东西方比较神话学的流行。在此期间，威廉·布莱克的诗学受到过印度神话体系的直接影响。所以，有的学者认为，布莱克的“老虎”本来就是一只印度老虎，而他创造的很多神话艺术形象，都可以在印度文化里找到来源，比如梵天和毗湿奴在他作品里的变形。从另一方面讲，非西方人对浪漫派的改造也有自己的主动性和发挥的空间，在印度，日本和韩国，也有他们的浪漫派，其贡献同样值得认真对待。

对于哈罗德·布鲁姆的批评思路，以及他的理论能否帮助我们理解中国文学史上的问题，我都有很明确的说法。西川所说的，我对布鲁姆的“全盘接受”实无根据。希望西川能够直接引用我的原文证明，我也提醒读者注意我文章里的具体措辞(比如，“独断论”、“自大狂”、“大肆宣扬异端”，“几乎把西方诗歌史变成了英文系开的晚会”，“研究中国漫长的文学史，用他的独断论很难做出整体性的，有价值的解释”)。对于布鲁姆的文学观念中真正的问题和缺陷，我以后会另写文章介绍。但在《对表》一文里，问题的关键并不在于布鲁姆是否比别人更正确，而在于他的观点在那一段批评的历史中起过实际作用。

关于庞德，包括他的诗歌贡献和政治倾向，我文中有专门论述。西川并无正面讨论，只是引用了一些美国诗人对庞德的赞誉，同时毫无根据地指责我对庞德的“轻蔑”。对于分别支持史蒂文斯和庞德的两种观点，我的说法是，它们“在诗歌和批评领域里长期僵持不下”，并举了2008年也就是说当时最新的争论作为例子。在西川那里，再次被歪曲成“一边倒”，“给不明美国诗歌政治的人造成一个假象，好像现代主义已经没人提了”。类似的做法非常多，而真正意义上的“回应”却如付之阙如，令人怀疑西川是否读过我的文章。这里有必要提醒一下，单纯策略性地曲解别人的观点，而且不提供任何证据，在讨论问题时被逻辑混乱的表达所绑架，这些都会降低争论的品质，也会浪费读者的时间。

在讨论布鲁姆的思想背景的时候，我提到了他的灵知主义的渊源。正如西川大段抄录国内学者研究翻译成果所证明的，灵知主义（或诺斯替主义）在国内学界早就不是新闻，尤其近年来讨论更多，灵知主义的经典也有中文译本。我的文章并不负责抄录这些文字，并进行这方面的二手，甚至三手的知识普及。但西川的说法仍然是，“由于陌生，诺斯替与喀巴拉成了吓唬中国人的东西”，这种话至少对西川引用的国内学者是一种冒犯。

宗教上的神秘主义对文学思潮的影响是个复杂的论题，它们之间并非是直接对应的关系，也不要求两者有完全相同的出发点。在研究布莱克的时候，弗莱曾经提醒读者，要避免把诗人和神秘主义者轻易混为一谈。弗莱的区分是：纯粹的神秘主义专注于个体跟神的直接交流，而诗人会更关心如何驾驭形式来创造艺术品，这是他们的基本区别。这种区分并不是绝对的，因为诗人可以有多种身份，但它有助于我们警惕直接用神秘主义来解释诗歌潮流，因为诗歌并非是任何一种宗教思想和体验的翻版。对于神秘主义与浪漫派思想的关系，西川就犯了这种基本的错误，结果是在承认自己所知甚少的情况下，凭着一种自我辩解的意愿，在一些关于浪漫派的常识性问题上随口讨论自己的错觉。如果真要对布鲁姆的神秘主义倾向进行正面的批评，那应该通过对相关神秘主义原典和布鲁姆原文的阅读提出观点（不少批评家已经做过这种工作），而不是根据转手资料里的只言片语进行含糊的猜测，进而用肤浅小随感进行自我催眠。

某些浪漫派的批评家借重灵知主义，并不是因为他们要假扮灵知主义的信徒，而是因为他们看到了这两种思想有一些基本的结合点：所谓“灵知”与浪漫主义大写的“想象”有很多共通之处，它们都让从个人内部见证神性成为可能，都把人与神的区别看做是程度上的而不是本质上的区别。这也是一些论者进行批评的切入点，但西川的讨论并没有触及相关的问题，也并没有针对任何具体的浪漫主义诗人的评论。事实上，在浪漫派的大诗人们之中，与灵知主义关系最近的人物是异议神学传统中的威廉·布莱克。在18世纪后期，布莱克通过各种宗教异端的学说（比如“狂热教派”）而接触到灵知主义的思想，他改写了正统基督教的三位一体,以基督(或具有神性的人)来反抗邪恶的造物主上帝,这种做法与灵知主义非常相像。因此,英国大批评家 A. D. Nuttall 把布莱克跟他的前辈马洛和密尔顿共同列为灵知主义异端文学的代表。对此类问题,我们需要关注的是宗教文学研究者的深入探讨,而不是空疏妄议。

在谈论卡巴拉与布鲁姆的时候,西川只是抄录了翻译的介绍性文字,却对布鲁姆的《卡巴拉与批评》只字未提,那何必还要谈布鲁姆呢?在西川的文章里,滥用引文的自我催眠经常要使用别人的名字来混淆视听,比如,“那么究竟有没有‘时代精神’这回事呢? 哈罗德·布鲁姆展示过与王敖不同的看法”。对不起,我的文章根本没有谈论过所谓“时代精神”的问题。对于诗歌与帝国的关系问题,西川以“嗜痂之癖”这样的措辞来应对,这一方面是个教养的问题,另一方面则表现出他对这一问题本身缺乏认识。不要忘了,单就 20 世纪的诗歌而言,最热衷于“帝国想象”的诗人就是庞德和艾略特,他们思想背后的帝国观念是他们长诗写作重要的出发点。比如在《荒原》里,荒原的图景背后存在着一个罗马帝国的地图,艾略特在文化上的诉求是在现代的英国重建传统的帝国秩序——在《四个四重奏》里,它被进一步发展成了“历史就是现在和英格兰”。此外,佩索阿的“第五帝国”,哈特·克兰的新帝国幻象,也越来越受到诗歌研究者的重视。

在谈论郭小川的帝国想象的时候,我关注的是他对古代修辞的改造和转化。无论如何,这并不是说我从意识形态上赞同帝国主义。在这一问题上故意混淆,无异于诽谤。以这种小动作当出发点,西川还轻易地引用了阿兰·巴迪乌关于帝国的一句话,其本身只能说明巴迪乌对当代艺术的一个看法,并不能解释现代诗歌史上的现象。巴迪乌的看法是一家之言,可惜在西川那里变成了蒙混和搪塞的道具,这是一个典型的因为引用不当而给原作者招致误解的例子。

在阅读西川大段的引文的时候,读者会被迫去质疑引文的可信度。比如,关于帕斯所说的浪漫主义的一个重要模式,文中不断重复的“嘲讽”一词实在不伦不类,因为帕斯指的明显是“反讽”(Irony)。“浪漫主义的反讽”(Romantic Irony)是浪漫派研究最基本的概念之一,从施勒格尔到保罗·德曼,有过大量的讨论,国内的相关论文也有很多。西川的幻觉是,“恶补”来的文字可以帮他说话。可惜,实际的效果则近乎被误译附体后的滑稽表演,音调越高越表现出闹剧色彩——这种做法不禁让人想起,80 年代以来的一些“知道分子”诗人的文化表演往往具有类似的“神汉”风格。

我的建议是,如果“尽量用引文来说话”,那最好用原文做参考,这些原文都不难找到,否则照抄也一样会出错。而且,在谈论诗歌问题的时候,与其抽空背景来引用很多似是而非的观点,让自己的文章变成它们互相冲撞的跑马场,不如多引用你谈论的诗人的作品来当例证。在西川上万字的长文里,我们没看到一句诗。虽然有对诗人强烈的褒贬,或诗歌侃家们标榜“趣味”的障眼法,但没有例证,更无分析。

在谈论徐志摩是否被高估的问题时,西川的态度要比徐志摩最糟糕的时候更轻佻,而且他要用两篇长文来表达一个粗浅的印象。尽管如此,我还是乐于看到西川对自己以前的观点作出及时的修正。比如,借助一本汉学著作,西川终于认识到应该把徐志摩放到“中国现代进程”里来考察。事实上,西川可以进一步反思,徐志摩能否代表中国浪漫主义诗歌的各种版本,他的形象塑造究竟是来自于浪漫派的大诗人们,还是更多地来自维多利亚时代的诗人作派。西川所反对的,究竟是现代文学史上一位早逝的诗人,还是他在当代流行文化里膨化出来的形象,我们是不是必须通过对当代“文学青年”或者“小资”的贬损才能谈论徐志摩的形象问题。此外,相对于《落差》一文,西川虽然修正了自己的一些过于粗糙的看法,但仍然缺乏任何具体文本上的说服力。

我从批判的角度使用“对表”这一比喻,意在表明不同种族、地域、时代的诗人有权在自己的时间中进行书写。现代性的逻辑,造成西方给第三世界国家重新设定文化上的时间观念,这本身是文化之间权力不平衡的结果,所以会造成中国诗人“19 世纪化”的错误指认。我们知道,没有人指责艾略特诗里的印度思想过时,庞德崇拜孔子则让一些中国诗人觉得受宠若惊,但面对本国的浪漫派,这些人却要闭着眼睛哼出轻蔑。这种误解就仿佛“芝诺悖论”的一个现实例子:后起跑的人永远跟不上先起跑的人,因为每当你跟上别人,对方已经又往前跑了一段。

所以，误信“对表”的人会觉得永远跟在西方人背后，唯恐自己不是跟得最紧的，连他们时而媚雅的反抗姿态也是以承认这种文化错觉为前提的，中国当代有创造力的诗人对此应该有清醒的判断。

然而，正如我在《对表》中所说，文化间的不平衡关系并非永恒不变。让我们反过来想一下。假设20世纪的中国代表世界上最强势的资本主义文化，西方远远落后于我们，当庞德效法孔子塑造诗人形象的时候，会不会有人对他说，“孔子在先进的中国已经过时了，你怎么这么不现代，竟然把自己公元前化”。这样的说法，一样是文化霸权的产物。在未来的时代，如果再出现几次经济危机，美国政府最终宣布破产，我们要警惕自己也陷入这种逻辑。到时候，曾经崇拜庞德的人，切勿翻脸说他选错了偶像，落后于时代。

如果西川仍然坚持简单化的“对表”，倒不必使用光绪的年号，但至少应该把一般意义上的浪漫主义开始的时间搞清楚。文中说，“但实际上，浪漫主义产生于思想观念大变动的19世纪。也就是说它有一个明确的开始时间”。更准确的说法是18世纪后期，否则，从法国大革命到《抒情歌谣集》的出版都会变成19世纪的事情——建议西川还是多对几次表。

从神坛走向狂欢

——未名高校诗歌节文化符号意义阐释兼论诗歌现状

许莎莎

从朗诵会到诗歌节

在当代大众文化的风景线中，文学评奖和颁奖越来越受到人们的关注。新千年以来，文学评奖不断增多，除了各种各样的小说评奖，诗歌——这种某种意义上向内的文体——也逐渐步入文学评奖的轨道。① 其文学场域发生了很大的变化，成为当代中国幻影重重的文化镜城当中的一分子。

2009 年 3 月 26 日，"半完成的海"，即第十届未名高校诗歌节在北京大学百周年大讲堂多功能厅举行了开幕式。未名高校诗歌节（包含未名高校诗歌奖）是我国的第一个诗歌节，到 2009 年它已走过了十个年头，同时，2009 年 3 月 26 日又是诗人海子逝世 20 周年，因此，此次未名高校诗歌节受到了大众和媒体的强烈关注。对于我们来说，未名高校诗歌节是具有对当代诗歌进行研究的典型意义的。因此本文拟以未名诗歌节为研究的主要对象。现在，我们不妨从未名诗歌节的历史来进入这个话题。

事实上，未名诗歌节虽然只有十年的历史，但其前身——未名湖诗会（形式上是一个朗诵会）却始自 1983 年。1983 年到 1993 年的十年

① 在周瓒的文章中，她提到："2007 年，诗歌界的奖项明显较以前多了起来。根据'诗生活'网的'诗通社消息'的不完全统计，又大大小小关涉诗歌的奖项近 30 种。"

间，未名湖诗会都仅仅是一个朗诵会，并不是一个节日，甚至连每年举行的日期也不是我们现在所知道的春天（3 月 26 日），而是在秋天举行。西川在一次讲座时曾经回忆到当时的情景："我们以前在北大的'大饭厅'——现在叫百年讲堂了——在那儿开朗诵会，能坐好多人，像一大电影院似的，不像现在那么现代化，那时是木凳子，也能坐三千来人的样子，搞朗诵会很热闹。"[①]我们现在很难想象诗歌朗诵会这样一种活动是伴随着"大饭厅"和"木凳子"来进行的，但在 80 年代，这样的环境却仍然能吸引数千人来参与。这实际上正反应了当时诗歌的地位以及诗坛状况。[②] 在当时诗歌是作为一种重要的文化形式参与到当时社会的群体表达之中的。因此才会出现朗诵会虽然简陋，但仍能吸引数千人来观看的局面。

1989 年以前，诗歌一直都还保持着上述地位，无数的青年人在朦胧派以及其他诗人的诗歌中读到他们自己。1989 年之后，诗坛发生了不小的变动。海子、骆一禾、戈麦、顾城等诗人的非正常死亡使得人们对于诗人、诗歌的想象发生了巨大的变化。此外，诗歌本身的发展也产生了新的变化，很多在 80 年代有效的诗歌话语和理念在进入 90 年代以后变得失效和不能整合了。在这一过程当中，未名湖诗会由原来的秋天举办改为了现在的春天，3 月 26 日，来纪念海子。并在 2000 年将未名湖诗会改为未名诗歌节。

从未名湖朗诵会改为未名诗歌节，这其中可以看出诗歌在 90 年代以来的社会地位的变化。毋庸置疑，诗歌节相对于原来的朗诵会来说，更具有狂欢的意味。在巴赫金的理论中，"'狂欢'作为节日的价值正在于彻底打破日常时间——空间的约束，假想性地毁坏一切并更新一切，暂时摆脱了秩序体系和律令话语的钳制，在假定场景中消弭了贵贱上下的森然界限，毁弃一切来自财富、阶级和地位的等级划分"[③]。而在大众文化中，"狂欢"往往成为某种文化主导模式，其中隐含着各种

---

① 出自 2009 年未名高校诗歌节讲座"对话西川先生"录音整理稿。

② 北岛也曾经回忆过类似的诗歌朗诵会状况。

③ 参见汪民安主编《文化研究关键词》，第 174 页，江苏人民出版社 2007 年版。

复杂的权力关系。就让我们一一来分析未名诗歌节作为一种略带“狂欢”意味的文化符号，所隐藏的各种意义与权力关系。

消费社会中的边缘化诗歌

戴锦华指出：“毋庸置疑，进入90年代以来，姑妄称之为‘大众文化’的通俗、流行文化以愈加有力而有效的方式参与着对转型期的当代中国文化的构造过程。”[①]在大众文化突然袭来的1990年[②]，在市声喧哗之畔，是精英知识界的骤然沉寂和“文化失语”命题被不断提出的怪诞现象。而对于诗歌界来说，诗歌的边缘化和失语却要上溯到80年代末期。

关于诗歌的边缘化似乎已经是个不争的事实。臧棣曾经在一次访谈中承认这一点：“就文化地位而言，诗歌会越来越滑向社会的边缘。”他并且认为：“诗歌永远不会认同现代社会，这是由它的特殊的文化意志决定的，但另一方面，我也很难想象诗歌有能力参与对现代社会的批判。”[③]

让我们从内与外两个方面来探讨造成诗歌边缘化的原因：

从外部原因上讲，一方面我们刚才已经涉及，90年代以来中国社会一体化体制愈加地松动和断裂，市场经济大潮席卷中国大地，据统计，从1979年到1993年，国民生产总值每年递增9%，而同一时期广告的营业额每年递增30%到40%。[④] 经济浪潮冲击到了原来的政治与文化体制，这使得原先在50至80年代初的体制内的专职作家的身份功能大幅度弱化，反映到诗歌领域，则是诗人身份认同的多元化表现。“诗人”这一头衔不再作为一种职业名称来出现，相反，却渐渐变成了

---

① 戴锦华：《隐形书写——90年代中国文化研究》，第1页，江苏人民出版社1999年版。

② 1990年标志着大众文化兴起的典型文化现象是“中国第一部大型电视室内剧”《渴望》和台湾电影《妈妈，再爱我一次》的热播。

③ 西渡、王家新编：《访问中国诗歌》对臧棣的访谈，第230页，汕头大学出版社2009年版。

④ 黄会林：《当代中国大众文化研究》，第436页，北京师范大学出版社1998年版。

某种文化符号或附属头衔。周瓒指出，在90年代的中国内地，活跃的诗人的职业主要可以归入三类：一类以自由撰稿人身份从事诗歌写作，第二类是以从商者的身份写作的诗人；第三类是以文化职业为谋生手段的诗人。[①] 另一方面，80年代末的那场政治运动对当时的诗人而言是一次激情的冷却，成人礼的完成，90年代的文化，90年代的诗歌再也不可能像80年代那样锋芒毕露，因为经过80年代末、90年代初，人们更愿意开启一种新生活，而80年代的历史就成为了90年代文化的缺席的在场者。

从诗歌的内部来讲，90年代的诗歌与80年代的诗歌相比也发生了很大的内部的变化。西渡指出："进入20世纪90年代以来，诗歌领域发生的变化有目共睹。这种变化的强度和剧烈程度超过了任何其他艺术领域，其性质既是革命性的，又是建设性的……80年代轰轰烈烈的诗歌运动在进入90年代之际出现了令人怵目的分化和重组。这种分化和重组一方面体现在对80年代诗歌的本体论理想和文本理想的质疑和扬弃，另一方面也体现在对新的诗学理想的探讨和确立。"姜涛、胡续冬、冷霜、蒋浩等人在一次谈话录中也谈到1993、1994年前后他们所感受到的诗歌内部的变化。他们都谈到在那个时候接触到了一些与以前不一样的阅读，比如臧棣的诗学文章、王家新的访谈录、西川的诗和文章以及《中国诗选》上的一批东西，这使得他们对于诗歌的理解产生了变化。[②] 事实上，我们从自80年代中期以来诗歌界的批评话语中也能看到变化的端倪。从那时到现在，比较重要的概念就有"新诗潮/后新诗潮"、"朦胧诗/第三代诗"、"朦胧诗/后朦胧诗"、"'民间立场'的诗人写作/知识分子写作"以及"90年代诗歌"等等。这充分显示了其变化之快之大。90年代诗歌最大的变化也许就在于它始终保持着与社会群体生活的距离，这种距离并不仅仅是80年代的面向自我，因为那时的"自我"仍然与"他者"保持着联系和共通性。90年代

---

① 周瓒：《透过诗歌写作的潜望镜》，第71页，社会科学文献出版社2007年版。

② 参见西渡、王家新编《访问中国诗歌》中姜涛、胡续冬、冷霜、蒋浩四人谈话录，汕头大学出版社2009年版。

的诗歌则是关注个人非诗化的具体生活，它切断了与外部的联系或者说这种联系变得异常模糊。在这种情况下，诗歌正如臧棣所说的那样，在这个个人消费行为和整体社会价值观已发生重大转变的时代，已经很难参与到对现代社会的批判和有效的文化建构中来了，那么它的边缘化则因此而显得“合情合理”。

这种边缘化的诗歌，笔者刚才已经提到，使得诗歌以及诗人身份显得更像是一种文化符号。而在中国当代这样一个充斥着消费的社会中，诗歌的命运又是如何的呢？在《消费社会》一书中，鲍德里亚指出，消费社会从根本上意味着消费游离于生产过程，在此基础上，物的实用性消退，物的非实用性浮出水面。由于被消费物已经在实用功能的意义上全面满足了人的需求和欲望，整个资本主义的消费开始由物的有用性消费过渡到物的符号性消费，符号价值替代了使用价值。[①] 据此我们看到诗歌在当今这样一个消费社会中，也许只能沦为一种被消费的符号。而笔者认为未名诗歌节就恰恰是某种隐形的诗歌对于消费社会的妥协。

首先，未名诗歌节的形成有一个资本介入的过程。2000 年以后，诗歌节开始正式举行，一开始的资金来自于北京大学中文系经北京大学同意给予的拨款，自 2005 年后，资金来自于北京大学中国新诗研究所和中坤集团的赞助，而北京大学中国新诗研究所的成立和发展很大程度上也是依托于中坤集团的资助。[②] 中坤集团的董事长骆英是一位诗人，也是北京大学中文系的校友，他的资助肯定有个人情感因素在里边，但如此之大和持续性的资助，对于一个商人来说，也肯定有市场化和利益化的考虑在其中。可以说，无论是之前的学校、院系支持还是后来的中坤集团的赞助，对于资助与被资助的双方来说，这一举动是双赢

① 参见鲍德里亚《消费社会》，刘成富，全志钢译，南京大学出版社 2008 年版，以及汪民安主编《文化研究关键词》“消费社会”词条，江苏人民出版社 2007 年版。

② 中坤集团在北大成立了北京大学中坤学术基金资助来支持新诗所的一系列研究项目和活动。

的。诗歌节的组织者[①]借由这些资金办起诗歌节来，而赞助者则借助对于诗歌以及诗歌节的资助来建立起一种文化品牌效应，比如北京大学以及北大中文系借由这场声势浩大的年度诗歌狂欢来提醒人们对于新文学历史中以及新诗史中北大特别是北大中文系的重要传统和作用，而中坤集团则借助于此来证明它们是一个有文化和素养的企业，在文化资产领域，特别是诗歌资产领域，它们有着权威和特殊性。当然，过于强调资助者一方的利益是不合适的，也许对于北大的诗人群乃至于高校诗人群来说，对于当代诗人的整个群体来说，诗歌节的存在可能是更重要的。北大五四文学社主要负责人徐钺在我对他的访谈中就曾表示诗歌在当代这样一个消费社会中确实已经带有某种符号性，必须具有一定的文化符号生产意义才可以。否则诗歌将会越来越小圈子化，而诗歌的规则则变得不再可靠。诗歌节是一个机会，使得诗歌再次向人们开放，这种开放几乎是不存在任何界限的，这有助于缓解诗歌过于小圈子化的问题。

而对于一般的大众和诗歌爱好者来说，诗歌节某种程度上成为了他们的消遣[②]、谈资以及证明自己精英身份和经济地位的证据。参加诗歌节意味着他们是具有文化或者是精英意识的一个阶层，而诗歌在当代社会的边缘性地位使得他们在建构自己参加诗歌节的文化需求的时候不自觉得获得某种反抗的快感，认为自己的文化和知识是特殊而高级的。我们很难想象，在诗歌被边缘化的今天，如果我们没有经费来举办诗歌节或是因为经费短缺使得诗歌节的举办地点依然停留在80年代简陋的水平上，那么还究竟会有多少人来参加诗歌节的活动？显然大多数人在对诗歌感兴趣的同时更加不自觉地是来享受和消费一种文化符号。他们仿佛是来欣赏一场演出，在这场演出中有当代诗坛的重要诗人进行朗诵，在声光电色的舞台上他们或严肃或调侃地讲着话，

① 主要是北京大学的老牌文学社"五四文学社"，其中大部分为北大在校学生和高校诗人，而他们的指导老师则是活跃在诗坛并在北大任职的一些重要诗人。

② 在豆瓣网上有人评论第十届未名高校诗歌节开幕式说："好赞的活动啊!!! 形式缤纷，气氛沁人"，还有人在参加完开幕式后在网上对于参加开幕式的嘉宾和演出人员做过部分点评。

此外还伴有民谣演唱和话剧等其他节目形式。这些条件足够给他们一种文化层面的视觉冲击力和吸引力。此外，诗歌节符号的消费性也通过媒体的宣传来建构。刚刚举办的主题为“春天，十个人读海子”的诗歌节的开幕式则被中央电视台的《综艺快报》①进行了报道。在这次报道中，仍然出现了以往为了渲染诗歌节的气氛而对采访进行删改的问题。②

也许这正是诗歌在这样一个时代不得已的命运。尽管创设未名高校诗歌节的诗人们最初的想法可能只是想为诗歌做点工作，但诗歌节发展到今天，已经不期然间成为了这个消费社会某种附属品和可供消费、娱乐的文化事件与文化符号。这既是时代与社会带给诗歌的悲哀，却也是诗歌自己的选择。

“诗人之死”与诗人神话的建构

80 年代末 90 年代初，伴随着诗歌以及诗坛的重要变动，最令人瞩目的事件莫过于一系列诗人的非正常死亡。周瓒在分析这一现象时说：“80 年代末以来，出现了若干起年轻诗人的非正常死亡事件，而‘诗人之死’的话题也被阐释为层次不同的文化问题。其中，1989 年自杀的海子和病逝的骆一禾被当做‘诗歌烈士’而受到怀念与追悼，海子的诗歌也一度受到近乎狂热的阅读与仿写；1991 年自沉万泉河的戈麦，虽然没有海子和骆一禾之死受到同样高度的评价，但他的诗歌追求和写作仍然得到友人们的怀念和关注；1993 年在新西兰激流岛杀妻并自杀的朦胧诗代表诗人顾城之死，则经媒体的炒作，一时成为震惊文化界的新闻。八九十年代诗人之死成为一个文化现象，这不仅与他们的死亡方式、死亡年龄普遍年轻相关，而且也和他们不同的死因而引发的不同猜测和阐释相关，他们一度被构造为 90 年代前期的文化英雄。”③的

① 我们知道这一类节目多报道文化娱乐类的事件。

② 比如被采访者只是说本次诗歌节在会场外，一些不能进来又不愿意离去的观众大声朗诵海子的诗歌，令人动容，却被删改成整个会场的人都掉下了眼泪，颇有造势之嫌。

③ 周瓒：《透过诗歌写作的潜望镜》，第 73 页，社会科学文献出版社 2007 年版。

确如周瓒所说，事实上对“诗人之死”的建构一直都在延续，人们不断将目光聚焦在“诗人”这一身份上，对于这一身份的理解也发生了很大的改变。

总体上说，“诗人之死”所带来的人们对诗人身份的建构和理解变化有两种向度。其一是将“诗人”的身份降格。1993年在顾城杀妻又自杀的消息传来以后，本来就已趋向边缘化的诗人的身份被再一次降格和贬低。事实上，从海子、骆一禾到戈麦再到顾城，诗人在普通人看来已从80年代的文化明星变成了90年代中不合时宜、过分自怜乃至带有神经质特质的人群。西川曾经生动地谈到过他对于这种变化的感受：“90年代完全变了样，90年代变成了市场经济。在80年代你要是不写诗，那你简直就是一个很荒唐的人，因为全国青年都在写诗。90年代你要再写诗，人家就会觉得你简直有病。”[①]的确，诗人的身份因为“诗人之死”的事件而变得不再可靠。如果说之前我们谈到的消费社会的整体趋势和诗歌内部内容、形式的变化使得诗人的身份变得边缘化，那么至少还保留了一定的精英身份的话，而在“诗人之死”成为全社会关注的焦点，在人们纷纷议论着究竟如何在价值上判断顾城的行为的时候，“诗人”这一身份不仅被边缘化了，还成了贫穷、与社会格格不入、过于神经质、随时有可能放弃生命的群体的同义语。诗人在社会中的身份和地位愈加紧张和窘迫。

而在另一个向度上，“诗人之死”却又被建构成一种神话。进入90年代，不仅仅是诗人，知识分子这一整体感到失落的群体[②]都希望通过“诗人之死”，或者更准确地说是海子之死来重构一种知识分子的英雄神话，诗歌的英雄神话，借以摆脱挫败感，重建一种理想。陈大为在一篇文章中分析地很准确：“在当时不利诗歌生存的社会文化语境中，海子等诗人之死，正好成为一个社会事件或社论焦点，让远去的读者重返

① 西川：《面对一架摄像机》，收入西川《深浅》，第285页，中国和平出版社2006年版。

② 戴锦华在《隐形书写——90年代中国文化研究》中对此有精彩的论述，90年代知识分子在理想破碎、经济大潮席卷的现实面前确实感到失落。江苏人民出版社1999年版。

诗歌的祭坛。"[1]而西川在海子去世后所写的《怀念》一文中也是这样开篇的:"诗人海子的死将成为我们这个时代的神话之一。随着岁月的流逝,我们将越来越清楚地看到,1989 年 3 月 26 日黄昏,我们失去了一位多么珍贵的朋友。失去一位真正的朋友意味着失去一个伟大的灵感,失去一个梦,失去我们生命的一部分,失去一个回声。"[2]这些文章[3]统统将海子的死赋予了形而上的意义,将海子塑造成了"诗歌的烈士"。而事实上,"诗人之死"的这第二种向度的建构正是对上述所说第一种向度对"诗人"身份的反拨,这有助于重新提高诗人的地位和神圣性。

因此我们大概也就不会对未名诗歌节在 1993 年改到 3 月 26 日开幕这一事实感到诧异。诗歌节需要一个英雄式的文化符号来帮助其建构一种内核性的力量。因此每年的诗歌节就不仅仅是一个当代诗坛的大型活动,也成为了一年一度的对海子的纪念。诗人们通过对海子的缅怀获得一种传承性,获得一种身份确认。他们是沿着海子的一脉延续下来的,他们的诗歌同样具有神圣性,同样昭示着时代的伟大或黑暗。徐钺在采访中也曾谈到这个问题,他表示海子和骆一禾乃是未名诗歌节传承的源头,也就是沿着这些北大重要诗人的足迹延续下来的。他同时也谈到诗歌节的确需要这样一个形象和精神传承源头的存在,这有助于使所有参与到这一活动中来的人们获得一种内聚力,能够凝聚起来,能够获得一种共同的确认。[4] 因此,对于未名诗歌节的创设者

① 陈大为:《裂变与断代思维——中国大陆当代诗史的版图焦虑》发表于《新诗评论》2006 年第 2 辑,北京大学新诗研究所主持,北京大学出版社出版。

② 西川:《怀念》,收入崔卫平《不死的海子》,第 21 页,中国文联出版社 1999 年版。

③ 除了上述文章,将海子的死崇高化的文章还有肖鹰的《向死亡存在》,李超《形而上死》,此两篇文章均收入崔卫平《不死的海子》,中国文联出版社 1999 年版,此外欧阳江河的《1989 年后国内诗歌写作:本土气质、中年特征与知识分子身份》(收入《站在虚构这边》,三联书店 2001 年版)以及罗振亚的《朦胧诗后先锋诗歌研究》(中国社会科学出版社 2005 年版)中也有类似的相关论述。

④ 此观点出自笔者对徐钺所作的访谈,有录音为证。

和组织者来说，利用人们对海子“诗人神话”的建构可以说是必须的。[①]

当然，这并不表示，在未名诗歌节的内部对于海子的建构就是和谐统一的了。事实上，2009年第十届未名诗歌节（主题为“半完成的海”）开幕式——“春天，十个人读海子”这一活动就给我们提供了一个绝佳的文本来帮助我们分析诗歌节内部对于海子及其死亡的理解的差异性。活动就正如同它的名字一样，邀请了10位嘉宾来谈一谈他们对于海子的印象并朗诵一首海子的诗，但仔细分析可以看出这10位嘉宾对于海子的理解就存在着文本间的缝隙。在这次开幕式上，一方面存在着对海子“诗人神话”的继续书写，另一方面，又希望提供一个全面而真实的海子。[②] 我们从他们的发言中可以看到海子“诗人神话”的建构既给他们一种身份认同，同时也给他们带来了“影响的焦虑”。[③] 不同代际的诗人虽然对海子的理解有不同的差异和特点，但无疑对海子的神圣化与将海子真实化的矛盾都同时存在于他们身上。尤其是对于未名诗歌节来讲，尽管主持人也不断在强调我们应该还原一个真实的海子，但作为一个消费时代的狂欢，在它选择海子作为一种象征，作为其内聚力的标志的时候，它就已经注定了不可能摆脱对海子神话的继续建构。[④]

在我们这个时代，在海子死后不停地被臆想与建构的20年之后，

---

① 此外，在采访中，徐钺还表示，海子之死相对于其他一些诗人的非正常死亡来说在当时是更名正言顺的，不至于引起一些太敏感的问题，这也是对于当时为何选择海子作为纪念对象的原因的一个补充。

② 同上。

③ 所有的嘉宾都无一例外地肯定海子的贡献和成就，承认海子影响之巨大。但是我们也看到在孙文波的发言中，他直率地讲到：“本来我写了发言稿，但在今天这个场合似乎对他不恭。大家都在唱赞歌：‘海子就是了不起’。”在臧棣的发言中，尽管他谈到海子是“诗歌界的雷锋”、“诗歌的烈士”，但他同时也提到自己在同别人提到自己与海子是同时代诗人时，所遭受的被质疑为“巴结海子”的不恭待遇。此外，在姜涛、冷霜、胡续冬等人的发言中，我们也听到他们说在90年代中期的时候，曾经有一段时间他们特别不愿意提到海子的经历，但同时胡续冬在发言中又流露出他认为海子依然是我们的精神力量的支撑所在的观点，他认为我们人人都可以延续海子的精神，变成“各种各样”的海子。

④ 因此主持人同时也在不停地用有点夸张的语气来制造氛围，使开幕式有些许追悼会的感觉。

在"面朝大海,春暖花开"这样的诗句已经被商业所误读和利用之后[①],对于海子进行真实理解或许已经成为不可能,即使是未名诗歌节也难逃这种命运——"春天,十个人读海子"——或许真的只有那十个人在读。

"知识分子"诗歌写作的堡垒

笔者认为脱离开诗坛在90年代最重要的论争——"知识分子写作"与"民间立场写作"之间的论争[②]——来谈论未名诗歌节,几乎是不可能的。

在这里,笔者无意来评价这场论争的对错,但认为需要注意的是,在十届未名诗歌节上出现的嘉宾以及未名诗歌奖的评委几乎全部都是"知识分子写作"的一派诗人。在十届未名诗歌节嘉宾名单[③]上出现最多的是西川、王家新、臧棣、肖开愚、姜涛、胡续冬等人,其中前面三个人均是曾经撰文参与"知识分子写作"/"民间立场"论争的"知识分子写

---

① 西川曾经在一次被《新京报》访谈时谈到此问题。

② 1996年批评家程光炜在文章《90年代,另一意义的命名》一文中从理论意识上提出"九十年代诗歌"的概念,并提出一个诗人名单,认为这些诗人成功地完成了个人的语言转换,而没有在语言现实中变得失效,并认为这些诗人是越来越重视现代诗歌技艺的,并把技艺的成熟与经验的成熟作为检验一个诗人是否正在成熟的一个重要标准。而在另一篇文章《不知所终的旅行》中,程光炜则将其所倡导的"知识分子写作"与90年代诗歌所怀抱的诗学抱负"秩序与责任"联系在一起,并分析了以"知识分子写作"为代表的90年代诗歌的艺术特征。程光炜的论述遭致了沈浩波、于坚的质疑和反对,其中于坚撰写的文章《穿越汉语的诗歌之光》是反对"知识分子写作"而建立"民间"立场的最重要文章。在文章中,他将"民间"作为20年来中国诗歌发展的资源所在,将"民间"与"第三代诗"建立了联系以证明"民间"存在和发展的合理性。而论争持续到1999年,则出现了1999年4月由中国社科院文学所、北京市作协、《诗探索》、《北京文学》主办的在北京市平谷县盘峰宾馆召开的"世纪之交:中国诗歌创作态势与理论建设研讨会"(一般被称为"盘峰会议"、"盘峰论争"以及"盘峰论剑"),会上,"知识分子写作"一派与"民间立场"一派的诗人代表发生了尖锐的论争。同年11月,在北京郊区的龙脉温泉宾馆举行的"99龙脉诗会"上,被归结为"知识分子写作"的代表诗人全部拒绝到会。而树才、莫非、车前子等诗人则提出"第三条道路",试图超越"民间立场与知识分子写作"的论争。

③ 论文中所涉及的诗歌节嘉宾名单、诗歌奖评委名单、诗歌奖获奖名单均由未名诗歌节主办方之一五四文学社负责人提供。

作"一方的代表诗人,而肖开愚也一般被认为是"知识分子写作"诗人。[①] 除此之外曾经作为嘉宾出席未名诗歌节的"知识分子写作"诗人还有:孙文波、西渡、清平、陈东东、欧阳江河、张枣等。当然这并不是说在嘉宾中没有出现过"民间立场"的诗人,比如诗人默默,但是在数量上确实是非常少。关于嘉宾的派别和立场问题,臧棣在一次采访中曾经谈到,他认为"一次公共活动,说缺了谁就怎样怎样,这很容易导致偏颇……未名诗歌节尽可能地、宽容地向不同倾向的诗人开放……"但我们也应看到,诗歌节嘉宾的主体还是"知识分子写作"一派的诗人,而且优先邀请的也是这些诗人,这应该说是可以说明一定问题的。

如果说嘉宾名单还不算明显的证明,那么依托于未名诗歌节的未名诗歌奖的评选机制或许更能说明这一事实。未名诗歌奖分为初评和终评两个阶段。初评又分成推荐与海选两种方式。推荐的方式是由所确定的分布在全国各地的推荐人向诗歌奖评选组委会推荐2名诗人的作品,而推荐人主要是各地著名诗人或了解当地诗歌写作情况的"圈内人士"。我们发现,这种推荐人制存在着很大的主观性,因为推荐人的确认主要是由学院内的几个著名诗人所拟定的。我们很难想象利用他们的人脉关系所确定的推荐人中会出现大量的"民间立场"诗人的身影。虽然诗歌节也存在着海选的机制,但是,首先海选的评委是北大在校念书的高校诗人,他们会在大量的海选作品中选出少量进入终评[②],很难保证这当中不会存在人情的成分。而未名诗歌奖的终评评委除了少数的不涉及论争诗歌评论家[③]以外,几乎全部都是"知识分子写作"一派的代表诗人[④],或是现任高校教师、社科院研究员的诗人[⑤],或是明显倾向于"知识分子写作"的诗歌评论家[⑥]。在这种评奖机制下评出的作品必然是符合"知识分子写作"一派对于诗歌的理念的。

---

① 周瓒:《透过诗歌写作的潜望镜》,第59页,社会科学文献出版社2007年版。

② 比如2009年的第五届未名诗歌奖参与海选的作品就高达几百份,而推荐加海选一共进入终评的只有20个诗人的作品。

③ 比如谢冕、洪子诚等。

④ 比如王家新、西川、臧棣、肖开愚、翟永明等。

⑤ 比如姜涛、胡续冬、冷霜、周瓒等。

⑥ 比如程光炜、唐晓渡。

按照布尔迪厄关于“文学场域”的理论，我们可以说：“不同的文学评奖和文学批评依据着不同的审美价值体系，每一种处于强势的审美体系都试图以自己的标准重新建立‘文学场’的等级秩序。可以说，文学评奖和批评领域是集中体现‘文学场’内各种力量斗争情形的场所。”①以这种观点来分析未名高校诗歌奖，我们就可以把它看做是一个贯彻“知识分子写作”理念的奖项。“知识分子写作”一派通过未名高校诗歌奖的“文化资本”②来建立他们的文化权威和文化霸权。未名诗歌奖的参赛有一个很重要的要求，就是参赛者必须要是高校的在校学生。徐钺在谈到这一点时介绍说经过五届的未名高校诗歌奖的评选，在全国的高校中，几乎已经没有他们所不知道的优秀的高校诗人了。他们通过诗歌奖将整个高校的诗歌写作联系了起来，形成了一个类似发散的网。③ 从他的论述中，我们实际上可以看出，“知识分子写作”一派通过未名高校诗歌奖已经在高校诗歌写作的范围内建立起一个比较成熟与完善的机制，而这一文学场中的规则则是“知识分子写作”的审美与写作理念，这使得“知识分子”、“学院派”诗歌写作位于这一文学场的中心，建立了稳固的基础，成为了这一文学场中的“官方”或“权威”。

但颇为有趣的是，虽然未名高校诗歌节和未名诗歌奖俨然是“知识分子写作”一派的一座“隐形堡垒”，但他们从未如此宣传或张扬过。这使得他们权威的建立显得更加隐蔽。未名诗歌节的普通观众不曾意识到这样一个活动可能遮蔽了另外的一些可能性。而在高校诗人们看来，当他们同这些年长于自己的诗人们站在同一个舞台上朗诵自己的

---

① 邵燕君：《倾斜的文学场——当代文学生产机制的市场化转型》，第 191 页，江苏人民出版社 2003 年版。

② 未名诗歌奖虽然奖金只有一千元，但它无疑在高校诗歌奖中是最重要的一个。很多期刊在登载诗人的作品时，是一定会标注此诗人曾获未名高校诗歌奖的。按照布尔迪厄的理论，文化资本有三种存在形态：具体形态，以精神和身体的“持久性情”的形式存在；客观形态，以文化商品的形态存在；体制形态，以文化资本的形成由权威机构授予，并成为一种具有保证性的资历认证。未名诗歌奖的这种“文化资本”，是未名诗歌节的资金赞助者所投入的经济资本和文化资本转化而成的，形成了一定的体制，可以看成是第三种形态。

③ 参见笔者对徐钺所作的访谈，有录音为证。

诗歌时，他们获得了一种认同感。当被问到是否曾对这些“知识分子”诗人或“学院派”诗人产生过叛逆的理念或情绪时，徐钺显得很诧异，他认为这几乎是不可想象的，他并且肯定地认为在他周围的这些高校诗人都同他一样，绝对不会产生这种情绪的。可见高校诗人、高校的诗歌写作的确潜移默化地会受到这种文学评奖机制和秩序的影响。

上述种种，笔者并不是要对未名诗歌节、未名诗歌奖成为“知识分子写作”一派的“隐形堡垒”提出过多的批判和质疑。在笔者看来，这样一种现实情况的产生，很难讲是某些诗人或某一派诗人蓄意造成的结果。事实上，从根本上说，原本单纯的诗歌理念上的差异演变成现在诗坛的“互相攻伐”的状况很大程度上和前文所述的我们这个时代、我们这个社会的变迁对诗歌、对诗人的深重影响有很大关系。诗人身份的多元化、诗人身份认同的缺失、诗歌地位的边缘化、诗歌批评的缺乏都深深影响到了诗歌以及诗坛的现状。

诗歌与青少年亚文化

对于“亚文化”的概念，戴安娜·克兰认为在社会进入后工业时代以后，有必要取代过时的“高雅文化”和“流行文化”两个术语，而从“全国性文化工业生产”和“都市亚文化生产”的角度进行思考。这两个概念是有相对性的，其中前者是指以电视为主体的，覆盖全国和各国传播网的“核心文化”，其受众是将个体与多样的趣味和社会背景统一起来的大众。后者则属于“边缘文化工业”，受众来自于特定的人口和社会类别，如年龄、性别、种族和阶级，以及持有各种社会态度和世界观的特定群体。①

在近几年的未名高校诗歌节上，我们看到了越来越多的亚文化艺术形式的出现。2008 年第九届未名高校诗歌节的开幕式上我们看到

---

① 参见戴安娜·克兰《文化生产：媒体与都市艺术》，第 1 页到 10 页，第 38 页，赵国新翻译，译林出版社 2001 年版。另参见邵燕君《倾斜的文学场——当代文学生产机制的市场化转型》，第 282—283 页，江苏人民出版社 2003 年版。

了从北大校园走出的歌手许秋汉以及陈涌海，而在 2009 年第十届未名高校诗歌节的开幕式上我们除了继续看到许秋汉之外，还看到了民谣歌手周云蓬、专门唱诗的吉他歌手西辞以及红遍网络的民谣歌手邵小毛。从这些歌手和演员的音乐以及戏剧作品中我们能看到一些反抗性和边缘性，比如周云蓬是大陆一个很有影响的盲人民谣歌手，他创作的《中国孩子》[①]等作品对于社会的批判性非常之强，并且他的第二张专辑是自筹款项发行的。邵小毛所唱的《大龄文艺女青年之歌》[②]也具有一定的讽刺与调侃性。最主要的是，这些歌手无一例外的都是发行体制外的歌手，他们的作品流传于网络，他们主要的生活则是出席地下音乐会并在其中演唱等等。

事实上，青少年亚文化与中国当代诗歌，特别是与高校诗歌节的结合应当说是有其原因的。因为显然诗歌文化在当代中国已经不再是一种"核心文化"，而是"边缘文化"，并且这种"边缘文化"经常显示出对社会的警醒和批判，乃至于反叛。其受众不过是少量的诗人以及诗歌爱好者，他们所持有的社会态度和世界观以及他们的生活方式显然与其他一般人是不同的。

"'亚文化'是相对于'主流文化'的'边缘性文化'，在后工业社会里，区别不同文化群体性质的最主要标志是他们的生活方式。"[③]尽管高校诗人（或者是高校的文艺青年）以及高校的诗歌爱好者们的生活方式与我们一般所理解的"青年亚文化"的生活方式不同，他们并没有迷恋"朋克音乐"或 Rave 派对，也不穿奇形怪状的朋克服饰，也没有明

---

① 这首歌的歌词是：不要做克拉玛依的孩子，火烧痛皮肤让亲娘心焦/不要做沙兰镇的孩子，水底下漆黑他睡不着/不要做成都人的孩子，吸毒的妈妈七天七夜不回家/不要做河南人的孩子，艾滋病在血液里哈哈的笑/不要做山西人的孩子，爸爸变成了一筐煤，你别再想见到他/不要做中国人的孩子/饿极了他们会把你吃掉，还不如旷野中的老山羊/为保护小羊而目露凶光/不要做中国人的孩子，爸爸妈妈都是些怯懦的人/为证明他们的铁石心肠，死到临头让领导先走……

② 比如其中一段歌词是这样的：朋友们介绍了好几个/有车子房子和孩子的/他们说你该找个有钱的/让他赞助你搞创作/可是大款都不喜欢她/他们只想娶会做饭的/不会做饭的女青年/只能去当第三者/不会做饭的文艺女青年/只能被他们潜规则/奶奶奶奶奶奶的……

③ 参见迪克·赫布迪齐《次文化——生活方式的意义》，张儒林翻译，台湾骆驼出版社 1997 年版。

显的反抗性，但是深入到他们生活的内部与细节，依然会发现一些亚文化的影子，比如他们也常常进行聚会，虽然不跳舞但是喝酒，其中有些人会对酒精有所迷恋；他们看小众电影和文艺片并进行讨论；他们的诗歌进行内部交流、登载在民刊中而不是向外扩散；他们当中的个人往往对先锋戏剧或民谣音乐、摇滚音乐有兴趣，或是兼为舞台上的演员。他们的文学、诗歌、酒精、戏剧、音乐、电影以及作息的时间，都不是可以与公众分享的生活方式。而他们的传播方式可以视为"以网络为导向"的传播，这里的"网络"是指由诗人以及诗歌爱好者组成的小圈子，在其中，诗人或艺术家居于主导的地位。[①] 这种亚文化小圈子的特质是社会边缘和底层的文艺圈与高校文艺圈所共有的。

但边缘、底层的亚文化与精英性质的高校相结合并不是一种青年亚文化的弱化，相反，笔者认为这正是青年亚文化的扩张和蔓延。自20世纪60年代后，反抗文化或青少年亚文化已经经过变形在全球蔓延开来，这种文化深入到全球化进程中的每个国家的青少年阶层以及其他一些人群当中。安吉拉·默克罗比在解释亚文化风格来源的时候认为，事实上并不是音乐、时装以及其他活动凭空进入了亚文化研究的视野之中，而是整个朋克文化一直都在利用大众媒体宣传自己，并且从一开始就与消费连接在了一起。[②] 事实上，"在核心领域的边界，存在着高度的'喧哗声'。大量具有先锋性质的亚文化试图进入'核心领域'。"[③]"处于边缘领域的'抵抗的亚文化'和处于'核心领域'的流行时尚文化之间并没有隔绝的鸿沟。"[④]因此我们对于社会中以及高校中的亚文化青年小圈子利用未名诗歌节来表现自己的风格并不需要表示惊讶。而诗歌、亚文化小圈子以及消费则通过这一方式互相联系起来，不可分割。

---

① 参见戴安娜·克兰《文化生产：媒体与都市艺术》，第117—118页，赵国新翻译，译林出版社2001年版。

② 参见安吉拉·默克罗比《后现代主义与大众文化》，第205—206页，田晓菲翻译，中央编译出版社2001年版。

③ 参见戴安娜·克兰《文化生产：媒体与都市艺术》，第11页，赵国新翻译，译林出版社2001年版。

④ 同上。

青年亚文化或者是广泛意义的“朋克文化”借助于诗歌节的形式张扬自己的个性与风格，形成自己的影响；诗歌特别是高校诗歌爱好者们借助于这种“边缘文化”的介入来显示诗歌与他们的共通性：同样是边缘和具有批判性的，是独树一帜、与众不同的；而这一切又进一步导致了文化的消费，诗歌和边缘音乐、先锋戏剧在消费者看来均是标识他们身份和文化品位的符号。安吉拉·默克罗比告诉我们：“把纯粹的亚文化和被商业污染了的外在世界截然分割开来的旧研究模式已经宣告破产了。”①

但我们很难评说，诗歌与其他亚文化艺术形式相联系究竟是对是错。诗歌在当代中国社会是否真的已经成为一种亚文化？抑或是在新的价值观社会中成长的一代新人已经不再介意诗歌地位的标线？从神坛下走下的诗歌是否就此彻底边缘还是在结合其他力量进行反抗和重新定位？而亚文化是否也已经成为了新的潜在主流？

结　语

探讨当代诗歌的问题，不能抛却的是我们这个时代、我们这个社会的巨大身影。

在探讨未名诗歌节在当代的文化符号意义时，我们发现它首先是一种消费符号，其次，在未名诗歌节文化符号的构建中，“诗人之死”是非常重要的一个方面，海子、骆一禾的死亡被建构为诗歌节的精神传承之源。第三，作为高校当中最重要的诗歌节之一，未名诗歌节以及依托于其上的未名诗歌奖的评选实际上成为 90 年代以来最重要的诗歌论争中的“知识分子写作”一派的“隐形堡垒”。最后，近两年来未名诗歌节显现出一定的青少年亚文化的意味，这实际上是全球性的亚文化影响与中国当代诗歌的现实状态还有消费社会特点所共同作用的结果。

当一个文化符号形成的时候，便就意味着它将不停地在所指与能

---

① 安吉拉·默克罗比：《后现代主义与大众文化》，第 206 页，田晓菲翻译，中央编译出版社 2001 年版。

指间游移与滑动。通过对未名高校诗歌节文化符号建构的分析，我们大致可以窥测到当代诗歌和高校诗歌写作的现状和问题。也许臧棣的话有一定的真理性，诗歌在社会中的地位本应如此，之前对于它的过分崇拜与疯狂才是不正常的。但无论如何，诗歌作为一种重要的文体，特别是它曾经那么深入地介入到我们的生活和社会中来，我们理应对于它的情况做更多的了解与思考。而中国诗歌的未来——高校诗歌写作则应被给予更多的关注。

诗歌史研究

论中国现代诗学中的"抒情主义":兴起、流变与后果

张松建

一、"抒情主义":概念探源与重新定义

"现代诗学"产生于19世纪以来的历史关系中,这个体系的内部尽管存在着差异性的声音,但是,如何分配与协商情感、感觉、想象、经验、语言等元素之间的关系,应该把何者作为批评尺度而为现代诗进行本质定位,却是一个核心的问题。五四以迄,"抒情"作为"观念单元"(unit of idea)贯穿于中国现代文学的剧情主线中,因此有人提议,在革命和启蒙之外,"抒情"代表中国文学现代性——尤其是现代主体建构——的另一面向。[①] 就中国现代诗学而言,我们在数之不尽的语词、观念、理论和文学事实当中,一再看到"抒情"的魅影。"白话诗"运动时期,新诗理论家和批评家即已意识到"抒情"之重要性。郭沫若有这样的断语:"诗的本职专在抒情。抒情的文字便不采诗形,也不失为诗。"[②]在周无、康白情、梁实秋、冯瘦菊的笔下,"诗是主情的文学"得到确认和唱和。[③] 周作人把"抒情"从技术层面提到本体论的高

① 王德威:《"有情"的历史:抒情传统与中国文学现代性》,台北《中国文哲研究集刊》33期(2008年9月)。

② 田寿昌、宗白华、郭沫若:《三叶集》,第46页,上海:亚东图书馆1920年版。

③ 周无:《诗的将来》,上海《少年中国》1卷8期(1920年2月15日);康白情:《新诗底我见》,北平《少年中国》1卷9号(1920年3月);梁实秋:《〈草儿〉评论》,见闻一多、梁实秋:《〈冬夜〉〈草儿〉评论》(北平:清华文学社,1922年11月);冯瘦菊:《新诗和新诗人》,上海大东书局,1929年6月。

度:“新诗的手法,我不很佩服白描,也不喜欢唠叨的叙事,不必说唠叨的说理,我只认抒情是诗的本分。”①在这种观念的影响下,“抒情”风气弥漫开来,以至于梁实秋愤然作色曰:“现代中国文学,到处弥漫着抒情主义。”②同时,对“抒情”职分的坚守使得“抒情诗”体式成为诗人、读者和理论批评家的专宠。从“九·一八事变”开始,历经中日战争到40年代后期,走向国族、拥抱大众被铭刻为诗坛的主旋律,有关“抗战抒情诗”、“大众抒情诗”、“政治抒情诗”之类的诗体诉求,沛然莫之能御。

应该指出,“抒情主义”一词并非由梁实秋“孤明先发”,焦菊隐、郑伯奇、郭沫若、穆木天、徐迟、艾青、臧克家、胡明树、胡风、丽尼、纪弦都用过这个概念,然而用法互有异同。丽尼以“抒情主义和忧郁”来概括屠格涅夫散文的风格;胡风认为,半封建、半殖民地的“法西斯文艺”在文学上的一个表现是:“利用社会关系的日常生活化这个特点,完全离开了战争,鼓励那些从腐烂的社会生活产生的封建的抒情主义。”③这不过是一种语言修辞而已。对“抒情主义”的语源学考察证明,它至少包括了如下含义:第一,它标示一种浪漫化的情感主义倾向,推重主体情感的原发性与创造性。焦菊隐引用厨川白村的说辞定位自家诗风:“具极主观的性质,排斥冷的理智与形式,而贵奔放的空想,为一种抒情主义的文艺。”④郑伯奇评介郁达夫小说时指出,现代中国缺乏西方国家的思想和社会背景,“所以我们新文学运动的初期,不产生与西洋各国十九世纪的浪漫主义,而是二十世纪的中国所特有的抒情主义”。他认为,“抒情主义这是现在文坛的特色的一个最适切的名词”⑤。然则,我们亦注意到,这种抒情冲动一旦缺失了理性节制、道德规约和美学的升华,则沦为浅薄的感伤主义和拙劣的语言表现,此乃梁实秋、饶

---

① 周作人:《扬鞭集序》,收入周作人著《谈龙集》,第68页,上海:开明书店1927年12月版。

② 梁实秋:《现代中国文学之浪漫的趋势》,收入梁实秋著《浪漫的与古典的》,第16页,上海:新月书店,1927年版。

③ 胡风:《论现实主义的路》(上海:希望社,1948年)之第一章《从实际出发》。

④ 参看焦菊隐:《夜哭》(北平:北新书局,1927年6月)之“再版自序”。

⑤ 郑伯奇:《〈寒灰集〉批评》,上海《洪水》3卷33期(1927年5月16日),第378页。

梦侃等人的观点。第二,在文艺大众化论者和某些现实主义者那里,“抒情主义”的泛滥应归咎于作家错误的世界观人生观,因为后者把文艺视为知识贵族的语言游戏和白日梦者的喃喃独语,他们的社会实践、写作目标与人民大众之间缺乏深入的互动,于是在个人主义情绪中顾影自怜,充斥着病弱、颓废的无病呻吟和离奇古怪的、不着边际的幻想,持此论调者有艾青、穆木天、胡风、臧克家等人。[①] 第三,现代主义者与上述人士有较大距离。他们拒绝把“情感与情绪”定义为诗之本质、灵魂和生命,不认可把“抒情主义”与作家的人生观、世界观挂钩的做法,认为有缺陷的诗学信条应为此负责。在他们眼中,不管是纯诗化的浪漫的个人抒情还是为国族大众的热情礼赞,均难逃“抒情主义”的弊端:没有把主体的生活经验成功转化为艺术经验,未能为主体情感寻找切当的客观对应物,于是,走向了情感浮泛、缺乏节制和裁剪经营,沦为政教宣传和感伤自恋的工具。现代主义者坚信,诗的本质是经验而非情感,抒情之外仍有诗,叙事诗、戏剧诗以及知性化的诗艺,值得期待。这派的灵感源泉来自艾略特、里尔克、奥登等等。冯至、梁宗岱、徐迟、袁可嘉、唐湜、胡明树、柳木下是这种美学的信徒。

在不同历史时期,新诗理论中的“抒情主义”经常被政治化。在左翼文艺家和大众化论者眼里,浪漫主义诗歌或者“纯粹诗歌”就其本质来说是病态的“个人抒情主义”。30 年代初期的“民族主义”文艺捍卫者认为,殷夫的普罗诗歌无非是一种缺乏语言组织能力和艺术经验的浮泛粗暴的情感叫嚣而已。到了 40 年代,袁可嘉把“政治感伤性”判定为波澜壮阔的大众化诗歌的顽症之一,他从瑞恰慈那里汲取灵感,把

---

① 穆木天认为,“建立民族革命的史诗”这一历史任务还没有完成是因为“我们的抗战诗歌,大部分还是偏于个人主义抒情主义的”,见穆木天著:《建立民族革命的史诗的问题》,重庆《文艺阵地》3 卷 5 期(1939 年 6 月 16 日),第 961 页。艾青针对徐迟的“抒情的放逐”进行了含蓄的批评:“有人误解‘抒情的’即是‘感伤的’,所以有了‘感伤主义’的同义语‘抒情主义’的称呼。这是由于在世纪的苦闷压抑下,旧知识分子普遍地感到心理衰惫的结果。”参看艾青著《诗论》,第 15 页,桂林:三户图书社,1942 年 4 月再版。臧克家在阐释闻一多的《文学的历史动向》时这样写道:“‘不像诗’的诗字,就是几千年来的那个传统,闻先生认为唱到唐代已经够了的。这个传统,是个人抒情主义的传统,陈陈相因,花样再也没法翻新了。”见臧克家著:《“少像点诗!”》,收入《臧克家全集》第 9 卷,第 122 页,时代文艺出版社 1999 年版。

现代主义奠基于中国、永续发展的未来;而李广田则是不动声色地调和了瑞恰慈的学说和文艺大众化理论,为克服新诗中的"伤感"习气出谋划策。所以在不少场合中,"抒情主义"的实际含义宛若西方的"emotionalism"(情感主义)或者"sentimentalism"(感伤主义)的中国翻版,投射出政治意识形态和权力运作的盘根错节,借用格林布拉特的话说,这是历史经验中的自我塑造(self-portrait)。本文起用的"抒情主义",祛除了习见的意识形态色彩,包容个别原义并且拓展出新意。它首先指的是诗学本体论上的一种思维方式和价值判断,独尊情感乃至盲目地神化情感,有时漠视了深化生命体验或者开阔社会视野的必要性。有时还执迷于神秘灵感、个人天才之类的古老信仰,对诗歌作为一门"手艺"的认识不足,意识不到语言组织能力、技术历练以及知识积累的重要性。在技术运用上,"抒情主义"忽视了节制内敛、艺术规范与形式约束,有出现感伤主义等负面倾向之虞。不仅如此,"抒情主义"者习惯于提升抒情诗在文类结构中的地位,缺乏文类多样性的意识,甚至压抑、贬斥和抹杀其他诗歌样式的合法性,而且即使对抒情诗自身也有狭窄和偏颇的理解:仅仅把抒发激情作为辨识抒情诗的身份标志,排斥了宁静的心境、恬淡的妙悟或者轻灵细微的感觉之转化为抒情诗内容的可能。"抒情主义"者有时夸大了诗中哲理与情感的不相兼容。这样看来,无论大众化诗学的鼓吹者还是纯诗运动的实践者,无论浪漫主义者还是部分写实主义者,其实都分享了"抒情主义"的价值预设和思维方法,尽管其美学理念、政治立场看上去有天渊之别。所以,若加以细分的话,其实存在着"浪漫的抒情主义"与"写实的抒情主义"、"大众化的抒情主义"与"纯诗化的抒情主义"等型类的混杂。

西方文论中的"Lyricism"经常被国人对译为"抒情主义",其实有待商榷。在19世纪,法国的圣博夫(Saint-Beuve),意大利的托马泽奥(Niccolo Tommaseo),英国的穆勒(John Stuart Miller),德国的盖尔维努斯(George Gottfried Gervinus)、罗森克兰兹(Karl Rosenkranz)和菲舍尔(Friedrich Theodor Vischer)都用过这一术语;20世纪前期,英国诗人刘易斯的《抒情冲动》也论及这个概念。[①] 但是,西方语境中"Lyricism"含义清晰、单一而稳定,无非是形容词"抒情的"(lyric)加上后缀"ism"变成了名词而已,有时被译成"抒情"、"抒情态度"、"抒情作风",用以指代文艺作品尤其是(抒情)诗的修辞素质和美学精髓。正如论者所言,"Lyricism"以表现个人主体的情绪为指归,其实是19世纪欧洲的浪漫主义文学运动的一个特性。[②] 同时,我并不认为"抒情主义"仅仅是时代和历史的产物,缺乏任何普遍性的永久性的特质和内容。情感是人类生活的基本方面,抒情是人类与生俱来的原始冲动,它超越了阶级、种族、性别、国家和时间的限制,从过去到现在直到未来都会在文学中占据重要的位置。因此,我们应该从两个层面把握"抒情主义"的含义:第一,它是一种历史性的文学事实,它的发生和变化与一定的集团、民族、国家和历史境遇有密切的联系;第二,它是一种超越了时间性和地理限制的寓言、象征和形式,这样一来,它就失去了特定性的内涵而变成了一个普泛化的抽象符号。在这篇论文中,"抒情主义"的历史性将是我的中心关怀。

当然,从"抒情"角度定义文艺本质,中国与西方都有深厚的传统,于今而言,似成题无剩义的"常识"了。在"文以载道"和"持人性情"的儒家诗教之外,有关"抒情"作为诗之本质、起源、内容、功能的论述,在中国古代典籍中所在多有。而且,浪漫主义运动以还,"抒情"也是西方人的诗歌想象中一个绕不开的话题。黑格尔认为,艺术是人的本质力量的对象化、具有内在的情绪力量,以直观形式和创造性想象体现出无处无之的"绝对精神。"[③]后来,他的意大利门徒克罗齐发明了"抒情性"(意大利语 liricita)的概念,认为一切诗歌率皆具备此种特质,因此关于抒情诗、叙事诗、戏剧诗之类的划分纯属多余。不过,19世纪末

---

① 韦勒克著,杨自伍译:《近代文学批评史》第2卷,第506页,上海译文出版社1989年版;《近代文学批评史》第3卷,第439页,上海译文出版社1991年版;C. D. Lewis, *Lyric Impulse* (Cambridge, M. A.: Harvard University Press, 1965)。

② Jonathan Arac, "Afterword: Lyric and the Boundary of New Criticism", in Chaviva Hosek and Patricia Packer eds., *Lyric Poetry: Beyond New Criticism* (Ithaca, N. J.: Cornell University Press, 1985), p. 353.

③ 黑格尔著,朱光潜译:《美学》第3卷下册,商务印书馆1981年版。

期以来，一直到二次大战结束后，“现代主义”构成了西方现代诗歌与诗学的主流，关于“情感逃避”之类的声音堪称大宗，相比之下，“抒情主义”却牢牢地奠基为现代中国诗学之霸权结构，这个差异是引人深思的。尤其是把现代中国的“抒情主义”与古代中国的抒情传统和现代西方诗学论述来一个纵横对比的话，那么，一些所谓的“常识”就被问题化、历史化和复杂化了。现代中国的“抒情主义”与后两者之间到底存在着何种历史的与逻辑的关系，又如何随着历史境遇的变迁而绽放新意？我们应该如何辨识和诠释新诗理论中的“抒情主义”之现代性、中国性和历史性内涵？究竟有哪些美学的、心理学的、社会政治学或人类学的因素，促使现代中国人如此看重抒情的解放潜能，为现代诗的“抒情”议题展开不懈的论辩，竭力抬高“抒情诗”在文类结构中的地位而且创制了五花八门的抒情诗样式，也在微观诗学的层次上贡献了不少启人心智的思考，因此使得“抒情主义”铭刻为中国现代诗学之基础构件？而且，我们也需要思考：“抒情主义”在发挥了推动诗艺变革、进行政治教育、建构现代主体的功能之外，是否还存在着先天性缺失或内在的紧张，因之引起了一些理论家的警觉、质疑和建言？要想回答上述问题，有必要从理论与历史、现代性与传统、科技与市场的多重角度，展开繁复的辩难。

二、“抒情主义”的历史透视：多重维度的考察

确切地说，新诗理论中的“抒情主义”在多个环节上规划了情感的原创性、主导性及其对新诗写作与阅读的重要性：或者从本体论上认定情感才是诗歌之本质、生命和灵魂；或者从发生学上确认诗歌起源于诗人的情绪内驱；或者相信诗歌的艺术完成就是诗人的情感被赋予形象的过程；或者从读者—反应的角度判定诗人之责任就是把情绪成功地传达给读者；或者从价值论的立场指出，诗歌是否有自然、真挚、美好的情绪，如何在微观诗学上创造修辞技巧以强化情感的传达，如何借助于工具变革而发明出“中国”的抒情诗样式（朗诵诗、大众合唱诗、街头诗、诗广播、抗战歌谣、诗画刊、诗壁报、传单诗、明信片诗、方言诗等

等)以激发起读者的情感反应和集体行动,关涉到新诗写作之价值高下,必须从长计议。抒情主义的含义并非一成不变,它在历史境遇的不断转换中浮现出一己的面相、轮廓和踪迹,以下篇幅从多重视角出发,对“抒情主义”的兴起、成就与困境,展开历史的透视。

(一)“诗的实质,全在情感”:诗学本体论的历史建构

在现代中国,诗的抒情本质得到确认有一个历史过程,在这个过程中,一直存在着“纯诗化”与“大众化”的交错和冲突。① 1941 年,朱自清在回顾新诗历程时指出:“从格律诗以后,诗以抒情为主,回到了它的老家。从象征诗以后,诗只是抒情,纯粹的抒情,可以说钻进了它的老家。”②这的确是敏锐的观察。白话诗运动时期,理论家关切的是语言工具的变革和诗体解放,偏重于自由平等观念的宣传,描写、叙事和说理之风,极一时之盛,而自觉的“抒情”意识尚未形成。从新诗理论史的角度来看,1921 年前后,“抒情”意识开始出现而且朝着“纯诗化”方向发展。在俞平伯 1918 年拟定的白话诗的三大条件中,与“情感”有关者只有“表情要切至”一句而已,而且是从表现手段而非本体论的角度论说的。③ 1920 年 1 月,他在赴英留学途中致信新潮社同仁,诚恳检讨了自家的兴趣如何从客观描写转向了情绪和想象——

> 现在对于诗的做法意见稍稍改变,颇觉得以前的诗太偏于描写(descriptive)一面,这实在不是正当趋向。因为纯粹客观的描写,无论怎样精彩,终究不算好诗——偶一为之,也未尝不可。这些事应该让给照相者去干。诗人的本责是要真挚活泼代表出人生,把自然界及人类的社会状况做背景,把主观的情绪想象做骨

---

① 以“纯诗化”诗学和“大众化”诗学的紧张来把握新诗的演变是一个非常方便的框架,有的学者(例如刘继业)以此为切入点对新诗理论史的一些问题做出了切实的观察。这里的“纯诗化”不单指近代欧洲以音色、象征、暗示和潜意识为特质的“纯诗”运动,而是泛指所有强调艺术至上、审美自主的新诗话语。

② 朱自清:《抗战与诗》,收入朱自清著:《新诗杂话》,第 55—56 页,上海:作家书屋 1947 年 12 月初版。

③ 俞平伯:《白话诗的三大条件》,原载北平《新青年》6 卷 3 号(1919 年 3 月);收入《俞平伯全集》第 3 卷,第 502 页,花山文艺出版社 2001 年版。

子；又要把这两个联合融调起来集中在一点，留给读者一个极深明的 image。[1]

这其中已流露出“抒情主义”的观念了。十个月后，俞氏更加明确地指出：“凡做诗底动机大都是一种情感（feeling）或是一种情绪（emotion），智慧思想，似乎不重要。”[2]才一个月后，他又欣欣然说道：“近时新诗底作风，颇从纯客观的描写转到兼有主观的抒发，这也是一件可喜的事。”[3]康白情在《新诗底我见》中不厌其烦地宣称：“主情为诗底特质”，“诗是主情的文学。没有情绪不能作诗；有而不丰也不能作好”，“诗是主情的文学；诗人就是宇宙的情人。那么要作诗，就不可不善养情”。[4] 在郭沫若眼里，诗作为文学的原始细胞所包含的是“纯粹的情绪的世界”，“诗是情绪的直写”，[5]这句话不久又被转述为“抒情诗是情绪的直写”[6]。论及“小诗”的出现，周作人肯定了抒情取向：“本来诗是‘言志’的东西，虽然也可以用以叙事或说理，但其本质以抒情为主。”

在诗歌的“抒情”本质获得合法化的过程中，人们采用了不同的论证方式。有人从诗与散文的边界切入论题，这种思考方式可追溯到黑格尔《美学》那里——他把诗与散文作为人类掌握世界的两种不同方式。这方面例证极多，无需举例。有人沿袭克罗齐的方法，从“直观知识”与“逻辑知识”的对照中阐明艺术（包括诗歌）之特性。有人从诗与哲学、自然科学的对比中阐述诗之本质，一些二元的分析单元：审美/功利、情感/理智、想象/日常、形象/逻辑、表现/说明，出现频率很高。有人从人类学诗学的角度，把抒情功能的形成追溯于初民时代的日常生

① 俞平伯：《与新潮社诸兄谈诗》，北平《新潮》2 卷 4 号（1920 年 5 月 1 日）；见《俞平伯全集》第 3 卷，第 516 页。

② 俞平伯：《做诗的一点经验》，北平《新青年》8 卷 4 号（1920 年 12 月）；见《俞平伯全集》第 3 卷，第 519 页。

③ 俞平伯：《诗底自由和普遍》，北平《新潮》3 卷 1 号（1921 年 10 月）；收入《俞平伯全集》第 3 卷，第 521 页。

④ 康白情：《新诗底我见》，收入《中国新文学大系》1 卷，第 324、329、333 页。

⑤ 郭沫若：《文学的本质》，上海《学艺》7 卷 1 号（1925 年 8 月 15 日），第 10 页。

⑥ 郭沫若：《论节奏》，上海《创造月刊》1 卷 1 期（1926 年 3 月 16 日），第 8 页。

活和心理认知。1920 年,康白情把“知识”与“诗”作为两极分化的事物:“感情和知识每每是不能并容的。我们底知识够了,我们底感情就薄了;又怎么样办呢?我想只好让感情和知识各向偏方面发展,而不取其调和。就是说,在科学上要痛用知识,而不掺入感情;在诗上要痛抒感情,而不必顾忌知识……”①1921 年,杨振声在致俞平伯的信中明借着“文学”与“知识”对照而阐发抒情主义诗观:“知识是求 reality,是 objective truth。诗歌是抒写情感,是 subjective imagination。知识以真为归,诗歌以美为主。”②方光焘和李长之在情感与理智的对立中定义诗之本质。③ 郁达夫参照温彻斯特的理论,把“情感/感情”分作“情绪”(emotion)与“情操”(sentiment)两类,确认“诗的实质,全在情感。情感之中,就重情绪”。④ 闻一多也采用这种区分,他指责俞平伯《冬夜》十之八九的诗作表现的是“二流的情操”,对于最烈、最真、最高的男女爱情,着墨太少。⑤ 成仿吾通过情感与理智的对比揭示他的文学观:“文学始终是以情感为生命的,情感便是它的终始。至少对于诗歌我们可以这样说。不仅诗的全体要以它所传达的情绪之深浅决定它的优劣,而且一句一字亦必以情感的贫富为选择的标准。”⑥在诗之抒情本质被认定的过程中,“情感”变成了一个排他性的概念,它在与其他元素的紧张中树立起自己的神话般的地位。戴望舒的诗之定理是:“以文字来表现的情绪的和谐。”⑦钟敬文指出,诗歌“违反的是理论底逻辑,而吻合的却是情感底逻辑”,他发明了“情绪动力学”的概念,认

---

① 康白情:《新诗底我见》,收入《中国新文学大系》1 卷,第 333 页。

② 俞平伯:《与金甫谈诗》,原载上海《诗》1 卷 2 号(1922 年 3 月)的附录《杨振声先生来信》;收入《俞平伯全集》第 3 卷,第 557 页。

③ 方光焘:《文学与情绪》,上海《创造月刊》1 卷 5 期(1926 年 7 月 1 日),第 9 页;李长之:《论新诗的前途》,收入《李长之文集》第 3 卷,第 92 页,河北教育出版社 2006 年版。

④ 郁达夫:《论诗》,原载北平《晨报副镌》“艺术旬刊”6 号(1925 年 5 月 30 日);收入《郁达夫文集》5 卷,第 208 页,花城文艺出版社 1982 年版。

⑤ 闻一多、梁实秋:《冬夜草儿评论》(北平:清华文学社,1922 年 11 月),第 48—55 页。

⑥ 成仿吾:《诗之防御战》,上海《创造周报》1 期(1923 年 5 月),第 2 页。

⑦ 戴望舒:《诗论零札》,香港《华侨日报》副刊“文艺周刊”(1944 年 2 月 6 日)。

为这是打开诗歌修辞之奥秘的钥匙。[1] 钟氏的《诗的逻辑》归纳出诗歌之主要特性在于"情绪性"和"主观性"，认为它在精神活动上显出奇异的魔力。[2] 再生（孙俍工）指出诗的精神之本质在于"有感情的意味"，他断言这种主观性乃是诗之为诗的标志。[3]

在抗战之前的中国诗坛，对"纯诗化"、"抒情主义"进行深入探讨者，首推于赓虞。从20年代中期开始，他在吸收西方近代诗学成果的基础上，针对新诗的历史、现状与走势发表了十几篇诗论，围绕"诗为抒情的艺术"的中心议题展开了繁复的论析。1922年，于氏认为"形"与"质"构成了诗的内涵："诗之所以为诗，一方在质的是优美浓厚的情绪，高尚的思想。一方在形的是将诗要图画音乐化。"[4]在另一场合，于氏在思想与情绪的二元关系中确立"抒情主义"立场："诗歌的灵魂是情绪——是人生和宇宙中间所融化成的一种浑然之情绪的表现。从此看起来，诗歌最要紧的质素是这样情绪的表现，而非思想的叙述，是很浅近的道理了。"[5]于氏相信，诗本无所谓新旧，因为"诗的真纯之生命是情感"，这种发端于个人主体的情感超越时空，恒久而普遍。于氏指出，所谓"生命"、"诗"、"宇宙"，三者是以"情感"为主轴而联结在一起的，风格的创造于此得以完成。[6] 在他看来，诗的创作过程就是一个情感被外在化的过程，[7]他把生命哲学注入抒情论述之中，张扬一种"诗人"等同于"狂人"的古老信仰[8]，认为读者为了透彻深入地理解诗歌，

---

① 钟敬文：《论诗》，广州国立中山大学文学院院刊《文学》1期（1947年7月15日），第1、4页。

② 钟敬文：《诗的逻辑》，收入钟敬文著《兰窗诗论集》，第90—91页，北京师范大学出版社1993年版。

③ 孙俍工：《诗的本质》，上海《当代文艺》1卷1期（1931年），第35页。按：此文最初以"再生"之名发表于上海《金屋月刊》1卷12期（1930年9月），第7—15页。两篇文章有个别字句不同。

④ 于赓虞：《诗的自然论》，原载天津《虹纹》季刊1集（1923年1月1日），参看解志熙、王文金编校：《于赓虞诗文辑存》下册（河南大学出版社，2004年版）的校勘。下引于文，皆出此编。

⑤ 于赓虞：《诗歌与思想》，原载北平《京报附刊·文学周刊》27期（1925年7月11日）。

⑥ 于赓虞：《诗之情思》，原载北平《晨报副刊》1926年12月4日。

⑦ 于赓虞：《新诗诤言》，原载北平《京报附刊 文学周刊》32期（1925年8月22日）。

⑧ 于赓虞：《诗的创作之力》，原载北平《晨报副刊》1927年2月28日。

也应对情感与想象力有所训练。[1] 在《诗之艺术》中，“抒情主义”得到了深入、完整、严密的推演。文章开宗明义：“诗为抒情的艺术，故论诗之艺术者，不能撇开情感，而论述其枝叶问题”，他明确反对那种视诗歌为政治、伦理之附庸的功利主义文学观，反对形式主义的格律观念对抒情的戕害，强调情绪的自由表达和情感形式的和谐一致。于赓虞还总结了“诗之所以为完整的抒情的艺术”的四个原因，可谓要言不烦。[2]

总的看来，“纯诗化”或者“浪漫化”的“抒情主义”是从普遍主义的思维和立场出发，指认个人主体的“情感”为诗之起源、动力、本质和内容，把抒情当做是超越历史时空、具备普遍性和永恒性的审美质素，认定现代诗是这种个人主体的情感载体。这种“抒情主义”把诗视为封闭、自足、自主的审美客体，自觉或者不自觉地与社会政治的变化脱节，事实上，对诗之抒情本质的确认不但来自主张审美自主性的“纯诗化”诗学，也来自它的对立面亦即“大众化诗学”，甚至连昙花一现的民族主义诗歌运动也努力从抒情立场为新诗进行本质定位。虽然这两派的审美主张、理论资源、政治立场看上去有天渊之别，但是分享了“抒情主义”的思维与判断，浪漫的、纯诗化的“抒情主义”与写实的、大众化的“抒情主义”，在现代诗学的进程中交织在一起。大众化“抒情主义”把抒情诗从“审美自主性”和“纯粹主观性”的正统叙事中解放出来，织入社会指涉和集体经验，转向“大众化”取向，提倡“社会情感”或“典型情绪”，借助于作家的生活实践的强化以带动表现方法的更新。郑伯奇在20年代末期一变而为普罗诗歌的鼓吹者，他的“抒情主义”表述如下：“诗的内容，就是情感，燃烧着的情感”，但是，这种抒情服务于意识形态范畴内的“真理”传达，而这种真理来源于诗人与生活世界的接触：“惟其由生活本身感觉到的真理，才能使诗人的情感燃烧着！惟其这样燃烧着的情感才能打动任何人的心坎！”郑氏直截了当地呼吁诗人介入政治变革。[3] 臧克家把情感比喻为诗的“血脉”，认为“感情

① 于赓虞：《诗之读者》，原载北平《晨报副刊》1927年4月20日。

② 于赓虞：《诗之艺术》，原载北平《华严》1卷1期（1929年1月20日）、1卷2期（1929年2月20日）。

③ 郑伯奇：《诗歌断想——赠S.T君》，上海《大众文艺》2卷3期（1930年3月），第648页。

的源泉是生活，是诗人对生活最敏锐，最真挚，最深切的感应。"他不满于彼时诗坛流行的两种病症："诗的贫血与感情的泛滥。"①王亚平强调从"抒情主义"立场为新诗进行定位，他指出，"今日中国诗作之大病，即在于诗人不能把握自己的情感"，罗列了"情感的泛滥"、"情感的枯燥"、"情感的暧昧不明朗"三种病症。② 40年代被称为"人民世纪"，大众化"抒情主义"成为许多诗人不约而同的选择，这正如孟辛的分析：形成大众化的"诗的精神"之知识根源在于，诗人在生活实践上与人民大众之间建立了密切的互动，而艾青的诗可算这方面的成功例证。③黄药眠强调，较之于思想和理论，"情感"具有原发性与创造性，在反映现实生活的深广度上焕发出惊人能量，情感具有认识论上的价值，可以深入事物的内部秩序，促使理论转化为实践，获得一种真理性的认知——

> 再进一步来说，情感是更能够突进于现实内部的东西。因为理论只能使我们把握到一般的发展的规律，而不能使我们洞澈的去了解到每一件事物的具体的微妙的内容。理论只能指导着感觉的方向，而不能使我们直接去体会，只有理论变成实践，在实践的过程中，发生各种感情的波动的时候，理论才能够真正能动的反映客观世界之真实性，和获得主客观的统一。一个坐在屋子里讲体系的人是不会有什么情感，同时也就永远不会了解这体系和这个世界。"理论是灰色的，只有生活常青。"所谓常青的生活，正是指那富于热情的斗争生活。④

任钧的诗《战歌》有简洁的描述："在我的诗中，没有个人的哀乐，只有集团的情绪。"⑤穆木天在社会经济结构的历史变迁中把握欧洲抒情诗

① 臧克家：《诗的血脉》，上海《青年界》新2卷4号（1947年1月），第2页。

② 王亚平：《诗的情感——新诗辨草之十》，桂林《诗创作》10期（1942年5月），第29页。

③ 孟辛：《论两个诗人及诗的精神和形式》，重庆《文艺阵地》4卷10期（1940年3月16日），第1513页。

④ 黄药眠：《论诗》（桂林：远方书店，1944年5月），第39、40页。

⑤ 转引自亚萍：《新世纪的诗歌运动》，上海《青年界》新3卷5期（1947年7月），第66页。

的盛衰,认为社会主义的苏联使得抒情诗得到了新生命[①],他指出:“抒情诗,是一切诗歌的基本。在抗战建国期中,一个真实的诗歌工作者,必须运用较长的形式的抒情诗,在那些伟大的现实的形象中,把我们的抗战建国的感情,抒发出来。”[②]穆木天提出“典型的情绪”的命题和“抗战抒情诗”的说法。彭燕郊建议从美学而非生物学的意义上理解“感情”的含义,主张抒情应有坚实的社会内容。[③] 可以理解,大众化论者经常从“美学”问题转移到作家的“身份”问题,把个人主体的改造视为一切文化事务取得成功的前提,在强调人生观世界观之改造的同时,有时流于粗暴的人身攻击、自我正义和道德优越感,而诗歌自身的问题则失去了深入思考的机会。[④]

除了唯情主义论述之外,还有理论家打破二元思维,在肯定情感之作为原动力的前提下,综合其他元素而提出折中主义的诗歌定义。冯瘦菊在六大要素的互动中重建新诗的理想类型:精神方面,“情绪的”与“哲理的”融合;艺术方面,“音乐的”与“刻绘的”融合;价值方面,“自己表现的”与“人生批评的”融合。[⑤] 陈勺水从总体上断言新诗运动为“荒谬”,认为诗坛颇有实行“纯粹诗运动”的必要,这种“纯粹的诗”才是真正的诗,由“韵律”和“诗素”构成,所谓“诗素”被定义为“梦幻化了的感情,创造化了的意志,直觉化了的理智,三种东西被融合燃烧时的喜悦。表示着这种喜悦的诗,才算得上是诗,能够创作这种诗的人,才算得是诗人”,三种元素在诗中由于比例分配的不同而形成了不同的诗歌体裁。[⑥] 朱光潜在看待抒情问题上有公允的识见:“诗是情趣

---

① 穆木天:《诗歌的形态和体裁》,参看穆木天著《怎样学习诗歌》,上海:生活书店1938年版。

② 穆木天:《诗歌创作上的表现形式的问题》,见穆木天著《怎样学习诗歌》。

③ 彭燕郊:《论感动——关于诗·诗人的随感录》,重庆《诗文学》2辑(1945年),第85、78页。

④ 这方面的例子是那些攻击“中国新诗派”的人,例如张羽《南北才子才女的的会串——评“中国新诗”》,上海《新诗潮》3辑(1948年7月),第16—19页;晋军《踢去这些绊脚石》,《新诗潮》4辑(1948年12月),第14—18页;舒波:《评“中国新诗”》,《新诗潮》4辑,第6—11页。

⑤ 冯瘦菊:《新诗和新诗人》,第40—70页,上海:大东书局1929年6月版。

⑥ 陈勺水:《论诗素》,上海《乐群月刊》1卷5期(1929年),第8页。

的流露，但是情趣不必尽能流露于诗”，“感受情趣而能在沉静中回味，就是诗人的特殊本领”，他反对在“主观诗/客观诗”的框架中理解抒情，以法国诗坛上的“巴纳司运动”对浪漫主义的反动为例证，阐明一己之洞见：“其实‘主观的’与‘客观的’虽各有所偏向，在实际上并不冲突。诗的情趣都须从沉静中回味得来，所以主观的作品都必同时是客观的。诗也可以描写旁人的情趣，但诗人要了解旁人的情趣，必须设身处地，才能体物入微，所以客观的亦必同时是主观的。”①石灵承认“诗从情绪开端”，他认为，与“感情”相比，“情绪”在诗歌创作中兼具延长、整合、唤起、统领的功能。他尝试在情绪、经验、想象、灵感的互动网络中理解诗之境界的问题，尽管理论深度与实证分析有所欠缺：“情绪是食欲，经验是食物，想象是口腔肠胃等等消化系统，灵感是支配消化器官的神经和血管”，石灵认为，正是情绪、灵感、想象这三者的汇合才构成了诗的“境界”。②

无论何种类型的“抒情主义”，只要是一元化地、排他性地把情感指认为诗之本质、灵魂和生命，就潜伏一定的危险和紧张，经验、技艺和知识有遭到忽略之虞，以至神化情感、情感至上、唯情是问。事实上，绕开“情感”或者“情绪”不论，现代诗学可以从别的方面另辟蹊径。一些西方诗人把“语言”确认为抒情诗的本质，霍夫曼斯塔尔说过：“词汇就是一切”，格奥尔格认为：“语词破碎处，万物不复存”，马拉美也有类似看法：“不是情感，而是词汇构成诗歌。”里尔克把“经验”指认为诗之本质：“诗不是情感（情感我们很早就有了的），诗是经验”，艾略特提出了“情感逃避”说和“非个性化”诗论。中国理论批评家从西方诗学获取灵感资源，针对“抒情主义”的病理进行了质疑、辩驳和补充，不过，两者不是势均力敌的关系，“反抒情主义”无法撼动作为霸权结构的“抒情主义”。

（二）“抗战诗”是否要“抒情的放逐”？“抒情主义”的再发现与大众化的巩固

1939年5月，徐迟在香港报章上发表了《抒情的放逐》，表达对“抒

① 朱光潜：《诗的主观与客观》，上海《人间世》15期（1935年），第14页。

② 石灵：《新诗歌的创作方法》，第27、28页，上海：天马书店1935年版。

情主义”的拒斥。徐迟相信,“诗”不是超越时空的永恒不变之物,它有自我修正的能力以应对人类的历史文化变迁,科学发展与都会经验是“抒情”见弃于人类的原因,艾略特、刘易斯、奥登、史本德洞察到这一点,所以潜意识地在诗中放逐了抒情。徐迟发现当下中国存在着相似的历史语境,所以他期待着“放逐抒情”的愿景化为现实——

> 然而人类虽然会习惯没有抒情的生活,却也许没有习惯没有抒情的诗。我觉得这一点,在现在这个战争中说明它,是抓到了一个非常好的机会。因为千百年来,我们从未缺乏过风雅和抒情,从未有人敢诋辱风雅,敢对抒情主义有所不敬。可是在这战时,你也反对感伤的生命了。即使亡命天涯,亲人罹难,家产悉数毁于炮火了,人们的反应也是忿恨或其他的感情,而决不是感伤,因为若然你是感伤,便尚存的一口气也快要没有了。也许在流亡道上,前所未见的山水风景使你叫绝,可是这次战争的范围与程度之广大而猛烈,再三再四地逼死了我们的抒情的兴致。你总觉得山水虽如此富于抒情意味,然而这一切是毫没有道理的。所以已轰炸已炸死了许多人,又炸死了抒情,而炸不死的诗,她负的责任是要描写我们的炸不死的精神的,你想想这诗该是怎样的诗呢。[①]

“抒情主义”在这里等同于感伤主义、个人主义的风雅抒情,它在中国古典诗歌和五四以来的新诗中都有大宗体现,这个看法与穆木天、臧克家、胡风的理解并无本质不同;差别在于:徐迟沿着艾略特的思路引向了“现代主义”的放逐抒情、增加深度品质,而其他批评家则走向了大众化“抒情主义”。令人讶异的是,徐迟的论说中透露出暧昧的立场或奇特的逻辑,他的现代主义宣言最终以拖着功利主义的尾巴而悄然收场了——

> 我们自然依旧肯相信,抒情是很美好的,但是在我们召回这放逐在外的公爵之前,这世界这时代还必需有一个改造。而放逐这

① 徐迟:《抒情的放逐》,香港《星岛日报》“星座”副刊 278 期(1939 年 5 月 13 日)第 8 版;重刊于香港《顶点》1 卷 1 期(1939 年 7 月 10 日),第 50—51 页。

个公爵，更是改造这世界这这时代所必需的条件。我也知道，这世界这时代这中日战争中我们还有许多人是仍然在欣赏并卖弄抒情主义，那末我们说，这些人是我们这国家所不需要的。至于对于这时代应有最敏锐的感应的诗人，如果现在还抱住了抒情小唱而不肯放手，这个诗人又是近代诗的罪人。在最近所读到的抗战诗歌中，也发见不少是抒情的，或感伤的，使我们很怀疑他们的价值。

徐迟相信诗歌不再是一种通向情感与想象的语言游戏而是现代主体的一种社会象征行为，诗歌与公众世界之间应该转向密切的互动，不仅历史变革有力地促成了"抒情主义"的流变，而且："反抒情主义"的形成是改造现实的前提。这似乎又回响着新诗大众化的声音了。

《抒情的放逐》发表后即引起了轩然大波，附和者寥寥，反对者倒是有一大片。反对者都是从本体论角度重申人类情感的原发性、普遍性及其对于诗歌写作的意义，强调时代背景中的诗歌抒情具有民族动员和政治教育的功能，重新确认了"抒情主义"作为现代诗学的结构特征，在拒斥现代主义诗学的同时巩固了大众化和现实主义的取向。艾青首先提出了含蓄的批评。他指出，情感与人类生活具备不可分离的共生性，即使"科学"也不能真正地"放逐"抒情，对抒情的误读根源于"知识分子"的精神迷失——

人类无论如何也不致于临到了一个可以离弃情感而生活的日子；既然如此，"抒情"在诗里存在，将有如"情感"之在人类里存在，是永久的。

有人误解"抒情的"即是"感伤的"，所以有了"感伤主义"的同义语"抒情主义"的称呼。这是由于在世纪的苦闷压抑下，旧知识分子普遍地感到心理衰惫的结果。[①]

陈残云认为，应该超越纯粹主观性和个人主义的范畴，从变化的历史语境中把握抒情的"时代性"。[②] 穆旦指出，徐迟心目中的抒情等同于"自

① 艾青：《诗论》，第14—15页，桂林：三户图书社1942年4月再版。
② 陈残云：《抒情的时代性》，重庆《文艺阵地》4卷2期（1939年11月16日），第1265页。

然风景加牧歌情调”,实际上,卞之琳的《鱼目集》就开始了“放逐抒情”的工作。但是,穆旦认为,卞氏从艾略特那里获得的以“机智”写诗的方式其实并不可取,他呼吁当下诗坛借鉴以艾青为代表的“新的抒情”——

> 如果放逐了抒情在当时是最忠实于生活的表现,那么现在,随了生活的丰富,我们就该有更多的东西。一方面,如果我们仍是生活在城市里,关心着或从事着斗争,当然旧的抒情(自然风景加牧歌情调)是仍该被放逐着;但另一方面,为了表现社会或个人在历史一定发展下普遍地朝着光明面的转进,为了使诗和这时代成为一个感情的大谐和,我们需要“新的抒情”!这新的抒情应该是,有理性地鼓舞着人们去争取那个光明的一种东西。我着重在“有理性地”一词,因为在我们今日的诗坛上,有过多的热情的诗行,在理智深处没有任何基点,似乎只出于作者一时的歇斯底里,不但不能够在读者中间引起共鸣来,反而会使一般人觉得,诗人对事物的反应,毕竟是合他们相左的。强烈的律动,洪大的节奏,欢快的调子——新生的中国是如此,“新的抒情”自然也该如此。①

胡危舟认为,个人不能自外于历史,时代对诗歌情感的冲击使得放逐之说成为无稽之谈:“战争是两种不同目的之浓烈的感情所要求的表现。战争是感情的。战争的时代是诗的时代。谁喊着‘抒情的放逐’,无疑地,他先会遭到了诗的放逐。诗,永远是表达着作者情感生活与时代的脉搏相通的体验的抒情啊!”②文俞指出,和所谓的“风雅抒情”相比较,“闲适”更应遭到诗人的放逐。③ 周刚鸣在阐述诗的“形象化”问题时认为,在诗人介入大众生活、从事诗歌写作的过程中,抒情其实发挥了动力学的作用:“诗人放逐了抒情,诗人去那里还获得热烈的的生命呢?因为抒情不纯粹是个人的低徊感伤的情绪,他是磁石里的吸引力,他要自己富有磁力,才能感受,才能反应,才能和人民生活的力量紧紧

① 穆旦:《〈慰劳信集〉》,香港《大公报》“文艺”副刊第826期(1940年4月28日)。
② 胡危舟:《新诗短话(A节)》,桂林《诗创作》第13期(1942年8月25日),第20页。
③ 文俞:《闲适的放逐》,香港《星岛日报》“星座”副刊第304期(1939年6月8日)。

地结合起来。"[1]大众化诗学的健将蒋锡金在回顾抗战一年来的诗歌创作时，挑出徐迟的论调作为批判的靶子，他的挖苦的语调也暴露出对西方现代诗学的隔膜——

> 随便拾了欧洲的不知所云的理论，想要适用于我们的抗战诗歌，他甚至于援引了反对这种谬说的言论来作概括，原来他对他要提出的"抒情的放逐"的意义也并不了解，便就写起莫名其妙的诗来，一方面是玩弄"新奇"，另一方面却也说明了他们对于抒情的机能的萎缩，到了无可奈何的程度。[2]

对于徐文显示的西方理论与中国历史的错位，不少批评家都击中了这个要害，不过有些流于直觉和印象而已。胡风的反思较有深度，他不同意徐迟把抒情定位于风雅抒情和模山范水，也认为科学发达对抒情不构成任何威胁——

> 如果不把"个人主义"和对待现实生活的诗人个人的精神动态，也就是伟大的哲人所说的"个人的倾向"，个人的"思考与幻想"混为一谈，如果不把"感伤主义"和现实生活反映在诗人底主观上的苦恼，仇恨，兴奋，感激……等等的搏战精神混为一谈，那我们就不难明白，情形决不是这么简单。批评如果是要把文学发展过程中的健康的倾向凸出地描写，那战争以来的诗底主流就不能诬为"个人主义抒情主义"，或"个人主义感伤主义"；批评如果是要暴露残缺的现象，那么，那些空洞的叫喊，灰白的叙述，恰恰和孤独地沉溺在个人意识里面的"个人主义"……（按：此处的省略号为引者所加）和"感伤主义"相反，而是没有通过诗人个人情绪底能动作用地，对于思想概念的抢夺和对于生活现象的屈服。[3]

---

① 周钢鸣：《论诗创作发展的偏向》，收入茅盾等著《青年与文艺》，第108页，桂林：耕耘出版社1942年10月版。

② 蒋锡金：《一年来的诗歌回顾》，上海《戏剧与文学》1卷1期（1940年1月25日），第34—40页。

③ 胡风：《今天，我们的中心问题是什么？——其一：关于创作与生活的小感》，重庆《七月》5集1期（1940年1月）；收入胡风著《民族战争与文艺性格》，第120—121页，重庆：南天出版社1945年1月初版。

胡风指责徐迟对抗战以来诗歌“主流”的理解有简单和褊狭之嫌,“抒情的兴致”是人类生活的基本方面,“个人的精神动态”仅居其一而非全部内容;抗战诗歌的审美缺失不应归咎于个人的感伤主义情绪而是源自于主观战斗精神的匮乏以及作家与生活世界的疏离。从胡风一以贯之的理论立场来看,这种批判仍是一种借题发挥。话又说回来,大众化的“抒情主义”者针对徐迟的现代主义诗论的批驳其实亦有可议之处,那就是,如何把新诗的社会视野的拓展和深度品质的锻造结合起来,既避免了纯诗化“抒情主义”的牧歌情调和神秘象征,又避免一些大众化诗歌的语言粗糙和审美缺失?

如果说,关于徐迟“抒情的放逐”的辩驳表现了现代主义诗学与大众化诗学之间的紧张的话,那么,关于孙毓棠“抗战诗”的争议则反映了纯诗化的“抒情主义”与大众化的“抒情主义”在战争背景下的交锋。孙氏认为,“在某一个时代或是某一个社会里面,往往把某一种的思绪,情操,感觉,题材,形式,认为特别是诗,特别觉得美,容易刺激情感幻想,特别动人”,他于是把这种东西名之为“时代的诗情”。[①] 据其观察,抗战前的中国诗坛已稳定地形成了这种“时代的诗情”,其主要内容概括为“集中于个人的悲欢情绪之抒泄与个人的生活感觉之描绘”,[②]形式上是精炼完美的抒情小诗,这成为新诗爱好者的风尚与习惯。显然,孙氏鼓吹的“时代的诗情”是以浪漫化、纯诗化的“抒情主义”为特质。吊诡的是,“时代的诗情”虽然注意到了诗歌情感之新陈代谢的一面,但受到纯诗诗学框架的制约,无力在动态的历史关系中把握“抗战诗”的兴起,孙氏反而以工具技术的不完美为理由,拒不承认“抗战诗”也是一种实实在在的“时代的诗情”。根据这种批评尺度,孙氏对“抗战诗”进行同情的抹杀也就不难索解了:“抗战诗产量虽大,但都是些浅薄的泄忿与癫狂的口号”,他认定诗的职能就是表现而非宣传:“拿诗来作宣传工具是宣传中最笨的方法”。和吴兴华、路易士一

---

① 孙毓棠:《谈抗战诗》,香港《大公报》“文艺”副刊第641期(1939年6月14日);收入孙毓棠著《传记与文学》,第73—81页,重庆:正中书局1943年3月初版。

② 孙毓棠:《谈抗战诗(续)》,香港《大公报》“文艺”副刊第642期(1939年6月15日)。

样，孙氏坚信诗在当今世界已成为少数人的专宠，所谓大众化既不可能也毫无意义："拿诗来作宣传，简直是白费力，不可能。诗在今天的世界上本已走到末路，成了少数人的东西了，（我不承认诗能大众化；即使能大众化，也没有什么好处或价值，因为即使大众化了，大众也不会喜欢读诗）。"最后，孙氏试图以纯诗诗学来提升"抗战诗"的审美素质，这种良苦用心与梁宗岱简直如出一辙，这种论调把好的"抗战诗"设计为"以文学表现为出发点"、"技巧纯熟"、只为少数人而存在的东西，在宏大迫切的战争背景下，失之迂阔。

孙氏对"抗战诗"的全盘否定和对大众化的傲慢态度，激起了大众化阵营的反弹。艾青严肃指出："一个写诗的人……专门写着狭窄得可笑的个人的情感的东西称为那才是'诗'，又疲惫地拖住一种形式作为那是诗的唯一的形式，更有甚于此者，竟会自满那种迂腐的见解，说那样的东西才是'真正文学的诗'，这究竟是可悲的现象。"[①]针对孙氏把诗与宣传、文学与政治对立起来，林焕平在对中外文学史作简略考察之后一针见血地说，"拆穿西洋镜，原来孙先生始终就是一个象牙塔里的'纯粹诗人'"，孙氏对于"抗战诗"的大众化问题的全盘否定暴露了"艺术至上主义的立场"以及"对于文学现象的不理解，对于诗史的无知"。[②] 拉特认为，在新的历史条件下，以技术词藻作为诗歌批评的首要尺度是本末倒置的作法："真正文学的诗的创成，不仅在于一个诗人对于技术词藻，运用得灵活，纯熟，美而有力，比旁人高明一步。最主要的，最根本的，还是在于诗人用极丰富的感情，极热炽的言语来与新主题，新现象底完全的诚实底合一。假如诗人缺乏了这些，则尽管诗人有着如何的高明技巧，也决不会产生真正文学的诗。"[③]蒋锡金以讽刺的语调说，所谓"真正文学的诗"无非是一种神秘的"纯诗"而已，孙氏在

---

① 艾青：《诗与时代》，收入艾青著《诗论》，第85—86页，桂林：三户图书社1942年4月再版。

② 林焕平：《抗战文艺评论集》之第12节《论抗战诗的诸问题》，作于1939年6月16日，收入《林焕平文集》第1卷，第44、45页，广西师范大学出版社1990年版。

③ 拉特：《关于"真正文学的诗"》，香港《大公报》"文艺"副刊第652期（1939年6月27日）。

评价抗战诗时没有“把握着动的发展的观点”而是坚持一成不变的纯诗尺度,这暴露了他缺乏历史眼光而堕入了褊狭的趣味——

> 现在的抗战诗歌是不是那样的诗呢?不是的。这便终不可取了。他们要把“艺术的生命实在都寄托于工具和技巧”上,这样以来,他们事实上已把诗歌限制得相当狭小,自然而然,他们的批评也就是“严格”了。“严格”在什么地方呢?“严格”在“工具”和“技巧”上。抛开了诗歌的一切,而专讲这些技术,这便是他们的“严格”。直“严格”到把技术从诗歌的本体游离开来。单独地成为“纯粹”的东西,一旦当别的新的诗歌产生,到了突破那预设的尺度,使它无从衡量时,他们就从此见不到一首好诗。

蒋锡金指出,有必要对“时代的诗情”做出辨证的理解:“始终从时代对诗人的影响和诗人对时代的影响两方面相互地来看的”,它不是全然美好的东西:“往往有代表新的时代的诗情,和代表旧的时代的诗情”;艺术与宣传之间也不是非此即彼的二元关系:“艺术要不宣传什么是不可能的”,技术的讲求必须服从于内容的安排。[①] 蒋锡金着力论述的是历史与个人、艺术与宣传、内容与形式之间的互动,他呼吁在动态的历史关系中理解时代的诗情和抗战诗的出现,力主新诗理论应该突破纯诗诗学的框架而迈向大众化诗学的空间。穆木天强调世界观人生观的决定作用以及内容第一、形式第二的判断标准,这与蒋锡金的论点不谋而合:“伟大的革命诗歌的产生,并不是出于抑制热情的静观沉思的态度,也不是由于新技巧新词藻的练习,而是,由于作者对于现实的正确的把握和表现。”[②]

(三)抒情主义作为批评尺度(之一):“真诚”、“真实”及其他

对诗之抒情本质的确认必然会导致“抒情主义”成为诗歌批评的尺度。在白话诗运动时期,以抒情表现的不足为借口,断言某诗人的创

---

① 锡金:《诗歌的技术偏至论者的困惑》,重庆《文艺阵地》3 卷 10 期(1939 年 9 月 1 日),第 1127 页。

② 穆木天:《关于抗战诗歌运动——对于抗战诗歌否定论者的常识的解答》,重庆《文艺阵地》4 卷 3 期(1939 年 12 月 1 日),第 1290 页。

作归于失败或者对新诗进行总体性否定者，大有人在；同样，某位诗人的创作获得好评经常是由于他对抒情有良好的把握。考察一下几部诗集在当时的反映就可看出，"唯情主义"尺度盛极一时。闻一多批评俞平伯诗集《冬夜》表现的是伦理学的"情操"，以男女爱情为轴心的"情感"严重匮乏，这才是诗集的致命伤。梁实秋对康白情诗集《草儿》颇多负面评价，其中之一就是"情感太贫弱、想象太肤浅"。[①] 在一些批评家看来，《女神》的"抒情主义"具备强大的整合力量：

> 作者感情可以打倒理智，所以这样原始的，新鲜的情绪可以保持，可以统一。作者的自我，完全是感情统一的，作者是一个 Passional（充满热情的人），我希望读者须用 Passion（感情）去读才可以。要是求知识的根据，理性（狭小的）的满足，读这本书的只要堕于不可解之渊而大叫失望罢了。其实作者的作品中，自我完全在那里活跃，虽不与他的"振动数相同的人"，与他的"燃烧点相等的人"，也可以为他的感情"把他们的心弦拨动"。[②]

郑伯奇评价王独清的诗是"Symbolisme 的形式，Lyrisme 的内容"，认为《圣母像前》中的《流罪人的预约》完全用了象征手法和简化了的情感，超越了"抒情主义"境界而深入象征主义的殿堂了。[③] 在为同乡徐玉诺撰写诗评时，于赓虞赞扬道："玉诺的文学天才先不讲，就其生活之充实，情感之热烈刚毅，和外界关系之密切，已经令我们惊异了。"[④]于赓虞还以过来人的身份指出，第一次有意识地注意到"诗乃抒情的艺术"者，就是北京《晨报》"诗镌"的一群读者，时间当在民国十五年的春天，

---

① 闻一多、梁实秋：《〈冬夜〉〈草儿〉评论》，第 16 页，北平：清华文学社，1922 年 11 月。

② 郑伯奇：《批评郭沫若底处女诗集〈女神〉》，原载上海《时事新报》副刊《学灯》（1921 年 8 月 21—23 日），收入《郑伯奇文集》，第 7 页，陕西人民出版社 1988 年版。

③ 郑伯奇：《〈圣母像前〉底感想》，上海《洪水》3 卷 32 期（1927 年 5 月 1 日），第 342、343 页。

④ 于赓虞：《读〈将来之花园〉》，原载天津《新民意报附刊 · 绿波旬刊》41 期（1923 年 9 月 4 日）。

徐志摩诗的最大好处之一“在他表现他的不羁的情思之得当”。[①] 到了1937年，李长之还失望地发现“现代中国诗人所患的毛病是感情上的贫血”，“浓烈”、“深厚”、“持久”的情感匮乏，所以他断言情感贫血“乃是现代诗的真正致命伤”。及至40年代，阿垅夸张地宣示了一种粗鄙的认识：“假使你底情感是美的，你底诗也一定是美的了。”[②]

从历史上看，“抒情主义”作为批评尺度显出从纯诗化向大众化转变的轨迹。依据朱自清的观察，抗战之前的新诗沿着纯诗化的方向发展，以审美主义、艺术本体论、纯诗化的“抒情主义”尺度来评价新诗是一种流行的思路，情感的“真挚”、“自然”、“浓烈”、“真实”等等是最常见的批评词汇。到了抗战及40年代，“抒情主义”批评尺度并未被现代主义击溃，而是在新的历史条件下继续壮大，但其知识构造与价值判断已被新诗大众化取代了，“生活态度”、“现实”、“世界观”、“人生观”、“人民”、“大众”、“时代”等崭新的语汇反复出现。尽管以“九叶”为中心的现代主义有扩张之势，但并非从根本上撼动了新诗理论的“抒情主义”结构。黄药眠为《中国诗坛》同仁拟定的五个纲领之中，有一条颇为醒目：“抒情诗，一定要通过个人的情感中看出他的社会意义，避免单纯的个人主义的感伤主义。”[③]黄氏心目中的诗人，不是封建时代的俳优、自我崇拜的英雄、半人半神的超人、神乎其神的先知，他只是一个“受得起感情的锻炼”的战斗者。[④] 另一个著名例子是，艾青诗中著名的“忧郁”情绪，自杜衡提出了“两个艾青”论之后，一直受到极端的大众化论客的苛责，认为这种不健康的情绪是由于作者无力摆脱小知识分子的生活态度而真正融入大众的生活之中，但相反的一方则超越了身份政治的执迷，转而给予诗人的“深厚博大的情绪”以积极评价，例如穆旦、孟辛、苏夫、楚天阔等等。[⑤] 当然，不但新诗理论家如此

① 于赓虞：《志摩的诗》，原载北平《北平晨报·北晨学园·哀悼志摩专号》(1931年12月9日)。

② 阿垅：《箭头指向》，收入阿垅著《诗与现实》第一分册，第34页，五十年代出版社，1951年版。

③ 黄药眠：《论诗歌创作的方向》，收入黄药眠著《论诗》，第98页。

④ 黄药眠：《战斗者的诗人》，收入黄药眠著《论诗》，第67页。

⑤ 苏夫：《艾青的道路》，香港《大公报》副刊“文艺”13期(1948年7月18日)。

执迷于“抒情主义”的批评尺度，即使以清理古典诗学以建构现代诗学为职志者，亦不例外。杨鸿烈在阐发“中国诗的组合的原素”之一的“感情”时，最推重男女爱情，试图“从根本上来澄清一般人以错谬的道德观念妨碍文艺的创造”。他列举胡适以来的“现在白话诗的腐败的情形”，认为根本的病源就是“缺乏真实高尚丰富复杂的想象和情感”，认为唯一补救之道就是“把诗的本质特别阐发，灌输在一般有志学诗的人的脑里”。[①] 不过，现代诗歌批评上的这种唯情主义的知识构造自有片面、肤浅和僵化的地方，所幸后来得到了深化和纠正。公正地说，有的大众化诗学论者也认识到唯情主义思维的缺陷，主张在不同艺术元素之间的协商中造就诗歌艺术的完美性。其实，认为诗歌写作不仅是抒情而已更需具有技艺和规矩，这也是现代诗学论者的看法。钱锺书辩驳了古人言论，指出从生活经验到艺术经验转化的必要：“王济有言：‘文生于情。’然而情非文也。性情可以为诗，而非诗也。诗者，艺也。艺有规则禁忌，故曰‘持’也。‘持其情志’，可以为诗，而未必成诗也。艺之成败，系乎才也。……大匠之巧，焉能不出于规矩哉。”[②]

我们亦须承认，“抒情主义”作为批评尺度也有“历史性”的一面。在五四时期，对个人情感的发现与讴歌成为现代人之思想觉醒的明证，朱自清、刘延陵、胡适写给《蕙的风》的序言中充满了“单纯”、“真挚”、“率真”之类的褒义词。但是，在抗战及40年代，个人抒情的诗作经常遭到大众化论者的弹压，“真诚”不再是一个有效的尺度了，陈敬容诗作遭到《文汇报》“笔会”副刊和《新诗潮》的酷评，即此一例。应该说，“真诚”(sincerity)作为一种文化—文学的批评伦理有其久远的传统，从孔子的“情欲信，辞欲巧”到《周易》的“修辞立其诚”，从柏拉图、亚里士多德、贺拉斯到锡德尼、托尔斯泰、伯格森，等等，可谓不绝如缕。特里林洞察到，在历史发展的某个时刻，欧洲的道德生活为自身增加了一个新的要素，此即自我的真诚状态或者真诚品质，它指的是公开表示的感情和实际的感情之间的一致性，这项事业所具有的价值成为过去

---

① 杨鸿烈：《中国诗学大纲》，参看“自序”、第242、250页。

② 钱锺书：《谈艺录(补订本)》，第39—40页，中华书局1984年版。

四百年内西方文化的显著特征,甚至是决定性的特征。① 但是落实到文学批评上来,“真诚”的标准遭到现代学者的质疑。新批评理论家(例如韦勒克和沃伦合著的《文学理论》)认为这种伦理主义尺度把批评焦点从文学本体转向了心理学,其实不足为训。以真诚作为批评尺度,在新诗中很早就已存在。1921 年,有读者批评报章上刊载的新诗“量多而质劣,且无病呻吟底情诗十居其八九”,以“真诚”的缺失作为失败的原由——

> 本来我们最喜读的莫若恋爱一类底诗,因这种诗最能表现作者底真性情,有恋爱经验的读之,可以唤起自己底哀感或快感而与之共鸣,没经验者读之,可以藉得感情之润饰,且可咀嚼其滋味。现在许多恋爱诗中我们也不敢武断的说他完全没有,不过果真能传给我们一种纯真的,热烈的高尚的情感,而引起我们心琴底共鸣,或与我们感情以润饰,如我所举的第一种诗,读着能刺击出我们底眼泪,读后能使我们觉得痛快满足的确实是很少。反过来说,这或者是因为他们底情感并不纯真,热烈,或竟是真的热的,而经他一表出来之后,并不见得真,不见得热,并且不高尚。其结果所以才不免被人家给他一个无病呻吟底恶名了。②

30 年代中期,李长之还说过这样的话:“诗有诗的本质,诗有诗之所以为诗者在,英文所谓 essence,德文所谓 das Wesen。这是什么呢? 这就是真的情感。只有真的情感固然也不一定是诗,但是没有真的情感却决不是诗!”③一些批评家很方便地以抒情的真诚作为对新诗史进行“代际识别”和价值认定的一个尺度。芮麟引用了汪静之《蕙的风》中的诗句,然后断言:“这样热烈的真率的情绪,在第一期的新诗里是轻易寻不出的”,他归因于第二期诗人使用的语言工具之趋向于自由活

① 莱昂内尔·特里林著,刘佳林译:《诚与真》,第 4—7 页,江苏教育出版社 2006 年版。
② 黄日葵:《我理想底今后底诗风(续)》,北平《晨报附刊》(1921 年 11 月 14 日)。
③ 李长之:《现代中国新诗坛的厄运》,收入《李长之文集》第 3 卷。

泼："把旧时的种种观念完全打破，赤裸裸地毫不文饰的把心声移在纸上。"①毫无疑问，"真诚"指向的是写作动机的严肃性以及对表达效果的某种期待，但我们亦须承认，仅此一项不足以判定诗歌的价值高下，因为真挚的情感无法脱离技术、语言与形式经营，而且"真"与"美"、"善"的关系如何，也有待商榷。以真诚作为诗歌伦理和批评尺度，有时忽略了读者的知识构造、接受能力、兴奋点和价值取向对抒情功能的制约，而把真诚的缺席归咎于诗人的语言能力的失败，这就放过了读者的责任，而对于作者也是不公平的。托尔斯泰说："你要想理解歌德，首先就要把自己提高到歌德的高度"，马克思尖锐地指出："对于不辨音律的耳朵来说，最美的音乐也毫无意义，因为音乐对他来说不是对象。"不但诗人与读者之间的默契对抒情功能的发挥具有重要意义，而且我们也须认识到：读者们对文本的理解和接受经常存在着分歧和差异，正如别林斯基所说："一千个读者有一千个哈姆雷特"，而且传统文学社区中那种匀质性的阅读群体，在现代世界已经彻底消失了。赵荫棠、朱光潜、于赓虞、叶公超、钟敬文已注意到这个问题。叶公超发现："一首诗的情绪价值，譬如说，是随着读者的反应能力而产生的；它的量，它的紧张程度往往随着读者以往的经验以及现下的情绪状态而增减。"②钟敬文也说过："就是最好的诗也不能够使一切读者得到同等性质的和同样程度的感动。因为在人类的心理上，根本没有（至少是现在还没有完成）这种整齐划一的感应基础。"③

一个最为重要的变化是，在"抒情主义"内化于新诗理论的历史进程中，还出现了"真诚"与"真实"这两种评价尺度的交错、缠绕和冲突。"真实性"的批评原则表明了写实主义的取向、对现实本质的洞察、有时还对虚构性和想象力表示不信任，相信第一人称的"我"出自于历史主体与抒情主体的一致性，不过这最后一项被现代理论家证伪了。在

---

① 芮麟：《新诗之变迁及其趋势》，上海《读书月刊》1 卷 6 期（1931 年 5 月），第 67—68 页。

② 叶公超：《"无病呻吟"解》，原载天津《大公报》副刊"文艺"（1934 年 3 月 7 日）；收入陈子善编：《叶公超批评文集》，第 29 页，珠海出版社 1998 年版。

③ 钟敬文：《诗心》，收入钟敬文著《兰窗诗论集》，第 5 页。

革命理论家那里，文学的真实性与文学的阶级性不可分离。周扬指出："文学的'真实'问题，决不单是作家的才能，手腕，力量，技术的问题，也不单是苏汶先生所说的'艺术家的良心''诚恳的态度'等等的问题，而根本上是与作家自身的阶级立场有着重大关系的问题，是明明白白的了。"[①]大众化论者看重"真实性"，而且越到后来，他们越习惯于把"真实性"的缺席归罪于诗人的认同迷失，因此，"真诚性"与"真实性"发生了奇妙的错位和冲突。穆木天认为，王独清、徐志摩、林庚的诗作不乏感伤的、贵族的、小知识分子的"真诚"情感，但是这些诗作与时代、社会、政治的大趋势相互脱节，无法映照出历史的"真实"面向，所以价值就大打折扣了。穆木天严肃地指出："诗人的真实的感情，是诗歌中所必要的要素，无论是怎么忠实地，怎么客观地，把现实的生活描写出来，是不得成为诗歌的。对于现实的生活在自己的心中，唤起了情绪，而把那种情绪高扬起来，表现出来，才是诗歌。"[②]艾青反复强调"真、善、美的统一"，这最初来源于德国哲学家谢林的《先验唯心论体系》，而康德的三大批判书恰恰相反，强调真（认识论）、善（伦理学）与美（判断力）的分化和独立。艾青说："诗的情感的真挚是诗人对于读者的尊敬与信任——诗人当他把自己隐秘在胸中的悲喜向外倾诉的时候，他只是努力以自己的忠实来换取读者的忠实。"[③]王亚平认为，诗歌在表现主题时必须通过情感与想象的环节，"但这情感必须是真实的，必须建筑在正确的艺术观点上。就是说，诗人必须通过自己的思想（人生观世界观），情感，去理解并把握现实的主题，然后，把自己的情感，尽全力地燃烧在主题里，使每个字句都饱含了作者情感的电流"[④]。写实的"抒情主义"认为情感的真实表现是改造现实世界的前提，对公众事务和社会实践的强调是题中应有之义，"虚假的"、"虚幻的"情感起不到这种效果。阿垅心目中的真实性甚至更加离谱："我们所要求

---

① 周起应：《文学的真实性》，上海《现代》3 卷 1 期（1933 年 5 月 1 日），第 12 页。

② 穆木天：《诗歌与现实》，上海《现代》5 卷 2 期（1934 年 6 月 1 日），第 221 页。

③ 艾青：《诗论——第六辑》，重庆《抗战文艺》6 卷 2 期（1940 年 5 月 15 日），第 286 页。

④ 王亚平：《诗的情感——新诗辨草之十》，桂林《诗创作》10 期（1942 年 5 月），第 29 页。

和追求的，今天的，必须是，而且只有是历史意向的真实，大众要求的真实，进步的而不是落后的，新生的而不是无望的真实。"[1]问题在于：对诗人来说，提倡表现"真实"的情绪是一种值得尊敬的诗歌伦理，然而对批评家来说，判定情绪之真伪的标准何在？叶公超认识到"无病呻吟"这个成语的暧昧和矛盾，他正确地指出："作品的情绪是否作者真的感觉，或是假冒的，我们并没有可靠的方法去探索，其实要批评一种作品也没有作这种考据的必要"，他举出演戏和看戏的例子说明"我们有无情绪的反应并不足以断定目前的东西是真是假"，在他看来，批评者只能以"目前的完成的作品做根据"[2]而不必花费力气来考证作品中情绪的真假。"真实性"是否就是判定抒情诗之价值高下的绝对标准呢？有人发现，真诚与真实的抒情未必就会通向善与美的殿堂："诗固然是自己的真实的感情的表现，但不见得任何的真实感情的表现就皆能成好诗"，作者认为美是建筑在真与善基础之上的一个崇高境界："难道一切真挚的感情就能是美吗？一个母亲丧失了儿子的哀哭能够使人感动，可是一个守财奴哀哭他的丧失的金钱呢？我们也能对之一挥同情之泪吗？"[3]

（四）抒情主义作为批评尺度（之二）："现代性"与"时代性"

周作人在论述"小诗"的文体形成之时，揭示了"现代性"之为"抒情"提供的动力：

> ……我们日常的生活里，充满着没有这样迫切而也一样的真实的感情；他们忽然而起，忽然而灭，不成长久持续，结成一块文艺的精华，然而足以代表我们这刹那内生活的变迁，在或一意义上这倒是我们的真的生活。如果我们"怀着爱惜这在忙碌的生活之中浮到心头又复随即消失的刹那的感觉之心"，想将他表现出来，那

---

① 亦门：《真实片论》，见亦门：《诗与现实》第二分册，第134页，五十年代出版社1950年版。

② 叶公超：《"无病呻吟"解》，收入《叶公超批评文集》，第29、27页。

③ 吴越：《论感情》，上海《诗创造》1卷5辑（1947年11月），第19—22页。

么,数行的小诗便是最好的工具了。[①]

根据沈从文的观察,在新诗的尝试时期(1917—1921/1922),“每一个诗人的观念与情绪,皆并不完全与旧诗人两样”,第二个时期(1922—1926)代表诗人的主要成就在于:“情绪技巧也渐与旧诗完全脱离。”[②]情感现代性的确立成为识别新诗与旧诗的身份标志,也构成了新诗的代际特征以及新诗史的评价尺度。但是,对现代性却有不同的理解方式。陈敬容认为:“现代是一个复杂的时代,无论在政治、文化,以及人们的生活上,思想上,和感情上。作为一个现代人,总不可能怎么样单纯。而诗,这文学的精华,更不可能单纯到仅仅叫喊一阵,或高唱一阵,或啼哭一阵,或怒骂一阵,或嘲笑一阵,或呻吟一阵。那末要怎么样?我们姑且概括地说:要这一切的综合。”陈敬容觉得,既然抒情诗无力表现现代性的繁复面影,那么突破现代诗学的抒情结构而另寻新思维就是刻不容缓了:“所谓诗的现代性(modernity),据我个人的理解,是强调对于现代诸般现象的深刻而实在的感受:无论是诉诸听觉的,视觉的,内在和外在生活的。”[③]换言之,新诗现代性是一种综合了意识、感觉、想象力、情绪和经验的新感性而不是单纯的情绪发泄。在都市文化繁盛之地,有人把情感的“现代性”认定是都市的物质现代性的产物——

《现代》中的诗是诗,而且纯然是现代的诗,它们是现代人在现代生活中所感受到的现代的情绪用现代的词藻排列成的现代的诗形。所谓现代生活,这里面包含着各式各样的独特的形态:汇集着大船舶的港湾,轰响着噪音的工场,深入地下的矿坑,奏着Jazz乐的舞场,摩天楼的百货店,飞机的空中战,广大的竞马场……甚至连自然景物也和前代的不同了。这种生活所给予我们的诗人的

① 周作人:《论小诗》,收入周作人著《自己的园地》,第53页,上海:北新书局1923年12月版。

② 沈从文:《我们怎么样去读新诗》,上海《现代学生》1卷1期(1930年10月),第1、2页。

③ 默弓:《真诚的声音——略论郑敏、穆旦、杜运燮》,上海《诗创造》1卷12辑(1948年6月),第27页。

感情，难道会与上代诗人从他们的生活中所得到的感情相同吗？[①]

问题在于：在中国这样一个都市化、现代化的规模和程度不够宏大而广大地理空间又是乡土社会的前提下，所谓的"现代"经验究竟有多少代表性呢？把时间之轴上的作为历史意识的现代性转化为空间意义上的"都市现代性"，对半殖民地社会结构中的都市情调大唱赞美诗，也许忽视、掩盖和遗忘了历史真相和可能性；何况有人发现，即使在"现代派"内部也很难找出描写都市、描写机械文明的作品。[②] 施蛰存的诗友路易士毫不掩饰对"抒情主义"的认定："诗的本质——实则一切文学的本质，是一个情绪"，然后他把情绪的现代性视为新诗之本质：

> 当然新诗是现代人的新诗，免不了也包含了现代文明的一切在内，但这还不是它的本质上的新。在本质上，新诗之新，依然是其情绪的新。它应该是"道前人之所未道，步前人之所未步"的。现代人的生活，显然不同于前一二个世纪的。忙迫，变化，速率，骚音，丑恶，恐怖，不安定，不宁静，及其他。我们生于现代，我们有所体验，而我们的经验不同于前一二个世纪的，我们的诗，连同我们的文学，艺术，文化一般，自然也有我们这一时代的特色。我们的生活愈更复杂，我们的情绪也就愈更微妙了。[③]

从都市现代性的角度观察现代诗者，还有40年代末期的杨振声。他忧心忡忡地询问：在现代生活中，是否还有诗的情感与写诗的动机？他带着"抒情主义"的思维方式回顾诗歌的历史进程，指出新诗要从现代的自然与社会中寻获新的诗情——

> 至于写诗的动机，自初民时代的"情动于中而形于言"以至于近代的"苦闷的象征"，同是出于"人情之所不能已者"，毫无古今之不同。所不同者，近代的新诗人——让我们姑且这样称呼他

---

① 施蛰存：《又关于本刊中的诗》，上海《现代》4卷1期（1933年11月），第6—7页。

② 孙作云：《论"现代派"诗》，北平《清华周刊》43卷1期（1935年5月15日），第58页。

③ 路易士：《新诗之诸问题（中）》，上海《语林》1卷2期（1945年1月25日），第51—52页。

> 们——需要更大与更深的“灵魂的探险”罢了。在无神的荒江与星野间,得凭他自己的灵感去接触更新的宇宙,得在官感与物象之外之上去窥探宇宙美妙的法则,他离开了华丽的旧诗的官阙,去到街头,工厂,罪恶的宅窟、贫苦的角落,多忧患的人生里,从丑陋中发现更深一层的美丽,从无诗篇的人生中去探求幽微的诗篇。①

可以想见,施蛰存、路易士、杨振声这种从都市语境为现代诗进行身份定位的处理方式,遭到了新诗大众化论者的质疑和辩驳。后者理直气壮地指出,诗歌写作应该直面农村破产的图景、社会政治结构的变迁、阶级对抗的惨痛现实以及中国民众在民族危机之下激发出来的爱国心,所有这些情感也应被汇集在现代性的名下。蒲风讽刺戴望舒“他诚有没落后投到都市里来了的地主的悲哀呵”②。刘火子抨击“现代派”诗歌只会歌颂都市的文明,摩天楼的崇高,跳舞场的热闹,或者自身的哀怜,梦的憧憬,他愤怒地向施蛰存质问道:“为什么‘现代生活’是这般狭隘?下层的真实的痛苦农村破产的日益加深……是否不是现代生活?为什么这些生活于他们毫无影响?”③新诗大众化论者扭转了“抒情主义”的都市的、个人的取向,把抒情观念从虚幻性中解放出来,转向对于另一个“中国”的严重关切。

从30年代开始,对于情感表达的现代性诉求开始让位于“时代性”的呼吁。丁丁在文章中首先确认了“抒情主义”诗歌观念,接着把人类情感区分为超越性、普遍性的情感以及历史性、时代性的情感:“这人类的情感,我以为可分二种:一种是通常的,就是无时间与空间的关系而永远存在的,就是两性的爱情,一种是时代的,就是有时间与

---

① 杨振声:《诗与近代生活》,北平《现代文录》第1集,第3页,北平:新文化出版社1946年12月版。

② 蒲风:《五四到现在的中国诗坛鸟瞰》,原载上海《诗歌季刊》1卷2期(1935年3月25日);收入洪球(江岳浪)编:《现代诗歌论文选》上册,第65页,上海:仿古书店1936年版。

③ 刘火子:《论“现代”诗》,转引自陈智德编《三四零年代香港新诗论集》,第49页,岭南大学人文学科研究中心2004年版。

空间的关系而有变迁的，就是时代的意识。"①但是，对"时代感情"的理解经常滑向"大众化"一边。陈残云辨证地指出："抒情与风雅在某种线条上固然是一致，但一致中仍有其矛盾性"，他主张从社会历史的变迁中把握住抒情的时代内容，拓展抒情诗的社会视野："在今日，执行民族解放斗争的中国诗人决不能让情感背叛了战争，事实上，背叛了战争，情感也就无法产生，即使有，都是偶然的，不真切的，所以我们的抒情诗是革命的，是一种斗争，而且比一切诗的形体，抒情诗是一种更有力的斗争工具！"②穆木天欣慰地发现，"八一三"事变使诗人的感情起了转变，"诗人的感情，由于神圣的民族革命的爆发，从过去的形式主义的羁绊中，决定地，得到了它的完全的解放"；但是他也发现，一部分诗歌在感情上还保留着"封建之颓废的个人主义和19世纪末的颓废的个人主义"，所以他呼吁诗人们切切认识时代的情感之重要："在时代的转换期中，一个战斗者，想要完全地克服他的感情的旧时代的要素，而建立起来他的纯粹的新时代的感情。"③

在抗战及40年代，"现实"一词无处无之，但含义相差甚远。袁可嘉和陈敬容理解的"现实"与写实主义者或者大众化论者截然不同，前者是为了生成一种新的感性(sensibility)、增强诗歌的深度品质，通向"艺术的完成"，④后者是摒弃语言游戏，揭示历史真理，涌动着蓬勃的解放激情，这是一种"政治的完成"或者庄严的"生命仪式"。所以，"现实"一词经常被大众化论者理解为外在的、动感不居的"社会实践"，甚至是诉诸于暴力修辞术而塑造出来的"政治秩序"，这引起杭约赫的不安也就不足为怪了。⑤ 对于抒情之解放潜能的严重关切已无需多言，

① 丁丁：《新诗的过去与今后》，收入洪球编：《现代诗歌论文选》上册，第249页。

② 陈残云：《抒情的时代性》，重庆《文艺阵地》4卷2期(1939年11月16日)，第1265页。

③ 穆木天：《目前抗战诗歌上的二三问题》，昆明《战歌》2卷1期(1939年3月)。

④ 袁可嘉：《新诗现代化——新传统的寻求》，天津《大公报》副刊"星期文艺"(1947年3月30日)。

⑤ 譬如，许洁泯的《勇于面对现实》强调"现实"一词的政治内容，该杂志编辑表示："我们虽然不能完全赞同，新诗距离决定性的结论尚远，它面前的路决不止仅仅只一条；但，这也不失为一个很有意义的意见"，这里的态度虽然客气，但也亮出了自家的立场。见上海《诗创造》1卷2辑(1947年8月)，第10—11页、第32页。但是，《诗创造》内部也存在着严重分歧，这导致了一些人撤出该杂志，另行创办了《中国新诗》。

它的目标指向已从五四时期的全面反传统和个人价值的确立,走向了现代意义上的主权国家的创制。由此也可看出,“抒情主义”批评尺度从笼统的“现代性”大幅度缩减为“时代性”,隐含了从现代主体到政治主体的转换。

其实,早在五四时期,刘延陵就反对完全以“血与泪的文学”抹杀和掩抑“爱与美的文学”,他的论述流露出纯诗化“抒情主义”的旨趣,也窥见了大众化“抒情主义”之“时代性”尺度的偏执。① 在抗战时期尤其是40年代,为回应历史的无穷变化和现实的复杂矛盾,诗人为公众世界而宣示、告白、抒情,所以,胡风、艾青、黄药眠、阿垅、周钢鸣、任钧心目中的诗人角色,已从美的发现者、意义王国的守卫者、想象力的创造者、宗教先知等等,一变而为“革命家”、“战士”、“战斗者”、“诗歌工作者”。当然,也有人对这种单一化的尺度不以为然。《诗创造》的编辑表示了和而不同的立场:“我们认为:在诗的创作上,只要大的目标一致,不论它所表现的是知识分子的感情或劳苦大众的感情,我们都一样重视。不论他是抒写社会生活,大众疾苦,战争惨象,暴露黑暗,歌颂光明;或是仅仅抒写一己的爱恋、悒郁、梦幻、憧憬……只要能写出作者的真实情感,都不失为好作品。”②论者力图超越“身份政治”的执迷与“题材积极性”的误区,诉诸于情感之“真实性”的尺度,兼容并包地表现时代的多元面孔。陈敬容承认,由于浸润在政治文化的氛围中,“现代的诗(以及一切艺术作品),首先得要扎根在现实里,但又要不给现实绑住”,这明确无误地宣告了她与写实主义者、大众化论者的分歧,更重要的是,她对于现实性有比较深邃的理解——

① 刘延陵:《诗神的歌哭》,沈熔选:《国语文选》6集,第103—110页,上海:大东书局1932年第7版。

② 参看上海《诗创造》1卷1辑(1947年7月)之《编余小记》。1卷2辑(1947年8月)的《编余小记》继续呼吁:“大家写下各种最能表现自己真实感情的诗篇来;不问他所挥摇的是什么样风格的旗帜,也不问他所使用的是什么样的武器,(只要不怀带伤蔑的暗箭)我们都愿意他们在这里集合。”但是,一些极“左”的大众化论者并不领情,他们发表了《文艺骗子沈从文和他的集团》一文,对该杂志进行了无情的谩骂和攻击,所以,1卷5辑(1947年11月)的《编余小记》抗辩说:“大家在争取民主,在这民主运动中(它应该不是仅属于某一阶层或某一集团的运动吧),我们起码也该让一个写诗的人有他抒发自己感情的‘民主’。”

> “现实性”远非一般口号诗人口头上呼喊的所谓“时代感”。它是更广博得多，更深入得多的。尽许你每行诗里用上一个“愤怒”或“悲愤”，人可不就会在你的诗里看到半点“愤怒”或“悲愤”的踪影。尽许你每首诗里呼喊着“光明来吧”，可不见得就能表现你追求光明的热忱。它得用复杂错综的情绪，多方面地（而也就更有力地）发挥诗的功能。它绝不呐喊，绝不一遍又一遍地用政治术语，和标语上，广告上常见的字样。①

陈氏尽管不否认“情绪”是现代诗之表现内容，但并不认同那种完全无视艺术经营而一意宣泄情绪的“抒情主义”做派；并且她主张击破“时代感”的表象而表现出“现实”的纵深和广博，这可说是批评尺度上的“现代性”之对于“时代性”的一次小小的胜利。

（五）抒情主义作为批评尺度（之三）：对“感觉”的抑扬

在40年代的新诗理论与批评界，发现“抒情主义”和辩难“抒情的放逐”也与对“感觉”崇拜的贬斥联系在一起，后者的主要表现是艾青说的“摄影主义”和胡风、周钢鸣等人蔑称的“客观主义”。从文学史上看，与浪漫主义看重“情感”有所不同，象征主义、超现实主义、意象派、现代主义，对个人主体之敏锐细微的“感觉”（sense）和“内在性”（interiority）有极大好感，所谓“通感”、“潜意识”、“视觉性”、“感觉的脱序”、“机智”和“奇喻”等等，莫不与感觉相关。在现代中国，穆木天的《谭诗——给沫若的一封信》、王独清的《再谭诗——给木天、伯奇》、梁宗岱的《象征主义》和《再释象征主义——并致梁实秋先生》、金克木的《中国新诗的新途径》、沈宝基的《谈诗》和《如何瞭解一首难懂的现代诗》，就感觉之于诗意生成的重要性以及具体的技术运用，均有精彩论述，这理所当然地遭到了大众化“抒情主义”的抨击。因为大众化论者坚持把诗还原为自然一自发状态的主体情感而非细微敏锐的感觉，他们认为，迷恋感觉和内在性必然会弱化抒情因素，使得社会视野变得狭隘，最终陷入了技巧偏执论、纯诗、纤弱诗风的泥潭而不能自拔。黄药

① 默弓：《真诚的声音》，上海《诗创造》1卷12辑（1947年12月），第29—30页。

眠是一位坚守大众化“抒情主义”的文艺家,他在论及诗歌的“形象化”问题时,呼吁诗人应该避免对于感觉的纯然依赖,因为这种诗歌艺术超出了大众的接受能力——

> 另有一种人,他同样的是爱追求着外在的形象,所谓追求华彩,他们用极端敏感的神经想从事物外面透进里层去把捉它的意义,或者是从一个微小的事物来联想到广阔的世界。因此结果做得不好的,简直就是使读者看不懂。因为一般的读者们并没有像诗人般那么敏锐的感觉,因此他们不能够从那些小的事物上去捉捕到那么奇异的意义;或者是他们并不能够作感觉的“跳跃”,从一个很小的事物身上联想到很远的地方。①

依靠敏锐的感官展开联想,致力于在细微事物上捕捉诗意,这其实是包括现代派、《十四行集》在内的现代主义诗歌的共同的精神气质,借口“一般读者”之感觉能力的不足而拒斥上述艺术,无疑是混淆了诗歌的“传达”与“价值”,也把新诗的可能性束缚在单一的方案之中。新诗大众化论者在批评标准上坚持的是“少数服从多数”的民主原则,这其中的理论缺失是显而易见的,可以想见,施蛰存的“意象抒情诗”不可能受到黄氏的好评。

艾青认为感觉只是认识的钥匙,诗人不要满足于捕捉感觉,诗起源于诗人对外界所引起的感觉,但它是一种“完成”的艺术:“这结果就决不会只是感觉,也决不会只是情感和思想。”②他谆谆告诫读者说:“感觉被还原为感觉,剩下来的岂不是感觉吗?不要成了摄影师:诗人必须是一个能把对于外界的感受与自己的感情思想融合起来的艺术家。”③强调诗歌写作不能只是低级的感觉材料的记录而必须融入主体的情绪和观念,这言之成理,虽然也暗含着轻视感觉的潜台词。艾青陈述了其他心理活动的重要性:“诗人只有丰富的感觉力是不够的,必须还有丰

① 黄药眠:《形象与诗歌》,香港《大公报》“文艺”副刊第1069期(1941年4月9日)。
② 艾青:《诗论》,第3页,桂林:三户图书社1942年4月再版。
③ 同上书,第17页。

富的思考力，概括力，想象力。"[①]他还有一种奇怪的看法：感觉在半睡眠状态下产生了"晦涩"，而"清新"是感觉在完全清醒的场合对于世界的一种反射。[②] 在抗战及40年代诗坛，在贬斥"感觉"这种原始能力的同时，就是新诗的"理性化"维度的加强。当然，即使对于艾青这样的大诗人来说，完全无视感觉的存在及其积极意义也是难以想象的，因为他在另一个地方说过："意象是诗人从感觉向他所采取的材料的拥抱，是诗人使人唤醒感官向题材的追近。"[③]即便如此，艾青对"摄影主义"的反感仍无法掩饰，他将此归咎于想象力的贫弱和写作能力的不足，相信"作者的主观"和"作者心理的推移"应该是提升诗歌艺术的必由之路。[④] 针对艾青把意象的形成归因于纯粹的感觉活动，美学家吕荧持有异议："作者底创作过程与读者底感受过程并不是一种单纯的感觉（感官的运动）的过程。诗底意象的创造，决不仅是第一印象的直感底成果，意象的生命乃是通过诗人由感觉所引起的深刻的内心底折冲的产物。"吕荧还认为，由于艾青受到意象派象征派的阴影的毒害，这导致"不仅形成了诗篇中忧郁的气氛，同时也肯定了创作过程中感觉与意象的局限意识的活动，损伤了客体形象的真实完整的体现，侵蚀了诗人底强健的广阔性的诗的内容"[⑤]。

"七月派"健将阿垅在论述感觉与感情之关系问题时，一反平时的肤浅与偏执，在阶级分析方法的娴熟运用中表现出可贵的辨证精神。他认为，感觉和感情根源于人的社会隶属，从感觉到感情是诗人人格的完成，是主观战斗精神的锻炼问题，感觉的强烈、深入和敏锐才能造就感情的强大、深度和锋利，两者之间具有密切的互动——

> 它（指"感情"——引者注）是一个作家底感情原料，并且可以被感情所反拨，虽然凡是感觉不一定都发生感情，但是凡是感情底产生却是必然要有感觉作为根据的，并且以感觉作为它存在的一

---

① 艾青：《诗论》，第17—18页，桂林：三户图书社1942年4月再版。

② 同上书，第11页。

③ 同上书，第44页。

④ 同上书，第24页。

⑤ 吕荧：《人的花朵》，第16页、第19—20页，上海：新新出版社1947年10月初版。

> 定的条件，感情没有可能先感觉而形成或者超感觉而自在。所以，要改变感情那就必须以改变感觉作为它底前提条件，必须要求主体和客体之间的高压对流而且密切一致；而一个作家底主观感觉对于客观现实假使发生了任何分裂，这个时候它底感情对于它底思想也就要相应地发生一种分裂的。诗底矛盾同时是人格底分裂，可恶的，可怕的，不幸的。

阿垅别出心裁地提出：在感情和感觉之外，诗人还须具有“敏感”，而它与诗人的阶级身份有关：“只有进步的诗人底敏感是完整而又美好的”；在他看来，病态的不幸的敏感产生了“流行的忧郁症”、“孤独的妄想狂”、“破坏主义”和“悲惨的心情”。要使诗人的敏感变成“预言的行动末梢”和“锐利的眼光”，诗人必须从事物的全面和发展上看问题，具有辩证唯物论历史唯物论，足以把握住历史的发展方向。①

诚如黄药眠担心的那样，迷恋感觉可能导致“晦涩”的出现，这就造成了读众在接受上的障碍。1936 年，上海、北平诗坛兴起了一轮关于诗歌之“晦涩”与“清楚明白”问题的辩驳，这其中一个原因就在于现代派诗歌以感觉取胜，对于主张自发—还原的抒情诗学论者而言难以理解。梁宗岱、废名、施蛰存、朱英诞等人对晦涩的辩护有这方面的原因，后来，袁可嘉对于“晦涩”的发生及其积极意义做出了更有深度的探讨，而罗大冈的《街与提琴》则坚持认为现代诗（他指的是法国超现实主义诗歌）因为晦涩难解而遭受大众的冷落是命中注定的。大众化“抒情主义”者坚信“抒情”具有穿透事物表象而洞察社会本质、激发人们改造现实的热情，现代派诗歌张扬的“感觉”停滞于事物表面，缺乏解放的激情，所以，大众化“抒情主义”对于感觉作用之贬低和抹杀，部分原因出自于对一部分审美贫乏的诗作的不满，也可能压抑了所有现代主义诗学的努力。公正地说，认识到感觉之于诗歌写作的重要意义的，不在少数。朱自清对诗与感觉的关系有稳健的看法。他把感觉归入想象力之素材的范畴，认为表现交互错综的感觉是诗歌的主

① 亦门：《敏感片论》，收入亦门著《诗与现实》第二分册，第 194—195 页、197、198、201 页，五十年代出版社 1951 年版。

要任务——

> 诗也许比别的文艺形式更依靠想象。所谓远，所谓深，所谓近，所谓妙，都是就想象的范围和程度而言。想象的素材是感觉，怎样玲珑缥缈的空中楼阁都建筑在感觉上。感觉人人有，可是或敏锐，或迟钝，因为有精粗之别。而各个感觉的交互错综的关系，千变万化，不容易把捉，这些往往是稍纵即逝的。偶尔把捉着了，要将这些组织起来，成为一种可以给人看的样式，又得有一番功夫，一副本领。这里所谓可以给人看的样式便是诗。[①]

他认为卞之琳“在微细的琐屑的事物里发现了诗”，冯至则是“在平淡的日常生活里发现了诗”，而要发现这些未发现的诗，“第一步得靠敏锐的感觉，诗人的触角得穿透熟悉的表面向未经人到的底里去，那儿有的是新鲜的东西”，他认为冯至堪称“在日常的境界里体味出精微的哲理的诗人”。[②]

三、“抒情主义”的知识根源：美学、历史、技术与市场

现代中国诗学中的“抒情主义”是如何出现的？这个问题只能从中国抒情传统、西方浪漫诗学的跨文化运动、现代知识体系中的抒情论述、现代中国的历史经验以及科技文化与市场消费等多重角度，给予尝试性的观察、描述和诠释。

1. 中国抒情传统。《尚书・尧典》提出最早的说法：“诗言志。”《诗大序》从发生学角度描绘了从主体情感到语言表现再到歌舞艺术的过程：“诗者，志之所之也，在心为志，发言为诗，情动于中而形于言。言之不足，故嗟叹之；嗟叹之不足，故永歌之；永歌之不足，不知手之舞之，足之蹈之也。”根据朱自清、朱光潜、潘大道的考辨，所谓“诗言志”之“志”并非心理学中的“意志”而是“情感”，所谓“言志”就是“抒情”。

---

① 朱自清：《诗与感觉——新诗杂话之一》，重庆《文艺先锋》2卷5、6期合刊（1943年6月20日），第7页；收入朱自清著《新诗杂话》，第20页，上海：作家书屋1947年12月初版。

② 朱自清：《诗与哲理》，收入朱自清著《新诗杂话》，第35页。

陆机的《文赋》明确提出"诗缘情而绮靡",以此来识别诗与赋的文类差异,前者是情感的兴发,后者是事物的铺叙。孔子确认了诗的四种功能("兴、观、群、怨")之一就是抒情。屈原《九章·惜诵》出现了"惜诵以致愍兮,发愤以抒情"的说法,司马迁、班固、王逸、朱熹对此有不少发挥。《淮南子》也有"愤于中而形于外"的说法,司马迁立下了"发愤著述"的宏愿。刘勰的《文心雕龙》关于抒情的段落不在少数:"五情发而为辞章","人禀七情,应物斯感,感物吟志,莫非自然","登山则情满于山,观海则意溢于海","情者文之经,辞者理之纬;经正而后纬成"。韩愈《送孟东野序》提出"不平则鸣"的著名说法,欧阳修亦有"诗穷而后工"的格言,严羽的《沧浪诗话》也有"诗者,吟咏情性也"这一类的话。近世学人中,钱锺书从"诗可以怨"的单元思想出发,爬梳整理了中西诗学中共有的文艺心理学的一个侧面。刘若愚的《中国文学理论》认为中国古典诗学的特质可以概括为一种"表现主义",这些都是基于对上述中国诗学史的把握。不仅如此,海外学者高友工、陈世骧指出,"抒情传统"实已囊括了所有中国的古典文艺形式(文学、书法、绘画等等),浸润深广,无处无之。①

从新诗理论的"内在视野"看,在"抒情主义"兴起和壮大的过程中,抒情传统影响不小。白居易的名言"诗者,根情,苗言,华声,实义"受到潘大道和艾青的热烈赞扬,杨鸿烈、陈勺水、朱光潜、梁宗岱、吴兴华从古典诗学中寻找创造性转化的资源,这都是显著不过的例子。捷克汉学家普实克指出,现代中国文学的抒情性是一种自我塑造的"主观主义"、"浪漫主义"的审美意识,在文学史上经历了从"抒情"到"史诗"的演变,这不但是文体的嬗变,而且标示着中国人对于现代性的想象。② 现代诗学中的个人抒情有时流于感伤主义,但在后来的大众化诗学中遭到有力的纠正,对集体和国族的忠诚巩固了"抒情主义"的地位。中国现代诗学中的"抒情主义"与抒情传统相比,尽管也有"个人抒情"的

---

① 高友工:《中国美典与文学研究论集》,第 104 页,台北:台湾大学出版中心 2004 年版。

② Jaroslav Prusek, *The Lyrical and the Epic: Studies of Modern Chinese Literature*, ed. by Leo Ou-fan Lee, Bloomington: Indiana University Press, 1980.

相似性，但还存在着明显的差异性，那就是涌动着走向大众、拥抱国族的蓬勃激情，在朗诵诗运动中，我们目睹了诗歌作为一种政治教育的工具迸发出的惊人能量，各色各样的抒情诗在充分利用科技手段和物质文化这一点上，也见证了"抒情主义"之古典与现代的分野。

2. 现代知识体系中的抒情论述。中国现代"抒情主义"的另一个知识来源是近代西方和日本的文学理论。二三十年代，华兹华斯、雪莱、柯勒律治的浪漫派诗学，佩里的《诗之研究》，阿尔丹关于史诗、抒情诗、戏剧诗的划分，哈德逊对于"主观诗"与"客观诗"的辨别，本间雅雄的《文学概论》，荻原朔太郎的《诗底原理》，英美学者温切斯特、皮考克的文学研究著作很早就被中国人译介过来，有的还出现了多个译本，多次重印，发行量惊人，这些知识图景有助于西方诗歌在中国的经典化和被接受，也刷新了现代中国人对于抒情的期待视野。后来，别林斯基的《文学论》、托尔斯泰的《艺术论》、高尔基、车尔尼雪夫斯基、杜波罗留勃夫等人的文艺著作被翻译过来，其中的抒情知识被胡风、吕荧、黄药眠、林焕平、蒲风、任钧等人大加引用。不少诗学专著、教科书或者文学概论之类的读物，例如，潘大道的《诗论》、杨鸿烈的《中国诗学大纲》、汪静之的《诗歌原理》、孙俍工的《诗歌作法讲义》、傅东华的《诗歌原理 ABC》、石灵的《新诗歌的创作方法》、穆木天的《如何学习诗歌》、杜蘅之的《诗的本质》、黄药眠的《论诗》、艾青的《诗论》，纷纷透露出"抒情主义"的取向。随着新诗创作内部的危机出现，以及西方现代诗学的输入，才有"反抒情主义"出现，虽然理论深度可观，但规模和影响不及"抒情主义"，其原因在于，"抒情主义"作为常识化、结构化了的观念得益于新诗大众化运动的壮大和政治文化的穿透。

此外，我们不能忽视的是，"抒情"在现代知识体系中受到了应有的尊重。杜克海姆提出"感情的安慰为人生的最大义务"，沃德认为 20 世纪新的人生哲学就是一种承认感情要求的哲学。[1] 一些哲学家把研究对象从形而上学拉回到生活世界，承认主体的欲望、感情、意志、想象

---

① 刘延陵：《诗神的歌哭》，收入吴兴沈熔选：《国语文选》6 集，第 106 页，上海：大东书局 1932 年 10 月第 7 版。

的重要性,例如克尔凯郭尔、叔本华、雅斯贝尔斯,等等。尼采的《悲剧的诞生》认为“酒神精神”的迷狂催生了以表现个人主体性为主的抒情诗形式。阿多诺的《抒情诗与社会》揭示了抒情主体对世界的不言自明的反抗。保罗德曼的《抒情诗与现代性》把抒情诗视为展示现代性之历史变迁的体裁。兰特瑞夏以弗罗斯特的诗作为例,呼吁以“抒情主义”为突破口,把个人主体从体制运作中解放出来,恢复人的尊严、心智自由和创造性想象。[①] 这种知识图景贯穿于20世纪西方的思想、文化、文艺的领域中,也为现代中国诗学中的“抒情主义”之兴起和壮大提供了背景和参照。不过,中国现代诗学中的“抒情主义”与西方的抒情论述相比,那种历史经验形成中的差异性也须得到正视。那种在重重危机之下诉诸于各种技术手段以激发诗歌的抒情潜能、那种试图击破语言游戏的外壳而最大程度地介入现实政治的改造、那种在推广普遍性价值体系之中洋溢着的解放的激情,正是它的民族性格所在,它的随物赋形的强大生命力,亦在于此。

3. 现代中国之历史境遇。革命、战争、暴力、流亡是现代中国史的常态,思想、文化的生成流变都是在这个历史总体性之中展开的,必然展示出“政治化”色彩,反对西方殖民入侵、颠覆封建传统、重建现代中国人的主体,就是这种宏大叙事的体现。我们不能否认这些运动的思想来源、动机和过程的复杂性,但有一点难以否认,那就是,不但左翼激进主义思潮而且包括政治自由主义,甚至文化保守主义,都在民族主义情绪和现代性追求之间历经了心灵撕裂的折磨,那种“寻求秩序与意义”的忧疑困苦,无处不在。其中最为激烈的是左翼思潮。众所周知,马克思主义把人当做历史的主体,认定人的主观能动性蕴蓄着惊人的能量,而只有世界观和人生观得到了改造的个人才能被接纳到集体之中,这是一切文化行为和政治事务取得成功的前提。不止是马克思和毛泽东有这样的看法,就连梁启超、严复都为类似的学说激动不已。毛

---

① Frank Lentricchia, *Ariel and the Police: Michel Foucault, William James, Wallace Stevens* (Madison: University of Wisconsin Press, 1988); Steven Jeffrey Jones, "Criticism, Historicism, and the Rediscovery of Lyricism: Frank Lentricchia's Post-Existential Divagations," *Boundary* 2 volume XVI no. 2,3 (Winter/Spring 1989): pp. 129-160.

泽东的《在延安文艺座谈会上的讲话》把人的情感转变当做是具有决定意义的转变，冯雪峰、周扬、邵荃麟对“情感”的潜能极为看重，当然是这种逻辑的产物。胡风念念不忘的“主观战斗精神”及其对于客观主义的严词批判，舒芜的《论主观》，吕荧的《人的花朵》，黄药眠、周钢鸣、阿垅对“抒情”的不遗余力的论辩，所有这些现象只有放回到现代中国历史经验中，才有可能获得完整准确的理解。

因此，现代中国的“抒情主义”一再高扬，各种抒情诗形式受到了关注。早在30年代，周扬建议大众文学采取“小的形式”，原因即在于：“它们是单纯的，明快的，朴素的，Dynamic（有生气的）的，Heroic（英雄的）的。它们可以很迅速地，直接地反映出每个瞬间的革命的普罗列塔利亚特的斗争生活。它们是鼓动宣传（Agit-prop）的最好的武器。”①这就是形式与政治的辩证法。大众化是增强新诗之抒情能量的重要途径，而抒情手段的多样化反过来也落实了新诗的大众化，两者互为因果。不少人达成一项共识：在现代中国的历史境遇中发动新诗的大众化，不仅需要作品的形式大众化和内容大众化，就连作者本人的生活方式也应该自觉做到大众化：“首先从意识里清除掉那些残余的‘文人二流子’的主观、宗派，以及自私自利的不良观点。坚定群众的观点，彻底改造自己的思想、情感，自觉主动地扩大生活的领域，对看看多了解人们的痛苦、欢乐、希望。”②严辰以夸张的修辞表达了他的大众化的决心：“我们一定要从自己的小资产阶级知识分子的硬壳中脱出，毫不惋惜毫无保留地浸润在大众一起。”③

4. 科技文化的演进和市场消费。中国作家很早就发现，现代诗之抒情功能的发挥单纯依靠文字功夫不足以成事，必须辅之以科技手段和物质设备。“朗诵诗”运动糅合演讲、朗诵、表演等表达方式，配备有灯光照明、舞台布景等物质设置，徐迟为此专门编写了《朗诵诗手册》。

---

① 起应：《关于文学大众化》，上海《北斗》2卷3、4期合刊（1932年7月20日），第423页。

② 王亚平：《论诗歌大众化的现实意义》，上海《文艺春秋》3卷5期（1946年11月15日）。

③ 严辰：《关于诗歌大众化》，延安《解放日报》1942年11月2日；此处转引自杨匡汉、刘福春编《中国现代诗论》（上编），第409页，花城出版社1985年版。

“大众合唱诗”依赖于音乐器材、人员配置和专门排演,早在抗战之前,蒲风、穆木天、戴何勿就畅谈过这方面的设想,光未然的《黄河大合唱》是著名的例证。“诗广播”和“诗画报”通过电波和视觉来实现诗歌的抒情目的。“街头诗”的出现是由于陕甘宁边区的物质贫乏而导致了特殊的发表空间,“方言诗”的产生起因于国语推广的不足、教育的不平衡状态、语言分布的地理差异以及中国社会结构的特性,田间、沙鸥、薛汕在这两种诗歌形式上有所实验,茅盾、郭沫若、王亚平等人有理论主张。概言之,为了在特定历史条件下发挥诗歌的抒情潜力,现代中国人发明出多姿多彩的诗歌“样式”,而反过来看,这些诗歌样式的涌现又强化了诗歌的抒情取向。

另一方面是,市场消费对文学之抒情功能的刺激。郭沫若的《女神》因为反映了闻一多所谓的“时代精神”而引起了广大读者的青睐,在书籍市场上不断重印,“新诗”的消费和写作成为一种时髦的“情感教育”方式。丁玲、冯至、沈从文等外省文艺青年,当初读了《女神》之后引起的心灵震撼,几十年后,记忆犹新。郁达夫的《沉沦》激起了弱国子民的愤怒和悲哀,作者声名鹊起,日记体、自传体、书信体等具主观性的文体,大行其道。大革命失败后,蒋光慈煽情的诗文迎合了一代青年幻灭和苦闷的心声,他的作品出版后出现了重印、盗版和改名的现象,作者尝到了稿费和版税的甜头后,反过来又炮制一批抒情作品,投放到图书市场。在二三十年代,梁实秋、黄日葵就对新诗中的滥情之风大为不满,潘大道、杨鸿烈、陈勺水还以抒情的欠缺为借口而全盘否定了新诗运动的意义。制作抒情文艺竟成为一项新型的“文化工业”,这证实了文艺市场的消费倾向如何刺激了文艺作品的生产、编辑、流通和接受。

结语:“抒情主义”的后果

可以说,现代中国诗学中的一些观念、理论和文学事实的争论(例如诗体、抒情性、叙事性、形象化、语言、想象力等等)都是在“抒情主义”这个基本的“结构”中展开的,不少诗歌理论家和批评家习惯于把

“情感”作为分析单元，因此，透过清理“抒情主义”的发生过程和问题史，可以管窥一些重大的诗学问题之起承转合和前因后果，这其中最显著的是，在“抒情主义”话语的历史建构中，纯诗化与大众化这两条线索不断冲突与交锋，直至后者在政治文化中胜出，现代主义沦为“失败的形式”。总之，从五四到1949年的短短30年中，“抒情主义”击败了现代主义诗学而牢牢地占据了主流位置，在这个场域中，汇集着知识、权力、意识形态的运作、对抗和斡旋的重重踪迹。“抒情主义”虽是一种话语建构，却不是虚幻空洞的神话而是活生生的现实，在其兴起、流变、壮大和胜利的过程中，我们目睹了中国现代诗学从审美到政治、从幻想到现实、从理论到历史的转换，反讽的是，它在凝聚了强大能量的同时，也蕴涵着内爆的危机和走向衰颓的可能性。30年后，新的诗学知识不断输入中国，抒情几乎沦为“前现代”的话题了，但是，在90年代关于“叙事性”的论争中，“抒情主义”的幽灵再度君临，所以，我们不得不回到历史，重新思考现代诗学的基本问题。

战争年代的诗艺历程

吴晓东

抗战爆发到中华人民共和国成立(1937 年 7 月—1949 年 10 月)的时间段在文学史上习惯上也被称为 40 年代。抗战之前 30 年代中期的中国诗歌,被研究者们称为是新诗史上一个诗艺探索的高峰期。在此前的近 20 年的发展进程中,新诗经历了一个从散文化到纯诗化的历史轨迹,30 年代现代派诗人群所谓“纯诗”的努力正标志着对诗艺的探索已经走向了一个日渐成熟的历史阶段,这一执著于诗艺探索的历史阶段在中国几千年的诗歌史上也是难以复现的①。如果没有战争的爆发,中国新诗会继续走什么样的路,自然是今天无法判断的。但战争的爆发首先中断的正是这一诗艺探索的进程。“七七事变”之后,中国诗歌开始呈现出别样的风貌,也是特殊年代历史发展的某种必然。

战争伊始,中国诗坛自然无法延续精致的“纯诗”写作,出现了街头诗、朗诵诗等直接配合战争鼓动需要的新诗体。而随着时间的推移以及战事的深入,诗坛渐趋沉潜,诗艺也逐渐走向阔大与凝重。40 年代的诗人也正由于未曾经历的战争语境而获得了前此无法产生的沧桑

① 1935 年孙作云发表《论“现代派”诗》一文,把 30 年代登上诗坛的一大批年青的都市诗人具有相似倾向的诗歌创作概括为“现代派诗”。其重要的标志是 1932 年 5 月在上海创刊,由施蛰存、杜衡主编的《现代》杂志。此后几年,卞之琳编辑《水星》(1934),戴望舒主编《现代诗风》(1935),到了 1936 年,由戴望舒、卞之琳、梁宗岱、冯至主编的《新诗》杂志,把这股现代派的诗潮推向高峰。伴随着这一高峰的,是 1936 至 1937 年大量新诗杂志的问世。“如上海的《新诗》和《诗屋》,广东的《诗叶》和《诗之页》,苏州的《诗志》,北平的《小雅》,南京的《诗帆》等等,相继刊行,……那真如雨后春笋一样地蓬勃,一样地有生气。”孙望:《战前中国新诗选》初版后记,江西人民出版社 1983 年版。以至于作为现代派诗人的一员的路易士认为“一九三六至三七年这一时期为中国新诗自五四以来一个不再的黄金时代”路易士:《三十自述》,见《三十前集》,诗领土出版社 1945 年版。

的际遇和深厚的体验，诗歌中也历史性地获得了忧患感、凝重感和阔大感。除了诗人们亲历的现时空间得以空前拓展之外，相当一部分诗人还在诗作中充分展示了战争年代族群的生存体验和生存远景，思考了复杂深邃的人性内涵和存在意识，探究了人类和生命个体的心理和潜意识等内宇宙空间。艾青、冯至、穆旦等诗人正代表了上述诗学取向。而其中更年青的诗人穆旦的创作中还表现了杜甫般的忧患情怀，涵容了阔大的史诗意识，在某种意义上显示了新的诗歌历史阶段所应该具有的集大成的潜质。而以穆旦、杜运燮、吴兴华为代表的校园诗人，则在诗艺的深化以及向西方的借镜方面比 30 年代走得更远。

概而言之，40 年代的诗歌图景深深地植入了战争背景之中。抗战结束后，由于内战旋即爆发，使得战争的历史语境横亘了整个 40 年代。这一时段中国诗坛出现的新的历史流向都和战争结下了不解之缘。而在长达八年的抗战历史阶段，中国版图三个地区的划分，也为 40 年代的诗歌图景带来了多样性和复杂性。三个地区虽然也分享了某种相似的历史氛围、诗歌元素和诗艺特质，但差异性也表现为主导的倾向。这种差异并没有随着抗日战争的胜利而淡出，而是在某种程度上贯穿了整个 40 年代的诗歌历史。

大众化、写实化的理论与实践

还是在抗战前夕，中国诗歌会的代表人物蒲风就曾经作出过这样的论断："很显明的，'九一八'以后，一切都趋于尖锐化，再不容你伤春悲秋或作童年的回忆了。要香艳，要格律……显然是自寻死路。现今唯一的道路是'写实'，把大时代及他的动向活生生地反映出来。"①如果说，蒲风所倡导的写实的道路在战前尚有几分预言的性质，那么随后爆发的全民族的抗战则使这一预言成为整个诗坛共同遵循的创作原则。由臧克家、蒲风、王亚平、艾青等诗人所代表的"大众诗歌"道路，

① 蒲风：《五四到现在的中国诗坛鸟瞰》，《诗歌季刊》1934—1935 年第 1 卷第 1—2 期。

终于得到了普遍的认同。

抗战初期的诗坛，无论是诗歌观念的倡导，还是具体的创作实践，都呈现出空前一体化的特征。这种共同的归趋是诸种诗歌观念错综杂陈的30年代不曾有的。战争背景下统一的时代主题以及民族面临生死存亡的共同生存境遇直接制约了诗歌的理论与实践。最有说服力的证明尚不是抗战前就以写实主义诗歌影响着诗坛的中国诗歌会同仁的创作，而是一批战前曾因所谓脱离大众而屡受非议的现代派诗人的诗风转向。作为现代派诗人领袖的“雨巷”诗人戴望舒，抗战初期创作了祝福“英勇的人民”的《元日祝福》；曾经梦寐地“期待着爱情”的何其芳则写出了《成都，让我把你摇醒》；客居延安的卞之琳“在邦家大事的热潮里面对广大人民而写”①《慰劳信》；一度“折心于惊人的纸烟的艺术”的徐迟则喊出了时代的“最强音”。一代曾倾心于象征主义的朦胧和暗示技巧以及晚唐温李一派的孤绝与幻美情调的现代派诗人从此诗风不复找到以往纯粹而精致的完美，独特的个人性也被一种群体性所取代，最终汇入时代所要求的大众化、写实化的统一风格之中。

抗战初期最有影响的诗作出自被闻一多誉为“时代的鼓手”的田间。正是他的诗，以充沛的激情和炽热的感召力在民族生死存亡的关头最早抒写了中华民族反抗侵略、抵抗外侮的坚定信念，有着极大的鼓舞人民奋起抗战的动员力量。1937年底，田间创作了长诗《给战斗者》，诗中表现了“战士底坟场/会比奴隶底国家/要温暖，/要明亮”的战斗意志，以及对于祖国的神圣的挚爱：

在中国
我们怀爱着——
五月的
麦酒，
九月的
米粉，
十月的

① 卞之琳：《雕虫纪历·自序》，人民文学出版社1984年版。

燃料，
十二月的
烟草，
从村落底家里
从四万万五千万灵魂底幻想的领域里，
飘散着
祖国的
热情，
祖国的
芬芳。

这些广为传诵的诗行体现了田间自由体诗艺的特征：简短的句式，急促的节奏，像一声声"鼓点"，给人以"闪电似的感情的突击"。正像胡风所论述的那样，田间的诗作"是从生活激动发出的火热的声音"，其焕发的情绪和急促的"鼓点"般的节奏代表了一个"诗底疾风迅雷的时期，和战争初期的人民底精神状态是完全相应的"。[①] 田间诗歌的意义正在于艺术形式与时代性、战斗性内容之间的吻合。这种对诗歌的现实性倾向的自觉更反映在田间 1938 年到了延安和晋察冀边区之后所发起、推动的"街头诗"的创作中。这是抗战时期所独有的诗体形式，简短的篇幅，鲜明的主题以及警辟的句式，使街头诗成为激发人民抗战斗志的最富鼓动作用的诗体。如田间的《假如我们不去打仗》：

假如我们不去打仗，
敌人用刺刀
杀死了我们，
还要用手指着我们骨头说：
"看，
这是奴隶！"

由于田间的推动，街头诗形成了风靡一时的诗歌运动，与传单诗、朗诵

① 胡风：《关于创作发展的二三感想》，《创作月刊》1942 年 12 月第 2 卷第 1 期。

诗等成为抗战初期解放区乃至国统区最具有现实性和时代特色的诗歌形式。

同样值得注意的是沦陷区诗坛也经历了这种写实化的大众诗风的转向。在内容上，诗人们强调诗歌应该“由狭小的进为广大的，由个人的抒情和感触，进为广大的描写与同情”；在形式上，臧克家那种“用的是大众口里的话，里面没有一点修饰，不用典故和譬喻，有时也注重在节奏，朗读很有力量”的诗歌，也成为更“容易流传”的体式。[①] 这使人联想到朱自清 40 年代初在大后方对抗战初期诗歌发展的趋向所作的概括：“抗战以来的诗，注重明白晓畅，暂时偏向自由的形式，这是为了诉诸大众，为了诗的普及。”[②]提倡通俗晓畅的大众化语言，注重节奏和朗读的自由体形式，构成了沦陷区和大后方共通的诗歌艺术标准。尽管沦陷区的这种诗歌主张在抗战初期很难落在实处，同时在解放区与国统区应运而生的朗诵诗、街头诗、传单诗等战时大众诗歌的诸种类型，在沦陷区由于严酷的现实环境的限制，一时间尚无法形成群体性的实践，但诗歌观念本身的倡导依然昭示了沦陷区诗坛与其他两个地域之间的内在联系，透露出抗战诗歌具有某种规律性的统一格局。

这种统一性关涉着对于现代诗潮史的总体估价。虽然对写实主义风格的倡导从五四新诗的发生期就一直伴随着现代 30 年的诗歌历程，但在抗战之前的两个十年中，写实主义的诗歌并没有从根本上改变现代诗坛诸种风格多元并存的格局，写实主义诗作一直在与其他各种诗歌派别彼此渗透消长的过程中艰难摸索自身的足迹。只有到了战争年代，贯穿抗战诗歌发展始终的大众化、写实化的倾向才真正奠定了主流诗潮的历史地位。诗歌观念的主体性追求与客观的时代环境共同塑造了这一诗歌主潮的形成，并最终在全民族抗战的外部条件之中寻找到

---

① 楚天阔：《新诗的道路》，《中国公论》第 3 卷第 6 期。

② 朱自清：《新诗杂话·抗战与诗》。朱自清所谓“自由的形式”也同样占据了沦陷区诗歌的主导形式。1943 年，废名在北平的刊物《文学集刊》第 1 期和第 2 期上重新刊出他写于抗战前的讲稿《新诗应该是自由诗》以及《以往的诗文学与新诗》，主张自由体诗歌是新诗的发展方向，可以看做是沦陷区具有代表性的诗歌观念。尽管有吴兴华等诗人尝试模拟旧体绝句诗的形式以及从事十四行诗体的创作，但从沦陷区诗歌大致的几种类型即写实派、现代派以及“史诗”的创作现状来看，自由体是绝大部分诗人采用的形式。

它全部的社会现实性与历史合理性。

这其中蕴涵着可以多重阐发的课题，譬如写实主义诗歌的表现形式与时代主旋律之间的应和关系，大众化追求过程中的得与失，对民族形式的探讨，自由诗体的再度兴起，散文化的创作流向……等等，都是值得深入探究的课题。同样吸引文学史研究者注意力的则是写实主义诗潮自身所暴露出的政治与艺术之间的内在矛盾。毋庸讳言的是，抗战时期写实主义的诗歌有相当一部分是以牺牲诗美为代价的。抗战诗歌一方面在相当长的一段时期内排斥了由象征派、新月派、现代派所贡献的诗学因素①，另一方面则把诗歌的时代性、战斗性与艺术性对立起来，宣扬诗歌“需要政治内容，不是技巧”②。抗战诗坛又一次面临着一个古老而尖锐的文学矛盾，即诗歌的自律与它律的矛盾。对艺术性的忽略使写实主义诗歌走向了物极必反的境地，下面的批评在抗战诗坛具有代表性：“大批浮泛的概念叫喊，是抗战诗么？可惜我们底美学里还没有篡入这种‘抗战美’。”③字里行间隐藏着对一种抗战诗歌的新美学的呼唤。

“土地的诗学”与自由体的新型范

正是在写实主义诗歌匮乏自身成熟的美学规范的背景下，出现了艾青以及深受艾青影响的“七月派”诗人群，在战争年代贡献了特出的美学：一种植根于大地与泥土的雄浑而凝重的诗美风格。

抗战初期的艾青辗转于西北黄土高原，目睹和体验了这片广袤而贫瘠的土地上北方农民的苦难生活，深刻领略了“世界上最艰苦与最古老的种族”在战乱年代的沉重与沧桑，从而创作了他一生中最优秀的作品：《雪落在中国的土地上》、《手推车》、《北方》、《向太阳》、《我爱

① 譬如任钧就称：“象征派的晦涩、未来派的复杂、达达主义的混乱……等等，都是应该从现阶段的诗歌当中排除去的。”任钧：《谈谈诗歌写作》，《新诗话》，第143页，上海国际文化服务社1948年版。

② 阿垅：《今天，我们需要政治内容，不是技巧》，《诗垦地》第5辑。

③ 胡危舟：《诗论实录》，《文学创作》第1卷第2期。

这土地》、《吹号者》、《他死在第二次》、《旷野》、《土地》……“雪落在中国的土地上，寒冷在封锁着中国呀……”这首《雪落在中国的土地上》写在抗战爆发那一年的12月。诗人感受着冬天的寒冷，更感受到侵略者铁蹄之下祖国的多灾多难和人民的贫困痛苦：

由于你们的
刻满了痛苦的皱纹的脸
我能如此深深地
知道了
生活在草原上的人们的
岁月的艰辛

（《雪落在中国的土地上》）

诗人自述“这些诗多数写的是中国农村的亘古的阴郁与农民的没有终止的劳顿，连我自己也不愿意竟会如此深深地浸染上了土地的忧郁”[①]，正是对“中国农村的亘古的阴郁与农民的没有终止的劳顿”的体验最终奠定了艾青的忧郁的诗绪。这忧郁伴随了诗人的一生：从小就“感染了农民的忧郁”[②]，留学生涯中又在西方大都市中体验着波德莱尔式的“巴黎的忧郁”，在抗战时期则从土地的忧郁升华为面对民族生存苦难的忧郁……这种忧郁的情怀在中国诗歌中可谓凤毛麟角，当大部分抒情诗或流于个人的自恋的感伤，或表现为廉价的乐观主义的时候，艾青以他对土地和农民的深沉而忧郁的爱，贡献了一种凝重的诗，并“把忧郁与悲哀，看成一种力”，忧郁的诗绪的背后正蕴涵了一种深沉的力量，反映着民族坚忍不拔、自强不息的精神。

艾青说过：“这个无限广阔的国家的无限丰富的农村生活——无论旧的还是新的——都要求在新诗上有它的重要篇幅。”[③]这重要的篇幅随着艾青的吟颂土地的诗作的问世而诞生了。艾青的形象，也最终定格为行吟在大地上，沉溺于田野的气息的“土地的歌者”，印证了当

① 艾青：《为了胜利——三年来创作的一个报告》，《抗战文艺》第7卷第1期。
② 《艾青选集·自序》，《艾青选集》，第7页，开明书店1951年版。
③ 艾青：《献给乡村的诗》序，昆明北门出版社1945年版。

年冯雪峰的断言："艾青的根是深深地植在土地上。"[①]"田野"、"旷野"、"土地"因此构成了艾青诗中高密度复现的意象：

黄昏的林子是黑色而柔和的
林子里的池沼是闪着白光的
而使我沉溺地承受它的抚慰的风啊
一阵阵地带给我以田野的气息……

我永远是田野气息的爱好者啊……
无论我漂泊在哪里
当黄昏时走在田野上
那如此不可排遣地困惑着我的心的
是对于故乡路上的畜粪的气息
和村边的畜棚里的干草的气息的记忆啊……

（《黄昏》）

诗中的土地、田野是光、影、风、气息、记忆的混合体。土地之歌由此放逐了抽象性的说理，诗人对土地的感情获得的是具象的呈现，表现为具体的意象的生成。"意象是诗人从感觉向他所采取的材料的拥抱，是诗人使人唤醒感官向题材的迫近。"[②]没有什么比"土地"的意象更能承载艾青的诗学中对感觉与具象性的强调了。"土地"尽管在象征层面指喻着家园、栖息的居所，然而在诗中它首先是感性与具体的存在。而找到了感性与具体的"土地"，艾青就找到了属于自己的审美关注点。正是借助于对土地的歌吟，艾青在抗战初期充斥诗坛的"幼稚的叫喊"与"浮泛的概念"之外贡献了凝重而雄浑的诗作，其强烈的美感力量来自于诗人对泥土的贴近，来自于诗人对苦难民族的深沉爱恋以及个体与土地的血缘关系的生命体认。艾青在把"土地"的意象散布在诗篇

① 孟辛（冯雪峰）：《论两个诗人及诗的精神和形式》，《文艺阵地》1940 年第 4 卷第 10 期。

② 艾青：《诗论》，收杨匡汉、刘福春编：《中国现代诗论》（上编），第 355 页，花城出版社 1985 年版。

中的时候，也就生成了一种“土地的诗学”。作为这种“诗学”的表现形式的是艾青诗中“农民”、“土地”、“民族”相互叠加的意象网络，而其内在的美感支撑则是流淌于诗行中的深厚、凝重而又朴素、博大的总体风格。正是这种美感风格，标志着40年代写实主义诗歌获得了渐趋成熟的诗学规范，并收获了无愧于一个大时代的诗美实绩。① 30年代末，艾青即曾指出：“一首诗的胜利，不仅是那诗所表现的思想的胜利，同时也是那诗的美学的胜利。”②这种美学的胜利，正表现为“土地的诗学”所获得的塑形。

艾青诗中的主要色调，除了“土地”所代表的凝重与灰暗，还有“太阳”代表的鲜亮与明朗。在讴歌土地的同时，诗人更赞美太阳，反映了对光明、理想和未来的追求。作于1942年的《黎明的通知》正是这样一首黎明的颂歌，宣告了一个新时代即将来临：

请歌唱者唱着歌来欢迎
用草与露水所渗合的声音

请舞蹈者跳着舞来欢迎
披上她们白雾的晨衣

请叫那些健康而美丽的醒来
说我马上要来叩打她们的窗门

请你忠实于时间的诗人
带给人类以慰安的消息

---

① 体现这种“土地的诗学”的还有臧克家出版于1943年的诗集《泥土的歌》。在自序中，诗人写道：“《泥土的歌》是从我深心里发出来的一种最真挚的声音，我昵爱、偏爱着中国的乡村，爱得心痴、心痛，爱得要死，就像拜伦爱他的祖国大地一样，我知道，我最合适于唱这样一支歌，竟或许也只能唱这样一支歌。”

② 艾青：《诗论》，收杨匡汉、刘福春编：《中国现代诗论》（上编），第338页，花城出版社1985年版。

请他们准备欢迎，请所有的人准备欢迎
当雄鸡最后一次鸣叫的时候我就到来

请他们用虔诚的眼睛凝视天边
我将给所有期待我的以最慈惠的光辉

趁这夜已快完了，请告诉他们
说他们所等待的就要来了

这首预言黎明的诗本身的风格也如黎明般清新、疏朗，使人仿佛呼吸到了清晨林间的空气。诗人不厌其烦地运用排比句式，造成黎明即将君临一切、唤醒一切的表达效果。两行一节的结构也体现出简洁明快的格调。40年代艾青的自由体诗作加强了在旋律上的复沓，以及句式的排比与重复，《黎明的通知》即是艾青的自由体诗作重要收获之一，也标志着中国自由体新诗的成熟。艾青认为，自由体“受格律的制约少，表达思想感情比较方便，容量比较大——更能适应激烈动荡、瞬息万变的时代”。其大的容量不仅表现在诗的长度，更表现在每句诗都有较长的字数，这一特征与田间所擅长的短句式的诗作相比较就更加明显。但艾青的长句却并不繁复，而是力求句式简单明快，每一节中的句式又大体相同，尤其是排比的运用更加强了整首诗的齐整与和谐，因此在自由中又有限制，以其内在统一的节奏实现了严格整饬的格律诗所无法达到的诗歌理想，从而为自由体奠立了新的型范，也在一定意义上预示了自由体可能代表着中国新诗更主导的历史流向。[①]

艾青的贡献还在于开启了一代诗风。如穆旦《在寒冷的腊月的夜里》：

在寒冷的腊月的夜里，风扫着北方的平原，
北方的田野是枯干的，大麦和谷子已经推进了村庄，

① 单纯就诗体而言，格律体与自由体从理论上自然是无法分出高下的，衡量的重要的标准则是各个体式有没有成熟的大诗人的出现，从这个意义上说，艾青40年代的诗作标志着自由体诗的实践所取得的历史性的成就。

岁月尽竭了，牲口憩息了，村外的小河冻结了，
在古老的路上，在田野的纵横里闪着一盏灯光，
一副厚重的、多纹的脸，
他想什么？他做什么？
在这亲切的，为吱哑的轮子压死的路上。

从诗中“北方的平原”、“枯干的田野”、“多纹的脸”、“吱哑的轮子”等意象中，可以感受到穆旦所受的艾青诗绪的影响，同样呈现出了“土地的诗学”的元素。而受艾青影响的七月派诗人既承袭了艾青式的凝重与阔大的诗风，同时又贡献了一种粗犷而豪迈的力的壮美。这种多少有些粗砺的壮美风格在中国新诗史中是独树一帜的。豪放粗犷的力度体现了七月派诗人努力“突入”生活的强悍的主体意志，阿垅的《纤夫》正是把这种意志灌注于纤夫艰难行进的姿态之中：“偻伛着腰/匍匐着屁股/坚持而又强进！/四十五度倾斜的/铜赤的身体和鹅卵石滩所成的角度/动力和阻力之间的角度，/互相平行地向前的/天空和地面，和天空和地面之间的人底昂奋的脊椎骨/昂奋的方向/向历史走的深远的方向，/动力一定要胜利/而阻力一定要消灭！/这动力是/创造的劳动力/和那一团风暴的大意志力。”诗人的主体精神，民族的“一团风暴的大意志力”以及历史的方向，都凝聚在纤夫体现出的“创造的劳动力”之中。诗中的纤夫的形象，尽管有观念化的影子，但他“既具有普通纤夫的历史具体性，却又包含着更加深广的历史内容：它表现出了一种深藏在普通人民身上的坚韧强进的民族精神，和古老民族的顽强生命力”①。这首《纤夫》堪称是七月派诗歌观念的一个形象的说明，强调主观与客观、历史与个人的统一，在客观对象之中注入“主观战斗力”，并最终使诗歌成为时代与历史的忠实见证。这就是七月派诗人所共同追求的诗风，它一扫新月派的精致与刻意以及现代派的朦胧与晦涩，肌理粗疏，不事雕琢，甚至不避俚俗。这也是抗战诗歌所特有的一种美，这种粗犷与豪放的充满力度的美与艾青的忧郁和凝重一起丰富了40年代诗坛，共同完成了一种新的自由体诗歌美学型范的塑造。

① 钱理群等：《中国现代文学三十年》，第520页，上海文艺出版社1987年版。

与艾青和七月派代表的大后方写实主义诗风互为印证的，还有沦陷区诗坛。40 年代初，随着徐放、山丁、蓝苓、吕奇、丁景唐、夏穆天等诗人的相继出现，写实主义的诗歌也逐渐有了起色，以其所散发的“大地的气息”，呼应着沦陷区风靡一时的关于“乡土文学”与“大众化”的倡导，诗歌内容也由抗战初期对日常生活的浮面的感喟而伸向现实与历史的纵深。这同样是一批贴近泥土的诗人。如果说对乡土的讴歌构成了任何一个文学时代的永恒母题，那么在一个家园沦丧、背井离乡的战争年代，这种对乡土和大地的恋情就显得更为深沉和厚重。夏穆天的长诗《在北方》，有艾青般的质朴和硬朗，呈现出一种北方旷野的宏阔气象：

北方就这样
将一个个人抚养
白天
田野象一个巨人
刚从剃头店
括光的嘴边
一个个彩花的头巾
掩一个个
拾穗少女的
乌亮的辫发
秋风飘起了
沿着林檎的香气
我随他们笑唱着
走一个园林
又一个园林

沦陷时期的现代派与校园诗人

抗战爆发以后，由于沦陷区特殊的政治条件的限制，当大后方的诗歌走向了大众化和写实主义的实践的时候，占据沦陷区诗坛的主导地位的，却是以战前即已成名的诗人南星、路易士、朱英诞以及抗战爆发后崛起的年青诗人黄雨、闻青、顾视、沈宝基、刘荣恩、成弦、金音等为代表的现代派诗歌群体。

尽管这一名称容易与战前以戴望舒为领袖的现代派相混淆，但它仍旧是在沦陷区获得普遍承认的一个命名。一方面，其中的代表诗人南星、路易士、朱英诞等本来就是战前现代派诗人群中的一员；另一方面，后起的更年青的诗人们的创作风格，基本上是对战前现代派诗风的继承和延续。如果说战前中国诗坛大体上存在着以中国诗歌会和现代派为代表的两条路向，那么，沦陷区诗歌界尽管也不乏提倡大众化和写实主义的道路者，但更多的诗作者选择的，是戴望舒一类的“重意境的诗，而不是大众化的诗”，尤其是其中“一般的青年诗人，都走向这朦胧的路”。[①] 尽管沦陷区诗坛没有明确倡导现代派诗风，但这一类诗歌仍旧酿成了一种具有准流派性质的诗潮。

自始至终，沦陷区的现代派诗作，一直被“朦胧”和“看不懂”的批评所笼罩。[②] 这一点也使人联想到30年代的现代派所遭到的非议和攻击。这反过来也证明了两者间所存在的诗艺和技巧上的传承性。如沦陷区一论者所描述的那样：这一派诗有一种“含蓄的美，读之味深意长，意境多以灵魂为出发点，比兴做方法，时常和描写的对象离得很远，而浓写着身边的问题，来烘托主见。故往往使人捉摸不住头脑，甚或一诗出手，除了作者之外，再无人会能完全领略”[③]。虽然从中可以看出论者的倾向性，但对沦陷区现代派技巧特征的论述，大体上是客观而公允的。其中重含蓄，重意境，重烘托，轻描写等诸种风格，与30年代戴

---

① 穆穆：《读诗 偶评》，《中国公论》第7卷第1期。

② 沦陷区诗歌界对所谓现代派诗歌流向一直持批评态度，认为有一种“阴晦性，很难理解”（参见楚天阔：《一年来的北方文艺界》，《中国公论》第6卷第4期），为一般人“看不懂”（参见楚天阔《新诗的道路》，《中国公论》第3卷第6期）。一个典型事例见于1941年，这一年菲力、顾视、穆穆、毕基初四位诗人合出了一本诗集《摘果录》，在诗集出版纪念会上，与会者对作品中朦胧晦涩以及唯美主义诸种倾向极力抨击（参见《摘果录》出版纪念会记录，《艺术与生活》第20期）。

③ 穆穆：《读诗 偶评》，《中国公论》第7卷第1期。

望舒一派诗人是一脉相承的。其中最具有标志性特征的，仍是总体上的意象抒情的诗学。

沦陷区严酷的生存境遇对诗人们创作的强大制约作用，自然是不可忽视的。从政治气氛上说，侵略者的高压统治和严密的文网制度使得大多数沦陷区诗人无法直面现实，所缺乏的是培植大众化通俗化诗作的土壤；从生活环境上说，求生存已经成为几乎每个诗人都面临的最迫切的问题。这使朝不保夕的诗人们空前强烈地体验到生命的个体性。现代派诗风之所以在沦陷区余绪不绝，是与诗人们所遭遇的时代大气候和个体小环境紧密相连的。现代派风格的创作，一方面在题材上使诗人们避开了敏感的现实政治，“以个人生活为主，不至于牵涉到另外的事情。写的是自己生活中的琐事，用不着担心意外的麻烦”①，另一方面，在技巧上对具有暗示性的意象的捕捉，对深邃缥缈的意境的营造，对错综迷离的情绪的烘托，都使诗人们“以灵魂为出发点”，追索到了生命的更幽深的情趣，并在一个非常的年代更切实地把握了本能性的生命存在。

概括起来说，沦陷区的现代派诗作，是与“大地的气息”相异的温室里“诗人的吟哦”与“沉重的独语”。

“沉重的独语”出自沦陷区小说家和诗人毕基初对刘荣恩创作的评价：“这里的每一首诗都是沉重的独语，而且都是警辟的，带着中年人的辛酸，苦恋了心灵的山界，发出一点对于人生的微喟”，“诗人刘荣恩的心上已是萧索的秋风”。② 所谓“萧索的秋风”构成的是一代现代派诗人对整个沦陷时代的总体感受。因此他们的诗中，“对于现实的情感总不免含着伤感的渲染”。故国的缅怀，飘零的感喟，远人的思念，寂寞的愁绪，诸般心境之中总流露出一种“压得人喘不出气”的沉重感。譬如刘荣恩的这首《十四行》：

经过死亡的幽谷，寂寞得要哭，

---

① 楚天阔：《一九四〇年的北方文艺界》。尽管这段话论者是用来描述沦陷区散文创作的，但移用来评价现代派新诗创作也是准确的。

② 毕基初：《〈五十五首诗〉——刘荣恩先生》，《中国文学》1944 年第 3 号。

乡间风光，渡过江海，小池塘，
一滴一滴的恋意珠散在去程上，
要带回去的惦念给我心痛的。
竹香中江南的雨点掉在脸上；
灰色天，黄的扬子江压在心头；
向友人说什么，看看船后的水沫，
下站是九江了，着了岸是半夜；
我所站的地会应着远地人的心。

这种“沉重的独语”颇可以代表沦陷区大多数现代派诗人的“心灵的咏叹”。同时，“独语”本身又是一种有意味的形式，它表征着诗人向心灵深处追索，向幻想与回忆的世界中沉溺的情感方式和思维方式，并借此营建一个堪与外部世界进行对抗的一个相对封闭的内心城池。诚如诗人查显琳（公孙嬿）在自己的诗集《上元月》题记里所说：“我把生命完全建在感情的洄溯里，我惊眩于自然变幻，我沉炙于年轻人的想象里，而多么可怜。”[①]尽管诗人已经意识到这种“可怜”的生存方式，但试图打破这一封闭的城池，却不是单凭一时的主观愿望所能达到的。

这种现代派诗作的潮流，主要反映在沦陷区的大学校园中，校园诗人创作的兴起，构成了40年代诗坛的一个重要现象。

与战时的西南联大诗人群的崛起相暗合，沦陷区诗坛也集中了一批校园诗人，并创办了大量的校园诗歌杂志。30年代末到40年代初，北京的辅仁大学、燕京大学以及北京大学先后出现了一系列文学杂志，其中辅仁大学的《辅仁文苑》，燕京大学的《篱树》、《燕园集》、《燕京文学》，北大文学院的《文艺杂志》、《北大文学》、《文学集刊》，都为沦陷区的校园诗歌创作提供了阵地，涌现了一批以吴兴华、黄雨、沈宝基、姚伊等为代表的年青校园诗人。此外，南星、朱英诞、沈启无（开元）等沦陷之前即已成名的诗人也在这些校园杂志上发表了大量诗作。这些创作使得校园诗歌构成了沦陷区具有群体性特征的一种创作潮流。

如果说西南联大诗人创作中既有对现实社会的关注、对衰败政局

① 《本刊基本作家·公孙嬿》，《中国文艺》第5卷第5期。

的嘲讽，也有对战乱年代人们苦难的深切关怀，对国家民族生死存亡的忧患感，还有对生命境界的形而上沉思，那么，沦陷区的学院化诗歌创作，正如有评论者所说的那样，首先是“象牙之塔”的产物。① 在遍地硝烟家园沦陷的历史时代，相对说来，大学校园尚不失为一片略显安宁的净土，它使校园诗人得以在诗歌世界中营建自己的相对自足的精神生活，并在诗性想象中逃逸严峻的现实世界。虽然这种态度谈不上积极进取，但对大多数不可能在战场上浴血却仍保持一种不甘沦落的良知的青年人来说，构筑一种想象的精神空间仍不失为与悲观、琐碎的生活状态进行对抗的方式。朱英诞就说：“诗是精神生活，把真实生活变化为更真实的生活，如果现代都市文明里不复有淳朴的善良存在，那么，至少我愿意诗是我的乡下。”②所谓“更真实的生活”即经过精神作用升华过的理想化生活，而“诗的乡下”则构成了营造这种理想生活的一种可行性途径。沦陷区的校园诗歌因此形成了对“田园风味”的普遍追求。

南星称得上是追怀田园的代表诗人。“他原是乡村的，对于泥土禾稼，有除去诗人以外的原始之执着与留恋。”③如这首《不见》：“听我告诉你/篱上的豆蔓已互相缠结了/花的深紫中透出离别的颜色/小池让浮萍代替他的水面/树影不下，风有倦意”，使人联想到叶芝追慕田园的著名诗作《茵纳斯弗利岛》：“我就要动身走了，去茵纳斯弗利岛，/搭起一个小屋子，筑起泥笆房；/支起九行云豆架，一排蜜蜂巢，/独个儿住着，荫阴下听蜂群歌唱。”南星笔下的“小桥流水”般的情致，对自然风光的吟诵，对田野的向往，以及渴望在“播种和收获”中获得“工作欢乐”（《招远》），都使他的诗作带有田园牧歌的情调。

我的田野在远处：
高大的白杨闪着八月的光辉，
紫色的禾稼遮满了全地，
从丛草间阴湿的路上，

---

① 林慧文：《旧京校园文学》，《燕都》1988年第6期。

② 朱英诞：《一场小喜剧》，《中国文艺》第5卷第5期。

③ 纪果庵：《诗人之贫困》。

来了骡车的迟缓的轮声。

（《呼唤》）

朱英诞则是陶潜风范的仰慕者，他在想象中过着一种山水行吟诗人的生活，在"人淡如菊"的散淡清寂的日常生活背后体味自然人性的真意（《读陶集后作》）。作为林庚的弟子，朱英诞的田园化倾向比起导师来既是一种对诗歌风格化的追求，更是一种生活态度，而这种生活态度在战乱年代里具有一种代表性。

从诗学资源的层面上看，除了对中国传统诗学的回溯之外，值得一提的是校园诗人对西方诗学的介绍和接纳。影响了20年代初期象征派以及30年代现代派诗人的法国象征派和英美意象派的诗人仍旧获得了校园诗人的青睐，波德莱尔、纪德、艾略特、庞德等名字在校园文学杂志上频频出现。同时，一部分校园诗人已开始把目光投向欧美诗坛后起的诗人及流派，并在自己的诗作中注入了里尔克、奥登等后期象征派和现代主义诗歌的影响。

沈宝基和黄雨是沦陷时期较为成熟的校园诗人，诗中表现着学院资源的滋养。沈宝基的诗"深受法国近代诗的影响"①，既思索着雨果式的关于"良知"、"罪与罚"、"地狱"、"灵魂"的母题（《雨果的哀史》），又透露着"通灵者"韩波式的对宇宙万物神秘的感悟。另一方面，他的诗中又化入了典型的东方式的"天人合一"的思维：

图画里留影
木石上留形
与人相行无碍
与物通达无阻
天下到处有我
"吾身非吾有"
我乃知有身

（《所以贵我身》）

① 楚天阔：《三十二年的北方文艺界》，《中国公论》第10卷第4期。

这里表达的是“诗心”无所不在的诗学意识，正如沈宝基自己所说：“以天为天，只见空碧；以心为天，无所不见。”[①]“真正的诗人，总是与最内在的自己或最复杂的万象相对照，而在这由冲突化为和谐的对照中，渐渐散发出纯粹的心韵。”[②]有研究者因此用“宇宙意识”来概况沈宝基的诗歌美学。[③] 沈宝基的诗标志着沦陷区诗歌相对于30年代诗人而言在诗艺上更趋复杂。而“以哲理胜”[④]的黄雨则显示出校园诗人对诗歌抒情性和浪漫主义的进一步放逐。但黄雨的诗并不是哲理诗，他的哲理隐含在丰富的具有暗示性的意象以及多少携有一点情节性的叙事结构背后，从而使他的诗“很有深浓的意味”。[⑤] 这种“深浓的意味”中既可以看出法国象征诗的影子，也渗透着中国传统诗学中的含蓄与蕴藉。

吴兴华是40年代最具有个性色彩的校园诗人，也是“沦陷时期最令人感兴趣的诗人”[⑥]。然而正当他的诗歌获得诗坛普遍赞誉的时候，他却在抗战结束之后基本上停止了诗歌创作。这便使吴兴华的诗歌道路差不多与整个沦陷时期相始终，对吴兴华的诗歌评价也由此成为考察沦陷区诗歌总体上的艺术成就及其在中国新诗史中所占据的地位的一个环节。

吴兴华的诗歌成绩，主要体现在从古典文学中撷取题材的“古题新咏”一类的长诗。其中主要的诗作有《柳毅和洞庭龙女》、《褒姒的一笑》、《吴王夫差女小玉》、《解佩令》、《盗兵符之前》、《大梁辞》、《吴起》等。[⑦] 吴兴华所择取的题材是相当驳杂的，从古典题材本身来概括出其中的共性是较为困难的，更有意味的问题是吴兴华处理这些古典题材的方式，从中我们可以看出已经沉埋在古代浩瀚的文本中的传说与

---

① 沈宝基：《游丝》，《艺文杂志》1944年第3卷第1、2期合刊。

② 沈宝基：《谈诗》，《文艺世纪》1945年第1卷第2期。

③ 张松建：《宇宙意识与故国想象：沈宝基、罗大冈对中国古典诗学的协商》，《现代中国》第10辑，北京大学出版社2008年版。

④ 楚天阔：《三十二年的北方文艺界》，《中国公论》第10卷第4期。

⑤ 楚天阔：《一年来的北方文艺界》，《中国公论》第8卷第4期。

⑥ 爱·冈恩：《吴兴华——抗战时期的北京诗人》，《中国现代文学研究丛刊》1986年第2期。

⑦ 限于篇幅，本卷只收入《吴王夫差女小玉》，以求展示吴兴华的“古题新咏”的大体面貌。

故事如何经过吴兴华独特的观照角度而迸发出与它们本来的阐释大相异趣的生命力。在这些“古题新咏”中，诗人的个性得到了淋漓尽致的挥洒。诗人从一个现代人的生命体验出发，以奇诡的想象和逸出常规的视角来赋予古典素材以新的意义。古典世界被重新观照与选择之后便不可避免地具有一种现代色彩；诗人的个体性的情感体验一旦渗透到他的对象之中，古典题材就以一种新的面貌出现了。这显示了吴兴华“古题新咏”的新古典主义特征。吴兴华诗中对生命本能，对心理冲突，对死亡，对时间这些范畴的关注都呈现出浓重的现代主义色彩。遥远的古代人物和故事经过吴兴华的转化与移植而生成为现代文本，成为个性化的吴兴华的古典世界。也正是在这个意义上，文学史家称吴兴华“这些咏‘古’使‘典’的诗为‘新古典诗’”[1]。而另一方面，吴兴华对感性与心理的发掘又迥异于浪漫主义诗人的处理方式，他不是让情感毫无限制地尽情宣泄，而是在强调人的感性生命的同时又讲求理性的统摄，讲求节制，讲求感性与理性的平衡与和谐。这种平衡感性与理性的两极并力求提升到一种相对统一与和谐的境界的意向，反映了吴兴华作为一个新古典主义者的更为重要的方面。

长诗的勃兴与史诗的意识

40 年代初的现代诗坛兴起了一种新的流向，这就是长诗及史诗的写作。

长诗在五四以来的新诗创作中显然不乏其例，从冯至的《帷幔》、《蚕马》到孙大雨的《自己的写照》，都是长诗写作的重要收获。但在 40 年代如此集中出现的大规模的长诗现象，却可以称得上是中国新诗史上的一个奇迹。朱自清所谓“近年来颇有试验长篇叙事诗的”，[2]概况的正是长诗写作的历史潮流。

---

① 解志熙：《摩登与现代——中国现代文学的实存分析》，第 55 页，清华大学出版社 2006 年版。

② 朱自清：《译诗》，《新诗杂话》，第 75 页，三联书店 1984 年版。

抗战初期，艾青的《向太阳》、《吹号者》，孙毓棠的《宝马》，以及解放区柯仲平的《边区自卫军》、《平汉路工人破坏大队的产生》面世，是长诗创作的最初实绩。艾青的《向太阳》歌颂艰苦卓绝的抗日战争为中华民族带来的历史性的新生感。“太阳”的意象也成为抗战时期的诗歌最富于乐观向上精神的意象。全诗共有九节，容量巨大，情绪热烈，是一个时代民族乐观主义精神的写照。柯仲平的《边区自卫军》和《平汉路工人破坏大队的产生》则是两首叙事诗，均取材于边区抗战生活中的真人实事。前一首描写边区人民抗敌除奸的事迹，后一首叙述平汉路上工人群体与日军周旋斗争的故事，代表了抗战时期长诗写作最初的实绩。

进入1940年之后，无论是沦陷区、国统区还是解放区，都出现了具有群体性的长诗及史诗的热潮。1941年前后，几乎华北诗坛上的每家重要文学杂志或综合杂志都开始刊载长诗的创作。《辅仁文苑》、《艺术与生活》、《中国文艺》、《中国公论》、《东亚联盟》、《燕京文学》、《文学集刊》是其中最着力的几家杂志，刊出了诸如高深的《奴隶的爱》，岳仑的《春风》，林丛的《古城颂》，李韵如的《林中》，田芜的《马嵬的哀歌》，黄雨的《孤竹君之二子》，张秀亚的《水上琴声》、《断弦琴》，毕基初的《幸福的灯》，郑琦的《答问》，刘明的《长恨篇》，李健的《长门怨》，林历的《你我》，何一鸿的《出塞行》、《念家山》、《天山曲》等一系列长诗创作。此外，东北沦陷区诗人山丁的《拓荒者》，小松的《旅途四重奏》，金音的《塞外梦》，蓝苓的《科尔沁草原的牧者》，华东沦陷区夏穆天的《在北方》等长诗的问世，使这一现象衍变为沦陷区的一个具有普遍性的诗潮。燕京校园诗人吴兴华则是更为持久地探索这一诗体的代表人物。从40年代初到抗战结束之后，他大约创作了20首长诗，成为沦陷区史诗创作的一个标志。1941年到1942年，身陷囹圄的冯雪峰在上饶集中营创作了长篇诗作《灵山歌》和《雪的歌》，前者“赞美灵魂的不屈”，后者“歌颂精神的大爱”，“两首同样写得非常美的比较长的诗篇，构成了《真实之歌》中的两座耸然挺立的精神高峰”。[①] 在大后方

① 孙玉石：《论〈真实之歌〉的精神与审美之魅力》，《鲁迅研究月刊》2003年第10期。

的西南联大成长起来的一代青年诗人，在抗战中期以及40年代中后期也形成了史诗创作的热潮。杜运燮的《滇缅公路》被朱自清誉为抗战时期"现代史诗"的最初"努力"。[①] 穆旦这一时期的《神魔之争》、《森林之魅》、《隐现》则代表着史诗创作所能达到的历史高度。此外，唐祈的《时间与旗》，杭约赫的《复活的土地》，田畴的《洪流》，莫洛的《渡运河》，力扬的《射虎者及其家族》，都试图在诗作中涵容一种强烈的历史意识，从而把抗战时期的史诗努力在40年代中期拓展成为群体性追求。在解放区，这一阶段尽管没有明确倡导长诗的创作，但仍有艾青的《雪里钻》，魏巍的《黎明风景》，以及方冰的《柴堡》等长篇诗作应和着抗战时期的这一流向，并预示着40年代中后期阮章竞的《漳河水》以及李季《王贵与李香香》等"新民歌体"叙事诗的问世。田间对叙事诗的尝试也取得了《戎冠秀》、《赶车传》这样的成绩，"终于开辟了纪念碑式的大叙事诗的方向版"[②]。

长诗写作之所以在40年代成为一股诗潮，其成因大约有几点。

其一，史诗意识的自觉以及对历史题材和古典文学传统的归趋。

如果说长诗是一个有些宽泛和笼统的概念，只是侧重于诗的长度而言，那么，长诗写作者的更真实的意图是追求鸿篇巨制的形式背后史诗的效果。一方面，诗人们大都到历史事件中取材，另一方面，即使诗人们试图处理的是现代题材，也同样在诗中追求宏大的概括力和包容度，体现出一种创造现代史诗的意向。

古典文学的浩瀚文本长河为史诗作者们提供了取之不尽的创作题材。吴兴华的诸如《柳毅和洞庭湖女》、《吴王夫差女小玉》、《盗兵符以前》等绝大部分长诗都是以古代的历史传说和故事作为原型的叙事史诗。沦陷区其他史诗创作如田芜的《马嵬的哀歌》，黄雨的《孤竹君之二子》，李健的《长门怨》，顾视的《文姬怨》，汪玉岑的《夸父》也都到古代历史事件和经典文本中去获取题材和灵感。如果说吸收异域诗学营

---

① 朱自清：《诗与建国》，《新诗杂话》，第45页，三联书店1984年版。

② 胡风：《给战斗者·后记》，《胡风评论集》(中)，第455页，人民文学出版社1984年版。

养并同时继承中国古典诗歌传统由此达到一种综合的境地,是中国现代诗歌发展30年历史中一条内在的轨迹,那么,在抗战的背景下重新观照传统显然成为诗人们更趋自觉的创作意图。古典文学世界不唯给他们提供了用之不竭的诗歌素材,更带给他们一个遥远的时空和氛围,一个具有古典主义色彩的天地。另一方面,对于以吴兴华为代表的一批“中外书本钻研的深广而公私生活圈子的狭隘”①的沦陷区诗人来说,古典题材的史诗创作无疑是一条相对易走的写诗途径。这使他们驾轻就熟地在古典文学中找到了共同的兴趣视野,生逢乱世的青年学子借此也找到了心灵归宿与慰藉。如果说,古典文学传统在30年代现代派诗人那里意味着文学典故的征引与古典意境的移植,那么在40年代以穆旦为代表的中国新诗派这里则意味着一个储藏着民族集体无意识的“大记忆”。与此同时,“典故的价值不仅在以怀古幽情,讽喻当前浊世,而尤在通过古今并列,历史与现实的交互渗透,使二者更获丰富的意义”,②从而古典文学传统构成史诗作者们观照和反思现实的历史背景。

其二,在形式上,40年代诗坛对叙事性和自由体的偏重,拓展了诗歌文本的容量。

如果说30年代的现代派更关注诗歌的意象性抒情,那么40年代的诗歌观念已开始强调诗歌的叙事性:“现代诗除了中心思想以外有时一个动人的故事也是必要的。诗歌已经是和小说戏剧一样的有情节的变化。”③这种对故事性的兴趣,其实抗战前卞之琳在尝试诗歌的“戏剧性处境”时已显露了萌芽,但卞之琳创作中抒情短诗的结构以及刻意于“意境”的倾向限制了叙事因素的进一步发展。到了抗战以后,诗剧以及叙事诗已经构成了史诗创作中的核心形式。毕基初的《幸福的灯》,山丁的《拓荒者》,吴兴华的《北辕适楚,或给一个青年诗人的劝告》等篇,都在叙事的框架内引入了长篇累牍的独白或对话体台词。

---

① 卞之琳:《吴兴华的诗与译诗》,《中国现代文学研究丛刊》1986年第2期。

② 袁可嘉:《诗与晦涩》,天津《益世报·文学周刊》,1946年11月30日。

③ 楚天阔:《新诗的道路》,《中国公论》第3卷第6期。

至于穆旦的《森林之魅》和《神魔之争》,则直接采用了诗剧的形式。

在体式上,诗人们相信"用现代语言和自然音节可以写长的叙事诗",[①]由此带来了自由诗体继《女神》之后的再度勃兴。由闻一多主倡的格律的桎梏经由30年代现代派,在40年代被更进一步地打破了。自由体诗型以及自然音节成为诗人们更习于采用的形式,从而扩大了诗歌在形式上的容量。如艾青所说:"自由体的诗为什么最受欢迎呢?因为自由体受格律的制约少,表达思想感情比较方便,容量比较大——更能适应激烈动荡、瞬息万变的时代。"[②]40年代动辄出现的数百行甚至上千行的长诗基本上采用的都是这种容量较大的自由诗体。

其三,20世纪具有世界性的史诗创作为40年代诗坛提供了更广阔的文学背景。

史诗创作在20世纪20年代现代主义兴起之后是一种具有国际性的诗歌流向。正如理查德·泰勒总结的那样:"当二十世纪的作家们在一个分崩离析的社会中寻求连贯而统一的世界观时,史诗的观念又作为文化的中心点和试金石随着长诗的流行而风行起来。"[③]艾兹拉·庞德的《诗章》,T. S. 艾略特的《荒原》,威廉姆·卡洛斯·威廉斯的《佩特森》,都是"现代史诗"的经典著作。尤其是艾略特的《荒原》以其对处于"溃崩的道上"的现代文明的惊人的概括,对中国诗坛产生了巨大的冲击力,直接或间接地熏陶了中国诗人的史诗意识。中国40年代诗人们一个自觉的诗艺目标是对历史和现实的全景式和整体性的把握,以求在文本中实现艾略特的《荒原》所达到的艺术成就,即创造一种"在人类想象中综合全部现代经验的诗的形式"[④]。诗人们在全球性的战争背景下已开始思索诸如人性、历史、文明等等重大命题,抗战前现代诗坛占主体位置的抒情短诗的形式已无法包容这些思考,长诗及史诗的出现正顺应了这个"沉思的时代"的来临,成为"全部现代经验"的结晶。

---

① 楚天阔:《新诗的道路》,《中国公论》第3卷第6期。

② 艾青:《诗论》,第24页,人民文学出版社1983年版。

③ 理查德·泰勒:《理解文学要素》,第194页,四川大学出版社1987年版。

④ 史班特(Spender):《释现代诗中底现代性》,袁可嘉译,《文学杂志》第3卷第6期。

尽管长诗与诗史写作的意图也许是宏大的，但正如朱自清所说，"'现代史诗'还只是'一个悬想'"[①]，意向性更大于已经取得的实绩。其中，穆旦的尝试多少标志着史诗在40年代所能企及的广度与深度。穆旦的《森林之魅》、《神魔之争》、《隐现》都是史诗性的作品。诗人在这些诗篇中运用了拟诗剧的形式，《森林之魅》祭奠的是惨烈的野人山之战中死难的兵士，诗人设计了"森林"与埋藏在森林中的兵士——"人"的对话，最后以"葬歌"作为尾声：

静静的，在那被遗忘的山坡上，
还下着密雨，还吹着细风，
没有人知道历史曾在此走过，
留下了英灵化入树干而滋生。

"森林"是自然的象征，是死者的最后的归宿，但这里表达的不是陶潜式的"托体同山阿"的超脱，而是试图"用自然的精神来统一历史"[②]。《隐现》则是穆旦的诗作的高峰，是"出埃及记"式的作品，大的包容量，恢弘的构思，处理的主题的复杂性以及思索的深度，都使它有点近乎差不多同期出现的 T. S. 艾略特的《四个四重奏》：

我们能给出什么呢？我们能得到什么呢？
在一条永远漠然的河流中，生从我们流过去，死从我们
流过去，血汗和眼泪从我们流过去，真理和谎言从我们
流过去，
有一个生命这样地诱惑我们，又把我们这样地遗弃，
如果我们摇起一只手来：它是静止的，
如果因此我们变动了光和影，如果因此花朵儿开放，或者
我们震动了另外一个星球，
主呵，这只是你的意图朝着它自己的方向完成。

诗中出现了"主"的意象，这使穆旦的思想显得复杂而相对更难以辨

---

① 朱自清：《诗与建国》，《新诗杂话》，第43页，三联书店1984年版。
② 唐湜：《穆旦论》，《中国新诗》1948年第4集。

识。与其说这是穆旦对上帝的皈依,不如说是诗人以“祈神”的方式来表达他在一个中心缺失的复杂的时代对终极问题的思考,是诗人终极关怀的体现。从这个意义上说,这个“主”或许也可以置换成其他终极性的意象,所以王佐良称:“他最后所达到的上帝也可能不是上帝,而是魔鬼本身。”①因此在穆旦的《神魔之争》中,站在“一切合谐的顶点”的“神”成为一个既成秩序的象征,而“永远的破坏者”的“魔”则更带有一种反叛精神,穆旦还原的是秩序与破坏永远并存的历史法则。

穆旦的史诗追求中渗透了鲜明的历史意识。也许没有哪个时代的诗人像40年代以穆旦为代表的中国新诗派这样致力于追求对现实和历史的整体性把握。他们有宏阔的现实视野,深刻的历史感以及综合性的诗学素养,借助史诗这一结构性极强的诗歌体式,他们试图传达的是对现代文明的一种全景式和整体性的思考。从诗学效果来看,史诗的追求的确带来了某种文本形式统一性,但这种黑格尔式的必然秩序在人类历史进程中显然是阙如的,在诗歌的文本世界中更难以企及,植根于现实和历史中的更内在的统一性图景最终依然止于一种“悬想”。

诗的哲理化

穆旦在1940年评论卞之琳的《慰劳信集》一文中说:“假如‘抒情’就等于‘牧歌情绪’加‘自然风景’,那末诗人卞之琳是早在徐迟先生提出口号(指‘抒情的放逐’——引按)以前就把抒情放逐了。”②伴随着这种“抒情的放逐”,是40年代诗作的哲理化。

如果说30年代的卞之琳对抒情的放逐更多是基于诗艺技巧方面的考虑,那么战争贯穿始终的40年代首先就并非一个抒情的年代。40年代的诗坛必然要寻找新的诗学关注点。诗的哲理化即是新诗在新的历史阶段寻求新的技艺的标志之一,同时也切合了一个沉思时代的来

① 王佐良:《一个中国新诗人》,《文学杂志》1947年第2卷第2期。

② 穆旦:《〈慰劳信集〉——从〈鱼目集〉说起》,载《穆旦诗文集》第2卷,第54页,人民文学出版社2006年版。

临。这种哲理化的趋向首先表现在沦陷区的现代派诗歌中。南星这样评价年青诗人闻青："在闻青的诗中便处处有一个沉思的哲学家，自己做了演员又做观客，认为人世间的变异是当然的，痛苦地接受倒不如安泰地接受。"①这种对"人世间的变异"的泰然态度使得闻青的诗作在现代派诗人"感伤的渲染"之外提供了另一种平静超脱的宣叙语调。刘荣恩在"沉重的独语"中也不时流露一种毕基初所谓的"中年的旷达"，这也同样可以归因于他所禀赋的沉思者的气质："他犀利的眼睛透视了浮像的眩辉和嚣杂，摆脱了纵横的光影的交叉错综而潜入到单纯的哲学体系的观念里。他不仅仅是一个忠诚的艺术之作者，撷取了美丽的风，美丽的情感，织成了他的诗。他更是一个哲学家，他所启示的是永恒的真谛。"②南星和毕基初都在他们所评论的诗人身上发现了哲人的气质。这种哲人气质使诗人的思考力图穿透嚣杂的浮像而臻于启示的境地。普遍的哲理化倾向一方面取决于彻底放逐了抒情的沦陷背景，另一方面则标志了诗人们在战乱年代对个体生命境遇的逼视和潜思，呈现出一种哲理和深思的氛围。或许正是借助这种沉思的氛围，沦陷区的现代派诗人试图突破由于经历的有限所带来的题材和视野的狭隘，并试图超越温室中的独语者而代之以沉潜于人性、生命以及历史、现实的哲人的形象。

其中的路易士或许并不想成为一个哲人化的诗人，但他的诗作中却具有突出的主智倾向。抗战前路易士就以鲜明的智性色彩的诗作在现代派诗人群中独树一帜，这种特征在40年代更显突出。他的诗作，偏于以理智节制情绪，注重经验的传达，注重思想的成分，在一定程度上可以看做是现代诗歌对五四浪漫主义与滥情倾向的反拨在沦陷区历史阶段的继续。路易士创作于1944年的诗作《太阳与诗人》堪称是诗人自己的创作谈：

> 太阳普施光热，
> 惠及众生大地，

① 林栖（南星）：《读闻青诗》，《中国文艺》第9卷第2期。

② 毕基初：《〈五十五首诗〉——刘荣恩先生》，《中国文学》1944年第3号。

是以距离九千三百万哩
为免得烧焦了其爱子之保证的。

故此诗人亦须学习
置其情操之融金属于一冷藏库中，
俟其冷凝。
然后歌唱。

炽烈的情绪必须经过冷凝的处理之后才能成诗。与青春期的激情写作不同，在一定意义上，这可以看做是中年的写作方式，人生的沉潜阶段的来临也为诗歌带来了冥想性的韵味。这种征象在抗战前就已显露头角并在40年代更臻佳境的其他几个诗人如朱英诞、南星、吴兴华等身上都得到了印证。

吴兴华40年代诗作中的哲理色彩不仅体现为诗人冥想性的艺术思维，同时也制约了他对于诗歌形式的选择。十四行诗在吴兴华的创作中占据了重要的比重，尤其是他的以《西珈》为题的16首十四行组诗标志着这一古老的西方诗体在40年代中国诗坛重新获得了艺术生命力。他的相当一部分哲理短诗如《Elegy(哀歌)》、《对话》、《暂短》等都可以看做是吴兴华十四行诗体实验的一种变体。十四行诗既是格律最严谨的古典诗体，“每首十四行，有固定的诗节形式、韵律形式和韵脚安排”，又是“一种异常灵活的诗歌形式。它变化无穷，为诗人提供了在一定限度内进行独创和发明的巨大可能性”。这种商籁体(Sonnet)所固有的经典性题材是“理想化的爱情或对人性的阐释”①。吴兴华的十四行诗正吻合于这所谓的“特殊题材”，同时又赋予了诗作以一种智性化的特征，这一点深受曾以《致奥尔弗斯的十四行》闻名世界诗坛的里尔克的影响。②《西珈》便是一组爱情诗，诗人试图在冥想的风

① 理查德·泰勒:《理解文学要素》，第207页，四川大学出版社1987年版。

② 吴兴华在抗战时期曾翻译过里尔克诗抄，交中德学会出版。并写有《黎尔克的诗》一文，刊北平《中德学志》1943年第5卷第1、2期合刊。张松建曾对吴兴华接受里尔克的具体影响问题有细致的研究，见《“新传统的奠基石”——吴兴华、新诗、另类现代性》，《新诗评论》，2007年第1辑，北京大学出版社2007年版。

格中赋予情爱以一种穿越时空的永恒品质，具有一种幻美的色彩：

不能是真实，如此的幻象不能是真实！
永恒的品质怎能寓于这纤弱的身体，
颤抖于每一阵轻风像是向晚的杨枝？
或许在瞬息即逝里存在她深的意义，
如火链想从石头内击出飞迸的歌诗，
与往古遥遥地应答，穿过沉默的世纪……

冯至也是从浪漫的抒情到哲理的沉思的诗艺转变途中选中了十四行这种诗体的。[①] 他初版于1942年的《十四行集》与沦陷区的吴兴华遥相呼应，并试图在诗中达到里尔克所追求的境界："使音乐的变为雕刻的，流动的变为结晶的，从浩无涯涘的海洋转向凝重的山岳。"[②]冯至从里尔克这里接受的影响对他创作《十四行集》有更决定性的意义。这种决定性是多方面的，其中一个根本的因素是里尔克所禀赋的透过表象世界洞见事物的核心和本质的超凡的领悟力。在写作于30年代的《里尔克》一文中，冯至曾谈及里尔克在《布里格随笔》里评论过波德莱尔的诗作《腐尸》(Une Charogne)："你记得波德莱尔的那首不可思议的诗《腐尸》吗？那是可能的，我现在了解它了。……那是他的使命，在这种恐怖的，表面上只是引人反感的事物里看出存在者，它生存在一切存在者的中间。"里尔克把波德莱尔从恐怖和丑恶的事物中看出存在者视为诗人的使命，冯至也恰恰从这个意义上理解里尔克。他认为里尔克在"物体的姿态"背后，"小心翼翼地发现许多物体的灵魂"。这种进入事物灵魂的过程，就是进入本质去洞见存在的过程。冯至的十四行诗也正是从普通意象中生发深刻的哲理，如里尔克那样去"倾听事物内部的生命"，"从充实的人性里面提炼出了最高的神

① 朱自清曾怀疑作为舶来品的十四行，"诗体太严密，恐怕不适于中国语言。但近年读了些十四行，觉得似乎已经渐渐圆熟；这诗体还是值得尝试的。冯先生的集子里，生硬的诗行便很少"。见朱自清《新诗杂话》，第25页。

② 冯至：《里尔克》，《新诗》1936年第1卷第3期。

性”。[1] 这种神性蕴涵在冯至笔下的一切看似凡俗的事物中：原野的小路、初生的小狗，一队队的驮马，白茸茸的鼠曲草……这些事物笼罩在诗人一种沉思的观照中而带有了哲理和启示意味，化为诗人潜思生命万物的结晶：

我们的生命在这一瞬间，
仿佛在第一次的拥抱里
过去的悲欢忽然在眼前
凝结成屹然不动的形体。

（《十四行集之一》）

歌声从音乐的身上脱落，
终归剩下了音乐的身躯
化作一脉的青山默默。

（《十四行集之二》）

这使冯至成为李广田所说的“沉思的诗人”：“他默察，他体认，他把他在宇宙人生中所体验出来的印证于日常印象，他看出那真实的诗或哲学于我们所看不到的地方。”[2]30年代现代派诗人笔下的意象抒情和少年情怀转化为内敛沉潜的诗思以及凝重深沉的意态。这或许正是冯至评价里尔克时所说的“在从青春进入中年的道程中”所产生的“新的意志”。朱自清在《诗与哲理》一文中说：“闻一多先生说我们的新诗好象尽是些青年，也得有一些中年才好”，并认为冯至的《十四行集》“大概可以算是中年了”，“得从沉思里去领略”。[3] 诗不再只是情绪或情感的载体，而是像里尔克所强调的那样：“诗是经验。”[4]冯至的十四行诗，正是把诗人的人生经验内化为生命的血肉的结晶，是诗人的个体生命的“小我”通过沉思与体认的方式与宇宙万物的“大我”内在契合的产物。

---

① 陈敬容：《里尔克诗七章》译者前记，《中国新诗》1948年第2集。
② 李广田：《沉思的诗——论冯至的〈十四行集〉》，《明日文艺》1943年第1期。
③ 朱自清：《诗与哲理》，收《新诗杂话》，三联书店1984年版。
④ 里尔克：《马尔特·劳利兹·布里格随笔》（摘译），冯至译，《沉钟》1932年第18期。

从西方诗艺的影响背景这一层面考察，30年代中期，卞之琳就已开始侧重于借鉴T. S·艾略特、瓦雷里、里尔克乃至奥登的诗歌成就，到了抗战时期，这批以寻找“客观对应物”（Objective Correlative）和“思想知觉化”的技巧著称的西方现代主义诗人构成了对沦陷区现代派以及大后方西南联大诗人群以及随后的中国新诗派的更大影响。哲理化的倾向，智性诗的写作，都标志着西方现代诗艺在抗战背景下的中国诗坛艰难而未中断的延续。其中西南联大的学院派诗人在借鉴西方诗学方面尤为着力，哲理化与沉思的特征也在冯至、卞之琳这些弟子们的诗作中得以集中体现。穆旦的诗歌在总体上呈现出一种强烈的思辨色彩，诗歌的玄学意味背后是一种个体生命的体验哲学。深受里尔克和冯至影响，创作了大量咏物诗的郑敏尤其以哲理胜，其诗中“思想的脉络与感情的肌肉常能很自然和谐地相互应和”[①]。杜运燮在《登龙门》中描绘了一个“造物主”的形象：

造物主在沉思：丰厚的静穆！
他正凝神在修改他的创作。
至高的耐性与信心使他永远微笑，
为作品的完成，他要不倦地思索。

这一“不倦地思索”的造物主，也正构成了沉思的诗人的忠实写照。[②]

新诗现代化的历史性综合

以穆旦、杜运燮、郑敏等为代表的西南联大诗人在40年代后期汇入了中国新诗派的诗人群[③]，把40年代的诗坛推向了一个新诗现代化

① 唐湜：《郑敏的静夜里的祈祷》，《新意度集》，第143页，三联书店1990年版。

② 西南联大诗人哲理化的追求也带来一个通病，即是议论入诗，诗中的议论易流于直白的阐释甚至是逻辑推理，同时给诗歌带来相当一部分“阐释直陈的句子”。

③ 除了中国新诗派，关于这一诗人群也有“九叶派”的命名。解志熙认为：“这些命名都不够周全，”“从其‘新综合’诗学思维着眼，称他们为现代主义诗潮的‘新生代’，这或许更名副其实些。”《摩登与现代——中国现代文学的实存分析》，第63页，清华大学出版社2006年版。

的历史性综合的新阶段。

> 我们面对着的是一个严肃的时辰。
>
> 我们原先生活着的充满了腐朽气息的房屋在动摇，我们原先生活着的阴暗沉滞的时间在崩溃，刷得白白的墙壁在轰轰地坍倒，披着雕花与塑像的图案的栋梁在大声地倾折；几千万年来在地下郁郁地生长的火焰冲出传统的泥层了，它在大笑着，咀嚼着一个世界，也为这一个世界吐出圣洁的光焰。①

这就是中国新诗派的诗人们面临的历史与现实情境，一个旧的即将崩溃，新的尚未开始的时代，一个变幻莫测，纷纭复杂的时代，一个对诗歌事业构成了前所未有的挑战的时代，也是一个许诺了新诗发展的多重可能性的时代。在这样一个大时代，诗人们自觉地担负起了新的历史使命，致力于寻求新诗现代化的历史性综合。

作为这一诗人群理论代言人的袁可嘉把“新诗现代化”称为一个“新传统的寻求”，同时也是一个“感性革命”。在这一“新生代”看来，戴望舒、冯至、卞之琳、艾青等前辈构成了这一“感性革命”的先例。在这个意义上，诗人们所追溯的“新传统”，正是中国新诗的现代传统。新诗现代化正是在继承这一传统的基础上的综合倾向：“这个新倾向纯粹出自内发的心理需求，最后必是现实、象征、玄学的综合传统；现实表现于对当前世界人生的紧密把握，象征表现于暗示含蓄，玄学则表现于敏感多思、感情、意志的强烈结合及机智的不时流露。”②袁可嘉强调新诗现代化是现实、象征、玄学的综合传统，其中对现实性的注重反映了40年代后期经历了战争洗礼的年青诗人积极介入社会人生的时代精神特征。创刊于1948年的《中国新诗》即主张“在内容上更强烈地拥抱住今天中国最有斗争意义的现实”，“在最复杂的现实生活里，我们从各方面来参与这艰苦而光辉的斗争，接受历史阶段的真理的号召，

① 《我们呼唤(代序)》，《中国新诗》1948年第1辑。

② 袁可嘉：《新诗现代化——新传统的寻求》，天津《大公报·星期文艺》1947年3月30日。

来试验我们对新诗的写作”。[1] 袁可嘉对“现实性”的概括，正吻合了这种介入现实生活和社会斗争的诗歌精神，体现了诗人们强烈的社会责任感以及历史忧患意识。而这一综合传统中的象征，也超越了作为世纪末颓废主义的象征派的内涵，包含了袁可嘉对于西方诸种新的诗学倾向的理解：“现代诗里的象征性，不用说是承继着法国象征派而得着新的起点的。在题材的选用上现代人的象征规模已经大有扩展，如艾略特《荒原》那样象征20世纪文明的巨制在前人恐怕是很难思议的。象征手法的要点，在通过诗的媒剂的各种弹性（文字的音乐性、意象的扩展性，想象的联想性等）造成一种可望而不可即不定状态（Indefiniteness），从不定产生饱满、弥漫、无穷与丰富；它从间接的启发着手，终止于诗境的无限伸展。”[2]象征的运用，已经不同于20年代李金发的颓废与晦涩，也不同于30年代戴望舒的朦胧与含蓄，而是服从于“无限伸展”的诗境的需求，通过与其他诗学元素的综合而发挥其结构性的作用。

“现实、象征、玄学的综合传统”的第三个要素是“玄学性”，这一范畴承袭了17世纪英国玄学诗人的传统，又由于T. S. 艾略特、奥登等现代西方诗人的诗歌实践而赋予其以现代性的新质地。玄学性作为中国新诗中相对异质的因素，为新的综合传统注入了一种新的诗学活力，一方面表现为形而上沉思的“智性”特征，另一方面“更普遍地反映于诗人感性中‘理’与‘情’的混凝，抽象思想与美丽肉体的结合”[3]。身体与思想的结合，由此构成了中国新诗派区别于前辈诗人的重要诗学取向。唐湜称现代人的精神深处存有“那么沉重的肉感（Sensuality），那么浑然的一份生命的重量，那么深沉的激动，一种强烈得灼人的浪漫的气质。他们似乎要把全身心一起投掷出去，投掷到生活里去，也投掷到艺术里去。而在这吉诃德式的投掷过程里，全身筋肉震颤着，自觉的精神使他们习惯地把灵魂与肉体划分开来，而他们自觉的意图却又是重合二者，像约翰·邓（John Donne）那样用‘身体的感官去思想’”。[4] 穆

① 《中国新诗》1948年第2辑“编辑室”。
② 袁可嘉：《现代英诗的特质》，《文学杂志》1948年第2卷第12期。
③ 同上。
④ 唐湜：《搏求者穆旦》，《新意度集》，第89页，三联书店1990年版。

旦正是用“身体的感官去思想”的代表性诗人。王佐良称穆旦“总给人那么一点肉体的感觉,这感觉之所以存在是因为他不仅用头脑思想,他还‘用身体思想’”,既而认为穆旦的《诗八首》这一“将肉体与形而上的玄思混合的作品是现代中国最好的情诗之一”。①

我歌颂肉体:因为它是岩石
在我们的不肯定中肯定的岛屿。

我歌颂肉体:因为它是大树的根。
摇吧,缤纷的枝叶,这里是你稳固的根基。

(穆旦《我歌颂肉体》)

当穆旦发现了作为“岩石”与“大树的根”的肉体的时候,他就最大限度地突破了传统,而寻找到了“稳固的根基”。这也是对“现代”的一种惊人的体悟。对身体性的发现,也是诗人在动荡不安的年代,在缺失稳定感的年代,在“一切的事物使我困扰”的无可把握年代中对于自我确证性以及稳定感的寻求。对身体性的存在的发现,在很大程度上意味着生命的个体性——一种唐湜所谓的“我自体”的真正觉醒。“以肉体去思想”不仅是思想知觉化的过程的体现,更意味着诗人们对自我存在的发现,是对存在的本我,对生命的根基的发现,身体成为诗人体验、感受和反思世界的出发点。从此,身体性介入了“生命”意识,也介入了“历史”,历史的范畴由此获得了拓展,它不再只是理性正史,也不再只是群体史,个体的意识与感性的维度为我们理解“历史”的内涵注入了新的内容。因此,唐湜称:“穆旦也许是中国能给万物以生命的同化作用(Identification)的抒情诗人之一,而且似乎也是中国有肉感与思想的感性(Sensibility)的抒情诗人之一。”②

这种融汇了肉感与思想的感性的抒情在辛笛等人的诗中也获得了体现:

① 王佐良:《一个中国新诗人》,《文学杂志》1947年第2卷第2期。
② 唐湜:《穆旦论》,《中国新诗》1948年第4辑。

形体丰厚如原野
纹路曲折如河流
风致如一方石膏模型的地图
你就是第一个
告诉我什么是沉思的肉
富于情欲而蕴藏有智慧

（辛笛《手掌》）

唐湜称“这手是一个‘现代人’的理想，灵肉完全一致，情理完全合拍，体质丰厚，思路曲折”。[①] 如果说，穆旦诗中的“沉重的肉感”表现出的是“生命的重量”以及“强烈得灼人的浪漫的气质”，那么，辛笛诗中的灵与肉则达到了一种以理节情的相对和谐境地。

新的综合在中国新诗派这里还表现在对现代性的新体验以及对这些新体验的吸纳与融汇。陈敬容认为："所谓诗的现代性(Modernity)，据我个人的理解，是强调对于现代诸般现象的深刻而实在的感受：无论是诉诸听觉的，视觉的，内在和外在生活的。"[②]

多少年的往事，当我静坐，
一齐浮上我的心来，
一如这四月的黄昏，在窗外，
揉合着香味与烦扰，使我忽而凝住——
一朵白色的花，张开，在黑夜的
和生命一样刚强的侵袭里，
主呵，这一刹那间，吸取我的伤感和赞美。

（穆旦《忆》）

这首《忆》正印证了陈敬容所强调的诸般现代体验和感受：感官的，情绪的，心理的，思想的，生命的，形而上的。李瑛当年曾这样评价

① 唐湜：《新意度集》，第64页，三联书店1990年版。

② 默弓（陈敬容）：《真诚的声音——略论郑敏、穆旦、杜运燮》，《诗创造》1948年第12辑。

穆旦："经验、思想和情感三者赋予他的产品以一种惊人的溶解综合力。"①这是另一种意义上的综合，即把经验、思想、情感融为一体的能力，40 年代末的中国新诗派正是借助这种"溶解综合力"来捕捉纷至沓来的现代性经验及其中所蕴涵的社会历史内容。社会历史的错综复杂，促使中国新诗派把诗歌理解为诸种张力、诸种因素、诸般现象的矛盾统一，这正是中国新诗的历史性综合的真正含义。

40 年代的社会现实充满了种种矛盾和混乱，诗中自不免也充斥着种种内在冲突的张力。这种种张力是以往任何一个时代的诗中都不曾处理过的。穆旦、陈敬容、郑敏、杜运燮等人的诗中，因此经常呈现辩证的甚至悖反性的思维形态。这种悖反性的思维恰好吻合了一个矛盾、混乱的时代：

我们站在这个荒凉的世界上，
我们是廿世纪的众生骚动在它的黑暗里，
我们有机器和制度却没有文明
我们有复杂的感情却无处归依
我们有很多的声音而没有真理
我们来自一个良心却各自藏起

（穆旦《隐现》）

这首《隐现》沿承了 T. S. 艾略特的荒原意识，表现了穆旦对 20 世纪现代文明的思考，有着一种反思现代性的深度，它的悖论性表达凸显了现代性本身的矛盾性。在缺少复杂意蕴和繁复美感的新文学历史中，穆旦的"丰富的痛苦"由此显得可贵。对历史与现实的悖论性的把握使他的思考以及他的诗作都处于一种未完成的进行状态，穆旦的特异也正在于此。王佐良称穆旦不懂"至善之乐"，正是因为穆旦的诗更多地表现的是矛盾、困惑、悖论和冲突，从而远离一种合谐的平衡态。郑敏也说："穆旦的诗，或不如说穆旦的精神世界是建立在矛盾的张力上，没有得到解决的和谐的情况上。穆旦不喜欢平衡。平衡只能是暂时

① 李瑛：《读〈穆旦诗集〉》，天津《益世报・文学周刊》，1947 年 9 月 27 日。

的，否则就意味着静止，停顿。穆旦象不少现代作家，认识到突破平衡的困难和痛苦，但也象现代英雄主义者一样他并不梦想古典式的胜利的光荣，他准备忍受希望和幻灭的循环。"[①]一个矛盾、痛苦、苦恼的世纪纠缠在穆旦的思想中，他比任何人都更深切地体验到时代的病症，这一切甚至影响到了他的语言。正如郑敏所说："穆旦的语言只能是诗人界临疯狂边缘的强烈的痛苦、热情的化身。它扭曲，多节，内涵几乎要突破文字，满载到几乎超载，然而这正是艺术的协调。"[②]所谓的"超载"形象地描绘了穆旦语言的特质。

40年代诗人繁复的现代体验已经无法诉诸于单一的诗学因素。"综合"也正体现了他们以不同的美学范畴和诗学技巧应对不同的需求。然而，综合并不是调和。那种认为诗可以综合全部现代经验的想法只能是想象。综合也意味着有许多异质因素是无法调和的，也无法纳入诗的统一体中去的。再大的综合能力也无法把现代生活与现代性的方方面面全部容纳进来，否则诗就成为了神话。也正是在这个意义上，穆旦是真正的现代诗人，他的诗没有调和，只有永恒的冲突和辩难，其主体形象，则是永远的残缺的主体，只有缺憾和不完满。恰如穆旦诗作《被围者》写的那样："让我们自己，就是它的残缺。"有研究者指出：穆旦"诗中的自我，从来不是完整的、稳定的、主动的，而是分裂的、未成形的、被动的。在他看来，作为个体的自我不过是'无数的可能里一个变形的生命'"[③]。穆旦的《我》和《诗八首》等诗作都表现出"我"的主体的残缺性和分裂性，是难以把握的存在。这种对"自我"和主体性的怀疑，是中国新诗史上前所未有的。尤其与郭沫若的扩张的主体和何其芳的自恋的主体对比，就更能说明问题 。

20世纪的进程证明，穆旦们对历史主体性的探索，以及对新诗的综合的寻求注定是一次颇为短暂的航行，历史没有给他们以进一步发展的契机。但正像有西方论者对30年代英国一代年青诗人所评价的

① 郑敏：《诗人与矛盾》，《一个民族已经起来》，第32页，江苏人民出版社1987年版。

② 同上书，第33页。

③ 曹元勇：《蛇的诱惑》编后记，《蛇的诱惑》，第275页，珠海出版社1997年版。

那样:

诗人们在出发航海的时候所希望的,是找到一个新的人类。他们并没有找到这样一个有血肉的人,却在一个晚上,发现他们的船搁浅在必然的岩礁上,一个他们从未梦见过的伟大的人的形象,显示在他们眼前。他们的失败就是他们的成功。①

2008年9月23日于京北育新花园

① Demetrios Capetankis:《论当代英国诗人》,《诗文学》1945年第1辑。

翻译与接受

现在时的启示录[①]

——读骆英的《小兔子》

高桥睦郎著/田原　译

正好在一百年前的20世纪初，漂泊在巴黎街头的莱纳·玛利亚·里尔克，以"虽然，人们来到这里是为了活着，我倒宁愿认为，他们来到这里是为了死。我已经去过了外面，而且我看到了不少医院"这样的句子，开始了他的小说《马尔特手记》。

关于这个医院，里尔克这样写道："这所壮观的市立医院的创建历史悠久，甚至在克洛维国王的统治时期就已经有不少人死在这里的许多病床上。现在人们在559张病床上死去，当然就变成了大量生产的死亡。在如此巨大的生产量中，不见得每一个死亡都是细致的，但也不会被当成一回事。量导致疏忽。……希望拥有一个属于自己的死的人越来越变得罕见。而且很快将会变得像拥有属于自己的生的人一样罕见。"(生野幸吉译，以下的引用均出自他的翻译)

"再过些时候"到底是多少时间？难道是指从克洛维一世(466—511)到《马尔特手记》起稿的1904年之间的一千四百年吗？就说一百年吧，但是，这一百年中人类的状况发生了翻天覆地的变化。其间，尽管在世界各地发生了旷古未有的大规模的战争和大量的屠杀，但地球上的人口还是增长了四倍以上。

如果人口一味地这样增长(在此不是假定，因为自从有人类以来，人口确实只是一味增长)，据说到公元4000年，地球上人类的总重量将会超过地球的总重量。这是一个可怕的数字。当然，到那个时候人类也不会以目前这种状态在地球上生存。那么要移居到别的星体吗？可

① 本文是诗人高桥睦郎为骆英的日文版散文诗集《小兔子》撰写的序言。

是，能够移居到别的星体的人也就几十万上下，而且一旦移居后根本没有可能再返回地球。就是说人类正走向不远将来的灭亡是不得不承认的事实。

公元4000年或者3000年的人类社会同样充满困难。甚至公元2100年也不见得日子就会好过。可是，即使在走投无路的状况下，国与国、民族与民族、宗教与宗教之间的战争也不会间断。在此之前，人与人之间的争斗也不会停止。这种个人间的争斗已经渗透到一般家庭。因为一些琐碎的小事就会发生夫妇间的相互残杀。父母杀子，子弑父母。接下来就是自己残杀自己，迫不得已的自杀。

当然，自杀的历史是悠久的。尽管如此，远在那个时代，今天家常便饭式的自杀并不存在。就像马尔特所说的那样，自杀已经到了量产阶段。这里的自杀并不仅仅停留在字义的层面上。现在，人类一面活着一面重复性地自杀。我们认定自己活着的这个现实世界，是一个充斥着重演着他杀和自杀的死者，不对，既不是死者也不是生者，而是没有实体之物且达到了最大限度的饱和状态的古怪世界。

即使里尔克活在今日，看看今日的现实世界，会描写出什么内容的《马尔特手记》呢？回答这种提问的诗集出现了，这就是中国现代诗人骆英的诗集《小兔子》。该集由十篇散文诗构成（在形式上，诗人称该集文体试图呼应汉赋而突显中国诗歌传统的民族性），以《致死亡者》开篇亦显得非常自然。诗人以"在午夜，特别是凌晨时分感觉寂静，就是突然想到死亡的那种刺激与恐惧"这样的句子展开了诗篇。他还说："死亡必须受到敬仰。"简直就是20世纪初叶的马尔特在百年后重新出现所诉说的一样。可是，这个文体与百年前里尔克端正的文体大为不同。

之后，诗人为了寻查21世纪人类死亡的状况，周游四方。在旅行中诗人遇到的是……为了不事先剥夺您阅读的愉快，请大家各自打开这本诗集吧。在此，我把与书名相同的《小兔子》的第九章摘录如下：

> 以兔子的身份被某个城市某座高楼里的某个公司收养，是幸运的。
>
> 因为，可以以母兔子的角色调情然后被交换，也可以以公兔子

> 的感觉发情然后被观看。当然，也可以因无性别的中庸被随意取用。
>
> 被某个公司与某个公司进行等价交换被称为“双赢”，但事实上无所谓赢不赢。

接着，诗人又写道：

> 兔子的主要任务或价值在于快速繁殖，所以，尽可能多地交配才能把交换落实到实处。生而为兔，只能走兔子该走的路。

兔子，这个因多产而为世人所知的哺乳动物在此是什么样一种比喻呢？不外乎是资本主义的货币、而且是把这种货币化作人类的比喻。如果这样理解，国家不外就是大企业。正因此，诗人又这样描述道：

> 兔子的自弃或者说越轨被归于一种公司的政治现象。解决的方式是让更多的兔子自弃或越轨。形成一种自我平衡的现代化制度。

诗人在《小兔子》的结尾所叙述的是自弃和越轨的极端之例吧：

> 然而，却有一只分不清大小、老幼、公母，疑似兔子的兔子死了，是自愿跳下了高楼的顶端！

这只疑似小兔子的小兔子也许是诗人内心的自画像。这张自画像一直延续到第十章的最后一篇《蝌蚪论》，现引用如下：

> 首先必须声明：虽然我是一个词语的人，或者是一个被词语的人，但在集体的意义上，不得不与蝌蚪相提并论。
>
> 由于遍地的城市和高楼，我早已不能在有星星和月亮的池塘中孕育和变身。

诚然，情形不会停留在诗人身上。诗人只不过是尖锐和敏感的人而已。在此叙述的除了人类所处的现状别无他物。叙述这种事实的诗人该如何为这一激情饱满的文体定义呢？跟它稍微相似的是，我想起 19 世纪末在巴黎生活的斯特凡·马拉美的散文诗集《绮语诗篇》中的《未来现象》和《中断献丑》等篇章。以绘画来类比的话，应该跟拥有独特艺术语言的荷兰画家希罗尼穆斯・博斯的画风较为接近。再追溯上古,《约翰启示录》说不定也是必须要列举出的一本书。可是,《小兔子》与《约翰启示录》不同的是:前者是把现在作为叙述的视点,后者叙述的是对未来的幻想。其实,现在我们已经处在启示录所描述的尽头。诗人以现在进行时的方式活生生地把它展示出来。把启示录的末世论活生生展现在我们眼前的这位诗人在哪儿呢?他身处在不得不推动人类社会发展和同时走向灭亡时间的经济活动之最前线。他拥有与这个现场极度相对的、容易受到伤害的感受性。他比谁都切实地生活在这种现实之中。

松浦恒雄的译文把骆英原诗中混沌的追求成功地置换到日语之中,在感谢他付出辛劳的同时,我相信这本诗集会为明天的日语诗歌带来财富。

《小兔子》译后记

松浦恒雄著/田原　译

骆英是近年中国诗歌界备受瞩目的诗人。2005 年召开了围绕他诗歌的专题讨论会,讨论会的成果也已结集成书。同时,他还积极参与策划中日两国诗人的交流活动,2007 年,他为参加第二届日中现代专题研讨会来到日本。虽然他在中日两国诗歌界的存在感日益增强,但同时也是不为一般读者所熟悉的诗人。在此,我想首先对他做一番简单的介绍。

骆英,原名黄怒波。1956 年出生于甘肃省兰州一个军人家庭。两岁时随父亲所属的边境支援部队迁至宁夏(回族自治区)银川。不久"反右派斗争"运动开始了,父亲因个性刚直而被判为"现行反革命分子",最终被逼上自杀之路。带着四个孩子的母亲,也在骆英 13 岁时因煤气中毒离开这个世界。

在严格的家教中成长的他在中学毕业后,下放到宁夏农村,更尝尽了生活的艰辛。那个时候,他在黄河畔领悟了"人生要坚韧执著"。

他原本就有 190 公分的身高,是个足有六尺高的大汉子。他把名字改为"怒波",并因积极参与各种事情而渐露头角。18 岁时加入中国共产党,他参加了因"文化大革命"而被废除后于 1977 年被恢复的大学招生考试,并成功考入了北京大学中文系。这个废除了 11 年后被恢复的考试,究竟使当时的中国青年的命运起了何等激烈的变化,中文网页"恢复高考三十年"内有详细记载。黄怒波也因为这样,成为当时人生起了巨大变化的青年中的一个。

北京大学毕业后,作为一名杰出政府工作人员的他在中国共产党中央宣传部工作了10年后突然弃官从商。他顺应着1990年以来改革开放的浪潮，于1995年以从不动产业中获取的资金创立了北京中坤投资集团，开拓了观光旅游与都市开发业。1997年，他发现了位于安徽省名胜黄山山麓、当时仍是僻壤的宏村的文化资源，并以五百万元至六百万元的巨额资金投资和开发该地。这就是后来被联合国教科文组织认定为世界文化遗产、保留着许多明清时代的古老民居的"安徽古村落"。翌年，宏村变成单是门票的销售额就超过了四百万元的一大观光胜地。

之后，他着手于从高级住宅区到购物商场等各种都市项目的开发，并借助他独特的文化嗅觉做出许多方案，满足社会对文化经济的附加价值的需求。①

以企业家身份取得了巨大成功的黄怒波，其实还有另一张面孔，那就是诗人骆英。他已经出版了五本诗集。《不要再爱我》(1992年)、《拒绝忧郁》(1995年)、《落英集》(2003年)、《都市流浪集》(2005年)、还有这本《小兔子》(2006年)。

正如田原先生所指出的那样，就年龄而言，骆英应该归属于"文革"后的后朦胧诗一代的诗人②，在与新诗潮并没有直接关系的同时，却突然跃居诗坛。他的第四本诗集《都市流浪集》让诗坛开始留意他的名字。他的诗歌出现在中国具有代表性的诗歌杂志《诗刊》上也是这前后的事(2004年10月号上半月刊)。在这篇文章的开篇提及的诗歌专题研讨会，也是以此诗集为讨论对象而召开的。

在专题研讨会的论集(《流浪与还乡》)里，有因获知诗人骆英与企业家黄怒波乃同一人物而惊叹的论者，也有对此事毫不在乎的论者。无论如何，将此二者的身份分开讨论的姿态是不变的。在日本也一样，即使我们有西武集团的代表堤清二与诗人过井乔这样身怀双重身份的例子，但我们确实抱有诗人与企业家互不相容的印象。

可是，相反的，笔者认为把诗人骆英与企业家黄怒波一体化、相提

---

① 主要根据乐琰《黄怒波：笑看风云淡》，《名人传记》2007年第10期。

② 田原：《诗人骆英》，《都市流浪集》，(日本)思潮社2007年版。

并论是必要的。因为，诗人骆英就像是寄生于黄怒波，从那儿吸收养分从而创作出诗歌。就是说企业家黄怒波的经济活动的原初体验让诗人骆英的诗性想象力成形，这也在《都市流浪集》中的“我”与城市的关系中反映出来。就是这样，《都市流浪集》展开了以下的光景。

“我”，变成虫子，“爬行在城市的黄昏”(《我是归来的虫》)，“匍行在下水道旁”(《都市流浪之歌二》)。当然，“城市豢养了我”(《我是归来的虫》)，“像都市的羔羊我被一天天放牧”(《都市流浪之歌二十》)。城市单方面地“流浪着我”、“毒害着我”、“阉割着我”(《都市流浪之歌二十四》)。

于是，“我”以“我就是一本经济学批判”(《经济学批判》)为名，控诉支持城市盲目扩张的开发制度。“我知道/繁荣的岁月其实并不清白/”、“我知道/平等的富有其实并不可信”(《经济学批判》)。“我”写了许多封直接上诉的信件。“这高楼的粗野要有人对抗/这街巷的蛮横要有人斗争/这爱人的欺诈要有人提醒/这肉欲的纵容要有人恶心/这城市的无情要有人诅咒。”(《第八封信》)

可是，最终，“我”在城市忍受孤独的同时，又不得不依赖城市生存下去。于是，“我”在心中抱着“不得不伤害已经被伤害的人/不得不诅咒已经被诅咒的人”(《不得不》)的矛盾，也只能够“既然/这城市腥臭了我/我/就腐烂着生存”(《腐烂着生存》)。

在《都市流浪集》中所见的“流浪”，“只是一种无奈的抗争”(《生存》)。因此，他的“流浪”频频变得感伤。但是，也正因为，“我”知道自己的无力、知道自己被城市豢养着，那作为自我批判的对城市进行的批判，恐怕对“我”而言，亦说得上是自己的存在证明。“我”不得不重复地批判城市，不得不加上像是“你是我的近亲就该和我抱着同样看法”那样强烈的语气。

例如在《乐队》一诗中诗人这样写道：

像都市的/野猫/在夜晚/被/贱卖/逆着灯/发情/开始的/撕心裂肺/架子鼓/被/淫浪地/敲响/像/不怀好意的/妓女/城市里/理性的/叫春/像/城市里/世纪的/卖淫。

这儿所见的露骨的性的比喻，相信读者不难发现它在《小兔子》中更执拗地被重复。

可是，在骆英的《都市流浪集》中，有着切断了以上那样的恶性循环的、且更具有意味深长的诗句。他的自我批判的话语似乎正朝向自我解体。著名文艺批评家唐晓渡着眼于骆英的《印象》与组诗《我对我的印象》也正是这个原因，他这样写道：

> （在那些诗歌作品中）骆英所擅长的歌唱性被彻底颠覆，节奏也变得极为短促而具有强制性。通常的诗行不复存在，只留下一连串被切割成最小单位的字、词，充其量有几个短语。①

作为例子，让我们看看《我对我的印象 九》这首诗：

> 被/桥/一/遍/遍/跨越/水/像/丹炉/炼我/不过如此/的/平淡/搅动的/脸/很长/沾满了/鱼/的/粪便/从/水底/仰望/的/像/沉木/半是昏暗/半是沉重/被/落石/刹那间/击中/我/与/我/就像/水线/一圈圈/变形

这里所描述的“我”的感伤已不复见，而是像仙丹妙药一样被炼制、被落石打碎，重复着融合与解体的“我”。感觉上那个“我”被支离破碎的言语解体后，被手上的油泥玷污的主体性等等被剥掉，等待着未知的生一样。这样的中心思想在《都市流浪集》中重复地出现。“我”被各种各样地切断、被践踏、被剖解。然后，“像/铁/被溶化过/随意/堆砌在/街旁”（《网址》），“像/铁皮花/折断/又被/焊上”（《门铃》）。

骆英的“流浪”并非只是关于“无奈的抗争”（《生存》），亦可以被理解为如“落石/刹那间/击中”一样，突然与另一个陌生的自己相遇般的“流浪”。

骆英的《小兔子》正从这样的地点出发。《小兔子》是从城市文化所抵达的目的地中发现了人类生存的最终目的地；从城市人的性与死

---

① 唐晓渡：《不再互相寻找，而是彼此发现——读骆英〈都市流浪集〉》，见《流浪与还乡》，作家出版社 2007 年版。关于译文，笔者参照了竹内新译的《もはや探し合うことはなく、互いに見つけ合うのだ》。

所抵达的目的地中发现都市文化目的地。《小兔子》中的"我"，已不再像《都市流浪集》中的"我"一样感伤无力。笔者觉得"我"的冷静和透彻带着批判性，透过"小兔子"的形象创造如实地展现出来。关于《小兔子》，笔者认为再也没有必要耗费任何解说的话语了。再者，笔者欲在此提出"兔子"亦可作带有"同性爱家伙"意思的咒骂话语。

最后，骆英在本书的"后记"结尾写下"在形式上，《小兔子》试图呼应汉赋而突显诗的民族性"一句。也许某些读者觉得诧异，《小兔子》既然是采用着外来形式的散文诗，又如何与"诗的民族性"挂钩呢？笔者欲就此句的意思做出些许阐述。

骆英所言及的"汉赋"，是汉朝流行的一种被命名为赋的文学体裁。让我们看看著名的汉赋作者文学家司马相如（公元前179—前117）的《子虚赋》。在《子虚赋》全文272句当中，四字句几乎占了半数。其他的句子皆由一字至四字所构成。还有，非押韵句也掺杂在内，即使押韵，押韵的方法也不一致。这样看来，赋成为了韵文和散文共存的特别文体。① 笔者认为，或许骆英在此在探求中国散文诗（诗与散文共存）的历史根据之同时，也于外来形式的现代口语诗（包括散文诗）中承认了崭新的民族形式的价值，并尝试从散文诗的形式中寻找双重的民族性。②

---

① 请参考小尾郊一《辞赋》，中国文化丛书之《文学概论》，（日本）大修馆书店1967年版。

② 郭绍虞在《赋在中国文学史上的位置》（《小说月报》第一七卷号外，1927年）中提到，随着时间的迁移而改变的赋的文体，展示了于现代创出白话赋的可能性，而一部分的现代散文诗就是那样的文体。首次提及赋与散文诗的类似性的也许就是郭绍虞的这个论述。

里尔克在1950年代的台湾现代诗坛

蔡明谚

台湾新诗坛对里尔克(Rainer Maria Rilke,1875—1926)的介绍甚早。本省籍学者刘庆瑞在1948年《新生报·桥》副刊上,就曾发表《李尔克随录》①,该文对里尔克的创作内涵,有精辟的分析。詹冰曾回忆说:"庆瑞酷爱歌德和李尔克两诗人,甚至不想看两位诗人以外的诗人的诗。"②刘庆瑞称里尔克是"富有现代色彩的神妙的象征诗人"。在这里"现代"指的是一种"时间"概念,还不是狭义的美学流派。刘庆瑞更多是凭借"象征"在诠释里尔克。刘庆瑞说:"李尔克的爱的目标是绝对纯粹的","他发现'言语'正是诗人唯一的工具,而不肯苟且一言一句",又说,"诗人的价值是在于把无常的,一时的事物转为永远的"。这几个观点,都和后来台湾现代主义诗人所理解的里尔克非常相近。但是刘庆瑞在1948年对里尔克的译介,几乎不曾被当时的人们所注意。詹冰可能在与刘庆瑞的交往中受过部分的影响,不过这些对里尔克深刻的理解,究竟有多少被省籍诗人们所承继,可能需要更多的证据与考虑。1950年代台湾现代诗坛对于里尔克的接受,主要还是透过方思的翻译。

---

① 刘庆瑞:《李尔克随录》(1948),收于《比较宪法》,台湾:三民书店1976年版。又见于《笠》1964年10月第3期。另按:以下本文注释,若无标示出版地者,皆为台湾出版品。若非台湾出版者,皆标明出版地。

② 詹冰:《关于庆瑞君》,《笠》1964年10月第3期。

一

方思在1952年12月《自立晚报·新诗周刊》上开始发表里尔克的诗作译文，但此时的译诗只有五首，选自《图像集》和《新诗集》[①]。方思的德语能力究竟如何，目前并不确知，他的里尔克主要是从英文转译而来。在《新诗周刊》时期的翻译，方思所根据者是 J. B. Leishman 的英译本，其后发表在《现代诗》上的《里尔克早期诗四首》[②]，则是依据 C. F. MacIntyre 的英文翻译，例如《秋日》的第三小节：

秋日(第三节)

方思　译

现在无屋的人不要为他建造一座。
现在孤独的人要长久孤独，
要醒来，诵读，而且写长长的信
而在荒芜的途径上来回
不休止的流浪当死去的叶子吹去。

AUTUMN DAY(tr. C. F. MacIntyre, Part3)
Who has no house now will not build him one.
Who is alone now will be long alone,
will waken, read, and write long letters
and through the barren pathways up and down
restlessly wander when dead leaves are blown.

① 里尔克:《里尔克诗二首》(《女巫》、《秋》),方思译,《新诗周刊》第56期,1952年12月1日。《里尔克诗选》(《卡罗赛桥》、《孤独者》、《佛陀》),方思译,《新诗周刊》第58期,1952年12月15日。

② 里尔克:《里尔克早期诗四首》(《秋日》、《忆》、《秋尽》、《严肃的时刻》),方思译,《现代诗》第16期,1957年1月。

AUTUMN DAY(tr. Herter Norton, Part3)
Who has no house now, will build him one no more.
Who is alone now, long will so remain,
will wake, read , write long letters
and will in the avenues to and fro
restlessly wander, when the leaves are blowing.

AUTUMN DAY(tr. J. B. Leishman, Part3)
He'll not build now, who has no house awaiting.
Who's now alone, for long will remain:
sit late, read, write long letters, and again
return to restlessly perambulating
the avenues of parks when leaves downrain.

请比较方思的翻译和这三个英译本的关系,尤其是句法、转折语和标点符号的使用,方思显然是依据 MacIntyre 的英文本直接翻译的。人们可以把方思透过英文的翻译,和冯至从德文直接翻译过来的里尔克相互比较,这样可以更清楚看到其间语言的差异。冯至是这样理解这个小节的:

谁这时没有房屋,就不必建筑,
谁这时孤独,就永远孤独,
就醒着,读着,写着长信,
在林荫道上来回
不安地游荡,当着落叶纷飞。①

方思是非常勤奋的翻译者,他在 50 年代初期似乎收尽了可供参阅的所有里尔克英译本,并从中做出选择、翻译。但是冯至从德文所掌握的文意准确度,是方思的工作无法企及的,而冯至对于白话文的纯熟运用,

---

① 里尔克:《秋日》,冯至译,河北教育出版社 1999 年版。

尤其是流畅的音韵节奏感，同样也是年轻的方思无法达到的境地。

但50年代的台湾现代诗人，却是站在方思翻译的基础上，阅读并接受了里尔克。《新诗周刊》上更为重要的是方思的文章《略谈里尔克》①，以及分三期连载的《里尔克信札选》(1953)。这两个工作，更全面而清楚地介绍了里尔克的生平经历与美学立场。《里尔克信札选》所根据的是R. F. C. Hull的英译本②，不过就文学史的角度来说，这个专辑更为重要的是选文前的导言：

> 他的信，在其细致上，在其耐心的自我分析上。……无人似里尔克一样佳妙的表达，对诗的追求所引起的那种忍耐，那种默从。有时他的内省，他对正确分析的热情，似乎使一封信觉得太长了。……这位天生的内向者，或许因为他是一位诗人，而生动客观的描绘他所见的景象与人物。③

似乎可以说，这样的论述较早决定了50年代台湾现代诗转向内心，朝向理性、客观、冷静风格的形成。当时的人们可能是从方思翻译的里尔克，逐渐摸索出了一条现代主义的路向。

方思对里尔克诗的集中翻译，是在《现代诗》时期。他于1955年开始翻译《时间之书》，后来约有两年停译，1957年秋天续译，1958年3月集结成书出版。方思是根据陶区(Babette Deutsch)的英文选译本"*Poems from The Book of Hours*"④，中文《时间之书》就是这个德英对照本的全文翻译。⑤ 方思在他的序文中，提及他曾参阅了里尔克德语原

---

① 方思：《略谈里尔克》，《自立晚报. 新诗周刊》第57期，1952年12月8日。后重刊于《现代诗》第23期，1959年3月。

② Rilke, Rainer Maria. "Selected letters 1902 - 1926", tr. from the German by R. F. C Hull, New York: Quartet Books. 1988. c1946.

③ 方思译：《里尔克信札选(一)》，《自立晚报. 新诗周刊》第65期，1953年2月2日。

④ Rilke, Rainer Maria. "Poems from The book of hours", tr. from the German by Babette Deutsch, New York: New Directions Pub. Corp., 1975, c1941.

⑤ 解志熙曾经提及，在1944年以前，里尔克诗作的双语对照本只有两种，皆为J. B. Leishman参与编译。但此处应再加上Babette Deutsch的德英对照本。参见解志熙《吴兴华佚文校读札记》，原载《新诗评论》2007年第1辑，北京大学出版社。见于《考文叙事录》，中华书局2009年版。

文，但其实也就是利用了这个德英对照本所提供的方便性。《时间之书》出版后虽然只印了五百册，但对于台湾现代诗的发展却影响深远。林亨泰曾郑重指出方思的重大意义①，李魁贤则曾说："《时间之书》虽以限印本方式发售，但对诗坛发生相当大的影响，里尔克对内在生命本质探求的精神和表现手法，启开了某些诗人的诀窍。"②

创世纪社的痖弦和洛夫，是阅读方思翻译而由此"开窍"的典型代表。1957年1月，痖弦因为阅读方思翻译的里尔克，写出了大量的新诗。这些作品累积成为人们熟知的痖弦风格，而其所有的起点是《春日》：

主啊，唢呐已经响了
冬天像断臂人的衣袖
空虚，黑暗而冗长

主啊，让我们在日晷仪上
看见你的袍影
在草叶尖，在地丁花的初蕊
寻找到你
带血的足印（……）

没有渡船的地方不要给他们制造渡船
让他们试一试你的河流的冷暖
并且用月季刺，毛蒺藜，酸枣树
刺他们，使他们感觉轻轻的痛苦③

请比较方思翻译里尔克的《秋日》：

主啊，是时候了。夏季已是太久。
现在放你的影子在日规上罢，
在草地上让风吹得有劲。

---

① 康原：《诗人的回忆——林亨泰访问记之一》，《文学界》第2期，1982年4月。见于《林亨泰全集》第8册。

② 李魁贤：《里尔克在台湾》，《书评书目》第75期，1979年7月。

③ 痖弦：《春日》（1957），《今日新诗》第2期，1957年2月。

(……)现在无屋的人不要为他建造一座。
现在孤独的人要长久孤独,
要醒来,诵读,而且写长长的信而在荒芜的途径上来回
不休止的流浪当死去的叶子吹去。①

痖弦是从方思的中文翻译里,找到了一种"全新"的意象和声调,或者可以说是某种"淡漠的抒情"风格。痖弦曾说:"早年我崇拜德国诗人里尔克,读者不难从我的少数作品里找到他的影子,譬如《春日》等诗,在形式、意象和音节上,即师承里尔克。"②如果说,洛夫是从里尔克那里,学到了语言的压缩与意象的设计,那么痖弦从方思译文中,则是更多的吸取了"冷静"的节奏感和声调——而这当然和方思的中文有关,却与里尔克的德文并不一定相近。在这个意义上,痖弦受到方思的影响,可能要多过于他所袭自里尔克的部分。

与痖弦的经历非常类似,1987年洛夫在回溯《石室之死亡》的创作过程时曾说:

此时使我最动心的作家是德国诗人里尔克,他的诗集《时间之书》中的玄思和宗教情怀,很能与我当时的心灵契合。在那孤悬海外的岛上,日日面临死亡的威胁,恐惧,沮丧,孤独,无奈,诸感丛生,渐渐被压抑成一种内在的呐喊,却又有一双看不见的手捏着喉咙,不让发出声来。③

如果把《时间之书》,拿来和洛夫的《石室之死亡》相互比较,人们将可以清楚地看到两者之间的继承关系。例如,洛夫的第一首诗是这样展开:

只偶然的昂首向邻居的甬道,我便怔住
在早晨的虹里,走着巨蛇的身子

第二首的起首则是:

---

① 里尔克:《秋日》,方思译,《现代诗》第16期,1957年1月。
② 痖弦:《序》,《痖弦诗集》,第4页,台湾:洪范书店1981年版。
③ 洛夫:《关于〈石室之死亡〉》(1987),见侯吉谅编《洛夫〈石室之死亡〉其相关重要评论》,第195页,台湾:汉光文化公司1988年版。

凡是敲门的铜环都应以昔日的烜耀
一切的弟兄们俱将来到，俱将共饮我满额的急躁①

请对照方思翻译里尔克《时间之书》第二首的起句：

你，神啊我的紧邻，倘若我惊动你
有时在夜里，以重重的敲击，——

虽然前引洛夫的句子，是从两首诗的开头分别摘出，但仍然可以清楚地察觉，洛夫的意象描写是从《时间之书》摘引而来。稍早之前，洛夫还曾发表诗作《我的兽》，其中有云：

当忏悔的男人都已离去
他便藏起那些盛满怜悯的泪瓶先我溜走
神喔！他的确说过
他是你的芳邻。②

显然洛夫在塑造最后的意象时，还是想到了前引《时间之书》里的句子。这篇诗作《我的兽》，对于理解洛夫的文学发展非常重要，洛夫的《石室之死亡》以至后来整个超现实风格的形成，都可以在《我的兽》找到清晰可辨的起点，而《时间之书》对于此诗的笼罩更是明显。成书后的《石室之死亡》第二首有句子：

当我微微启开双眼，便有金属声
叮当自壁间，坠落在客人们的餐盘上③

请比较方思翻译里尔克《时间之书》第一首的起句：

怎样时间俯身向我啊
将我触及
以清澈的，金属性的拍击：

对于洛夫所使用的"金属声"，张默后来解释说是"战争的意象"，又有

---

① 以上两段引文，见洛夫《石室之死亡》，《创世纪》第12期，1959年7月。
② 洛夫：《我的兽》，《创世纪》第11期，1959年4月。
③ 洛夫：《石室之死亡》，创世纪诗社，1965年1月。

简政珍延伸说明这是“兵器撞击的‘金属声’”。[①] 但洛夫的意象设计，只是从里尔克那里抄引而来，而且对照这首诗的前后文，洛夫想要表达的主题是“时间”，并非“战争”。在这样的例子中，人们不应该过份高估《石室之死亡》的原创性，也不必为洛夫寻找现实的依据，或“时代性”的背景解释——洛夫只是在学习、模仿里尔克的意象和声调，如此而已。

《时间之书》的开篇诗作，在当时台湾现代诗坛曾经广泛流行。较早之前，黄荷生说：“苍白；全然的俯身向我的，锈的”[②]，以及后来白萩的诗作：“只要你轻轻地将我们触及，晨光/只要轻轻地将我们的梦戳破”[③]，这些句子明显都来自《时间之书》的第一诗句。余光中为《时间之书》所撰写的广告词，同样也是摘用于此。[④] 蓝星同仁黄用在1957年曾经写下：

> 过份地富于忍耐与温柔——
> 我原只为了喜爱等候而等候。
> 教果园里的树都结实吧，
> 但，别叫它们落下——
> 我向不需要成熟。[⑤]

请比较还是方思翻译的《时间之书》第一首：

> 没有事物是完全的，直到我感知了牠，
> 而以前则是等待，寂静无声的，未得完成的。
> 我的视景已经成熟：就如一个新娘
> 轻柔地走来那事物，他的意志欲之出现的。[⑥]

---

① 张默：《从“灵河”到“魔歌”》，简政珍：《洛夫作品的意象世界》，皆见于《洛夫石室之死亡及相关重要评论》。

② 黄荷生：《门的触觉(二)》，《触觉生活》，现代诗社，1956年11月。

③ 白萩：《只要晨光醒来》，《天空的象征》，台湾：田园出版社1969年版。

④ 余光中：《诗讯》，《公论报·蓝星周刊》第199期，1958年5月23日。

⑤ 黄用：《等待》(1957)，《无果花》，蓝星诗社，1959年12月。

⑥ 里尔克：《“时间之书”：里尔克诗五首》，方思译，《现代诗》第10期，1955年夏。

以及第三首的两行诗句：

在你的眼中难道我的五月的祈祷
未曾生长成熟，犹如在一株树上？

从这些例证都能看到方思翻译的里尔克，在1956年前后台湾诗坛所散发的广泛回响，这无疑在当时也鼓舞了纪弦领导的新诗现代化运动。黄用在1959年将他的诗作集结出版时，冠以书名《无果花》，这个意象除了来自《等待》，及其背后的《时间之书》，或者还更多地指向了里尔克的《杜依诺哀歌》。

《时间之书》印行以后，方思还陆续翻译了《给奥费乌斯的十四行诗》[①]，《旗手》[②]、《引导》、《通知》、《豹》[③]等诗作。方思在翻译《旗手》时，应该看过卞之琳与梁宗岱的译本，叶泥曾去信向方思查证这两个早期的译本。[④] 至于译诗《豹》登载后，周梦蝶立即在隔期的《蓝星季刊》上发表了同题的诗作。[⑤] 方思在赴美后，就逐渐淡出台湾诗坛，1961年之后结束了里尔克的翻译。目前可知方思最后发表的里尔克译诗，是在1964年香港《中国学生周报》上。但此辑四首皆为旧译，且可能为叶泥所提供。

二

方思之外，里尔克在50年代台湾的翻译者，还有《文学杂志》上的

---

① 里尔克：《给奥费乌斯的十四行诗》，方思译，见于《现代诗》第22期，1958年12月。《现代诗》第23期，1959年3月。《笔汇》第2卷第2期，1960年9月（该辑前五首曾刊于《现代诗》）。

② 里尔克：《秋日》，方思译，《创世纪》第16期，1961年6月。

③ 里尔克：《引导》、《通知》、《豹》、《西班牙舞女》，方思译，《蓝星季刊》第1期，1961年6月。《西班牙舞女》原刊于《文艺新潮》第10期（香港），1957年4月。此为改译。又诗作《豹》，另有余光中译本，刊于《蓝星诗页》第9期。

④ 叶泥：《里尔克的"旗手"及其它》，《创世纪》第16期，1961年6月。

⑤ 周梦蝶：《豹》，《蓝星季刊》第2期，1961年12月。周梦蝶可能还曾受吴兴华（及其翻译的里尔克）的影响。香港诗人蔡炎培曾说："兴华师在我心目中是新诗史上最重要的诗人。兴华师的重要在于承先启后。周梦蝶是我的同门师兄哩。"王伟明：《八分完美两分缺陷——与蔡炎培对谈》，《诗网络》第8期（香港），2003年4月30日。

邝文德，透过日文翻译的叶泥，透过法文翻译的胡品清，以及60年代之后由德文直接译介的李魁贤和程抱一。而其中对台湾现代诗发展产生较多影响者，是叶泥的翻译与论述工作。

叶泥的文章结合方思的译作同时刊行，这个形式在50年代后期大大推展了台湾现代诗人对里尔克的认识。例如《创世纪》第16期，就曾同时刊载方思翻译的《旗手》，及叶泥的论文《里尔克的"旗手"及其它》。该刊的编者附注说：

> 诗人方思（现在美国）精译的里尔克的"旗手"，文笔隽永而极能表达原诗之特质与气氛，再配合叶泥先生的论文，大家参照着读，可收相互印证之效。[①]

这种形式的合作模式，还曾出现在《现代诗》第22期（1958），以及《蓝星季刊》第一期（1961）[②]。换句话说，50年代的三大诗社，都曾共享方思和叶泥的联合工作成果。这在当时的台湾现代诗坛，是绝无仅有的特例。李魁贤后来曾评述说：

> 就在方思努力引介里尔克时，他获得了叶泥的支援。叶泥先是从日文翻译片山敏彦，富士川英郎等人对里尔克的评论……后来逐渐以潜心研究所得执笔为文。叶泥虽然很少翻译里尔克的作品，但他的论文对介绍里尔克的工作发挥了很大的成效，贡献不可磨灭。[③]

由此可见方思和叶泥的工作，一方面奠定了台湾现代诗人们对里尔克的理解的基础，另一方面也把里尔克在台湾现代诗坛的地位推向了高峰——而其主要影响还是发生在《创世纪》。

除了透过日文翻译，叶泥对里尔克的理解同时也参照了三四十年代中文作家的翻译。叶泥曾直接引用冯至翻译的《给一个青年诗人的

---

① 编辑人的话，《创世纪》第16期，1961年1月。

② 后来香港《中国学生周报》第647期（1964），还曾同时登载方思的译诗与叶泥的论著。

③ 李魁贤：《里尔克在台湾》，《书评书目》第75期，1979年7月。

十封信》段落，以及诗作《豹》的全文[①]，详细记载1936年《新诗》刊载的里尔克特辑，并转抄冯至的文章《里尔克——为十周年祭日作》[②]。此外，叶泥还曾详述陈敬容1948年在《中国新诗》上发表的里尔克译诗内容，显然他当时在台湾仍保有这些早期刊物。杨唤曾经抄录陈敬容翻译的《恋歌》全文，寄给叶泥[③]。痖弦、李魁贤、唐文标则分别在他们各自的文章中提及《中国新诗》上陈敬容的翻译，张默的早期论文也曾提及《恋歌》，并抄录了冯至翻译的《论山水》及《给一个青年诗人的十封信》之片段。就这些材料来看，当时台湾现代诗人传抄的中文里尔克，较多是冯至和陈敬容的翻译。1958年之后，卞之琳、梁宗岱、林凡等人收有里尔克译作的书籍，也在台湾被陆续翻印发行。[④]

叶泥的里尔克翻译和著述，与台湾现代诗发展的主要关联有两个方面。首先，叶泥在1960年前后的系列论文，把里尔克和当时开始流行的"存在主义"联系了起来。叶泥在分析里尔克的《时间之书》时说：

> 他确信神的内在于现实中的事物，是"事物之深在的精髓"。这神由于是充满于人的衷心之内而无处不在的，所以他甚至以神当作是自己的"邻人"。黑暗是诸多的根源，同时也是神所存在的地方，而于黑暗中融合了所有的事物。……这神并非是先"我"之存在而存在的，是"我们以战栗的手创造的"，是"较我们的后来者"。假若"我"不存在了，而神也消失了。……曾有人把里尔克也列入存在主义者，假若我们读了他的"贫与死之书"之后，当知似乎也并非无因，因为贫穷就是实在。……所谓"死"，是伟大的

---

① 叶泥：《永恒的存在》(1961)、《里尔克的〈恋歌〉》(1964)，《里尔克及其作品》，台湾：大舞台书苑，1977年10月。

② 叶泥：《里尔克的"旗手"及其它》，《创世纪》第16期，1961年6月。姚家俊在1965年翻译里尔克诗选时，又曾抄录冯至文章发表于《创世纪》第22期。该文另外提及冯译《给一个青年诗人的十封信》，以及梁宗岱《交错集》和卞之琳《西窗集》。

③ 兰村：《里尔克的"恋歌"》，《中国学生周报》第647期(香港)，1964年12月11日。又见于叶泥《里尔克及其作品》，第113页。

④ 林凡(改为"华生")：《春情曲》，台湾：读者书店，1958年10月。卞之琳(改为"之诚")：《雨窗集》，台湾：华源出版社1968年版。梁宗岱(改为"沈樱")：《一切的峰顶》，台湾：林白出版社1971年版。以上材料见李魁贤《里尔克在台湾》，《书评书目》第75期，1979年7月。

死、成熟的死、独自的死、而非卑微的死、更非所谓“暴夺”。一切的生，一切的成长中都有“独自的死”的核，否则将无真正的成长，也没有真正艺术之创造。①

人们同样可以把这段话，拿来理解洛夫的《石室之死亡》，特别是其中“黑色”与“死亡”的意涵。存在主义哲学在台湾，大约是从1961年开始形成风潮，而叶泥把里尔克归为存在主义，无疑对台湾现代诗（尤其是超现实主义诗人）转向虚无，也产生了推波助澜的效果。这种现代诗的存在主义，最后集大成者，就是洛夫为《石室之死亡》所写的序文《诗人之镜》（1964）。在台湾现代诗坛所形成的超现实主义论述，其实更多是来自里尔克，而并非法国的布勒东。

其次，叶泥较早提出把里尔克归于“即物”诗人。他在1964年的文章中说：

在普通的德国文学史上，尝把里尔克列入新浪漫主义流派；另外有些人由于他在罗丹的影响下写了不少以事物为对象的诗篇，则称他为“即物”（Sachlichkeit）诗人。……一九〇七年十月，里尔克出版了“新诗集”。这本以“即物”诗为主的诗集之出版，显示出他在罗丹的影响之下于创作上又迈入了新的里程。……这时的里尔克也已不再是一般德国文学史中所称之为新浪漫主义的抒情诗人，而是一位不折不扣的“即物”诗人。②

“即物”这个词汇，应该是来自日文翻译。叶泥对此概念并没有更多的解释或分析，但是到了1966年，吴瀛涛在《笠》诗刊撰写“现代诗用语”条目时，却进一步把里尔克视为“新即物主义”的代表。③“新即物主义”这个概念后来长期发展的结果，成为了《笠》诗刊最具有代表性的

① 叶泥：《从里尔克的〈时间之书〉谈起》，《创世纪》第13期，1959年10月。
② 叶泥：《蔷薇诗人里尔克》，《中国学生周报》第647期（香港），1964年12月11日。
③ 吴瀛涛：《新即物主义》，《笠》第11期，1966年2月。

理论大旗[①]，并用以对抗《创世纪》的超现实主义。[②] 笠社同仁李魁贤从1965年开始，长期苦心经营于里尔克的诗作、书简及传记的翻译，无疑在很大程度上也推进了笠诗人所追寻的"即物性"。里尔克在台湾既启发了某些超现实主义诗人的灵感，也助长了（与之相对的）"新即物主义"诗人的创作。这除了是某种自相矛盾的历史发展，由此也可以看出里尔克在台湾现代诗坛所散发的广泛影响力吧。

三

50年代在台湾报章上所出现的里尔克译作，特别引人注意者还有《文学杂志》上的邝文德。尤其邝文德《谈黎尔克的诗》，和夏济安《评彭歌的〈落月〉兼论现代小说》一起发表，在某个程度上象征了《文学杂志》所代表的学院派对当时台湾"现代文学"走向的整体看法。经由解志熙翔实的考证，邝文德的文章即吴兴华在1943年所发表者[③]，这点已是确信无疑。但除此之外，还可略作补述者有三点。首先是关于"邝文德"笔名的来由，杨牧在2006年曾说：

> 吴死后，林以亮将他的遗作四处发表，一部分就寄夏济安，登在台北早期的《文学杂志》上，刊过一篇《论里尔克的诗》，作者署名邝文德，及若干直接译自德文的里尔克诗选，都是他提供的，而邝文德正是他为吴兴华取的另一笔名。早在抗战时期吴就已经以本名为中德学会译过一册《里尔克诗选》；又假如我没有记错的话，林以亮夫人名邝文美。[④]

这段话可以作为《文学杂志》登载吴兴华论著之背景的简要参考。台湾诗人曾误以为吴兴华死于1953年，这是受夏志清《〈林以亮诗话〉

---

① 关于"新即物主义"在《笠》诗社的发展，可参见丁旭辉《笠诗社新即物主义诗学初探》，《笠诗社四十周年国际学术研讨会论文集》，国家台湾文学馆筹备处，2004年11月。

② 陈明台：《郑炯明的诗》，《笠》第23期，1968年2月。

③ 解志熙：《吴兴华佚文校读札记》，原载《新诗评论》2007年第1辑，北京大学出版社。见于《考文叙事录》，中华书局2009年版。

④ 杨牧：《翻译的事》，《联合报》，2006年12月6日。

序》的误导。而林以亮开始把吴兴华稿件拿出来发表,最初是在1956年。①

其次是关于吴兴华翻译所依据的原文为何。解志熙只说:"《黎尔克诗选》是一本中德对照本诗选。"他的合作者张松建则直指:"他(吴兴华)直接钻研德文原版,翻译一本德汉对照的《黎尔克诗选》。"②但是吴兴华在1943年的文章中曾说:

> 说起来也许会惹人笑,我是在英文翻译里第一次遇见黎尔克的名字。那篇诗就是我在本期中试着用可怜的中文移植过来的《奥菲乌斯·优丽狄克·合尔米斯》。和他一比起来,我曾一度心醉的现代英美诗是如何的浅薄而不值一顾?而那还是翻译,在过程中原作的十分美至少要丢五分的翻译……我当时的羞惭真是语言无法形容的。③

这段引文1956年在《文学杂志》重刊时,最重要是删去了加底线的部分,并把"而那还是翻译"改为"这还是翻译"。1956年的改动,会让人误以为吴兴华后段是在谈中文译诗,但回去看1943年的原文,就可以知道吴兴华整段文字都是在谈里尔克的英文译诗。由此更可见出解志熙辑校工作的重要价值。那么从这段话的上下文来推敲,吴兴华似乎是透过英文翻译本,把里尔克用"中文移植过来",至少这里的《奥》诗可能是如此。解志熙没有提到两个版本的《奥》诗有何异同,但他曾言及"《黎尔克的诗》中所引《歌者在一个王室后裔的孩子面前歌唱》一诗的译文有非常仔细的校改",而且改动之后的版本"与《黎尔克诗选》里

---

① 目前确知以"邝文德"为名发表译诗《黎尔克诗三首》,登于《文学杂志》第1卷第2期,1956年10月。稍后有《黎尔克诗三首》,刊于《文学杂志》第1卷第3期,1956年12月。但在此之前有署名"林靖"翻译《黎尔克诗二首(孤独、时间倾泄着)》,于《文艺新潮》第1期(香港),1956年2月。目前尚无法确认该译者何人。"林靖"另有里尔克译诗《寂寞》,发表于《文坛》第6卷第2期(香港),见李魁贤编目。有散文《冬日草(圣像、橱窗)》,于《星岛日报·文艺》第151期(香港),1951年12月24日。皆存疑以待来者。

② 张松建:《现代诗的再出发——中国四十年代现代主义诗潮新探》,第72页,北京大学出版社2009年版。

③ 吴兴华:《黎尔克的诗》,《中德学志》第5卷1—2期合刊,1943年。中国国家图书馆藏。参见《新诗评论》2007年第1辑。又见于解志熙《考文叙事录》。底线为论者所加。

的译文完全相同”。从这几条材料上来看，我目前倾向于认为吴兴华较早可能是用英文译本进行翻译，后来才用德文重译、校改，因此前后文本虽仅相隔数月[1]，才会有如此大的差异。

这里衍生的第三个问题是，吴兴华1956年以后刊登在《文学杂志》上的文章，是经由谁所修改？我没有见到1944年版的《黎尔克诗选》，但是根据臧棣编辑的《里尔克诗选》（中国文学出版社，1996），其中吴兴华翻译的《奥》诗、《西班牙舞女》、《夕暮》、《圣玛丽亚被供献在庙中》都与《文学杂志》上的版本相同。[2] 那么《文学杂志》上发表的译诗，可能与吴兴华修订完成的《黎尔克诗选》有所关联。对此，可以把1956年刊载于《夕暮》诗后的“译者”说明，拿来和1944年吴兴华写就的《〈黎尔克诗选〉译者弁言》互校。《文学杂志》上的译者说明是：

> 第三首诗“夕暮”是一个极普通的题目，可是黎尔克的处理手法却一点也不普通。他拿人人所知道的，所会注意的，写诗时所会运用的，都完全撇开不谈。所谓黄昏的朦胧之美，夕阳的余晖，方升的月亮等等字眼，都不能在这首诗中寻到。黎尔克所注意到的是：天地几乎可在迷茫暗影中分开，一个化为清澄的光明而飞腾上升，一个化为重浊的实体，粗具山川丘陵的样子而降落。然后是那人类中的女人（即诗中的你）在二者中间，不完全是属于任何一个。在读完这首诗后，好像第一次真正看到了黄昏的美，加上那女人的美，仿佛从前千万次所见到的只不过是黄昏和你亲爱的人的表面，而不是内心。华兹华斯有过一首诗，他在看一幅画时，却看到了“在陆地上和海洋上所从没有过的光辉（The Light that never was on land or sea）”，勉强可以用来解释我个人读这首诗后虔诚的心情。***至第一二首，在“谈黎尔克的诗”那篇论文里已有说明***。
>
> 黎尔克 *RAINER MARIA RILKE* 于一八七五年十二月四日生于

---

① 吴兴华：《黎尔克的诗》刊于1943年5月，《〈黎尔克诗选〉译者弁言》作于1944年3月。

② 《文学杂志》第1卷第4期另刊有吴兴华译诗《天鹅》，但未见于臧棣编本。

捷克首都布拉格,于一九二六年十二月二十九日死于瑞士的瓦尔孟。①

这段引文中,粗字斜体的部分我认为是他人所添加,而加底线者,则可见于吴兴华1944年《〈黎尔克诗选〉译者弁言》:

> 读《夕暮》一诗,我们必须立刻明白一切模糊的景物,近夜的平静等等全没有来到他的思想里,或者仅仅据有极其卑微的地位;当时抓住黎尔克注意的就是天地几乎在迷茫的暗影中分开:一个化为清澄的光明而飞腾上升,一个化为重浊实体,粗具山川丘陵的样子而降落。然后那人类的女子在中间不完全属于任何一个。②

另外《译者弁言》可供参考的两段材料是:

> 黎尔克于一八七五年十二月四日生于捷克首都布拉格,于一九二六年十二月二十九日死于瑞士的瓦尔孟。
>
> 至于我之所以把早期诗与晚年的《杜易诺哀歌》及《写给奥菲乌斯的十四行诗》摒诸选外的原因,已在谈《黎尔克的诗》(《中德文学》五卷一、二期)一文中言及,此处不复赘言。

这两篇文章中关于里尔克的简要生平,字句完全相同,而对诗作的解释则《文学杂志》版要比《译者弁言》更加繁复,但后者字句皆可见于前者之中。因此我目前认为,《文学杂志》上的"译者"说明,可能早于1944年的《译者弁言》就已写成,而《文学杂志》最后附加的里尔克简要生平(以及前句"至第一二两首"以下),则可能是他人反过来依照《译者弁言》再加上去的。综合以上说明,我认为吴兴华在台湾刊登之里尔克诗作,及其附录的"译者说明",可能是由林以亮根据往来信件,和较晚的德文中译定稿(1944年版《黎尔克诗选》),加以修订而成,并不必然经过吴兴华的手笔。

另外关于《现在的新诗》和《谈黎尔克的诗》重刊时,其他内文及注

---

① 《译者说明》,《文学杂志》第1卷第2期,1956年10月。

② 吴兴华:《〈黎尔克诗选〉译者弁言》(1944),参见《新诗评论》2007年第1辑。又见于解志熙《考文叙事录》,第193页。

释的更动，我则倾向于认为是由夏济安所修改。理由有以下三点。首先，夏济安针对《文学杂志》上的来稿，包括译文和创作，经常会“替它动手术修改”①。“为了符合这本文学杂志特有的风格，他们对于虽然受人欢迎、但违背他们所悬目标的来稿，多半毫不客气地大砍大修，有时竟使原稿到了脱胎换骨的程度，因此也会使某些有名望的作家、有地位的教授感到不快。”②

其次，吴兴华的文章被删去了闻一多、陈梦家、梁宗岱等人的文句，可能不是为了避讳“在台湾的新月派人士的反感”，而应该是在回避国民党当时的报章检查机制。王鼎钧曾回忆在50年代初期，“台湾治安机关患了严重的文字敏感症……他们太聪明，写作的人也不可迟钝，你得训练自己和他一样聪明。那几年，我把文章写好以后总要冷藏一下，然后假设自己是检查员，把文字中的象征、暗喻、影射、双关、歧义一一杀死，反复肃清，这才放心交稿”。③ 这种对于特务单位的恐惧和困扰，应该是在台湾的夏济安更能深切体会。

最后，吴兴华于《现代的新诗》中，曾拟作诗句：“北海里有许多蕉形的船/我的爱人倚着小楼”，转载于《文学杂志》时，“北海”被改为“碧潭”，这除了还是在回避检查制度，也更可能是在台湾的夏济安所做修改，而不会是卜居香港的林以亮。碧潭是台北郊区的著名休憩景点。

吴兴华翻译的里尔克，对台湾现代诗人的启发，可以从洛夫的《石室之死亡》看出来，虽然这组作品更多还是来自于对《时间之书》的模拟，但其部分意象设计，却可在吴兴华的译诗中看出端倪。例如《石室之死亡》开篇的第一个段落：

只偶然的昂首向邻居的甬道，我便怔住

---

① 夏济安语，见刘绍铭《怀济安先生》（1965），见《永久的怀念》，夏济安先生纪念集编印委员会，1967年4月。

② 贾廷诗《忆夏济安师》，《传记文学》第6卷第5期，1965年5月。又见于《永久的怀念》。

③ 王鼎钧：《文学江湖》，第95页，台湾：尔雅出版社2009年版。对于1949年以后国民党管制台湾文坛的情况，此书有重要参考价值。

在早晨的虹里，走着巨蛇的身子
黑色的发并不在血液中纠结
宛如以你的不完整，你久久的愠怒
支撑着一条黑色支流①

请比较吴兴华翻译的里尔克《奥菲乌斯·优丽狄克·合尔米斯》第一小节：

就在灵魂奇异的矿穴里。
像静默的银质他们前行
如血管穿过穴中的黑暗。在根珠之间
发源那流向人类的血液，
在暗中看起来重得像云斑石。
除此之外再也没有红的。②

洛夫把“矿穴”替换成为“甬道”，而“黑色的血液”却直接援用到自己的诗里。近年论者喜谈洛夫的“黑色”意象，这或者能从吴兴华译作中找到最初的原型。与此相似，成书后的《石室之死亡》将第一小节后两行改为：“我便怔住，我以目光扫过那座石壁/上面即凿成两道血槽”，③这个意象也有可能是脱胎于奥菲乌斯转身一看的故事情节。在《石室之死亡》中，“看、眼睛、目光”等，是一组被反复使用的意象。洛夫在诗中经营另一个主题“死而复生”时（这同样与《奥》诗一致），曾有诗句：

焚化之后，昨日的尸衣又从墓地里匍伏而出
其姿态，其面颜，乃是属于情欲的④

而里尔克描写优丽狄克在重返人间的路途时则说：

她的脚步被长的尸衣所限，

① 洛夫：《石室之死亡》，《创世纪》第12期，1959年7月。
② 里尔克：《奥菲乌斯·优丽狄克·合尔米斯》，邝文德译，《文学杂志》第1卷第2期，1956年10月。
③ 洛夫：《石室之死亡》，《石室之死亡》，创世纪诗社，1965年1月。
④ 洛夫：《石室之死亡》，《创世纪》第14期，1960年2月。

不稳定，轻柔，也没有不耐的表情。

……

她是在一个新的处女期间，不可被触摸；她的性别紧闭着

如同向晚一朵年轻的花蕊[①]

从这几个例子中，可以看到吴兴华翻译的里尔克，对《石室之死亡》在某些意象与情境设计上的影响。

此外，方思翻译的里尔克，也曾参校了吴兴华的译文。方思在1957年曾颇有自信地译出了他所“偏爱”的诗作《西班牙舞女》，并且自谓“后与他译比较，似觉拙译更忠实于原作”。[②] 方思译文的前两个小节是：

像手中一支火柴闪光，突然呈现白色
在牠喷出火焰之前，而向四面八方
舐牠战栗的长舌：在观众的
圈子内她的回旋的舞是光辉的，
挛动着，展开着，灵敏以及狂热。

而化为纯粹的火，突然。

方思此时所能见到的“他译”，应有陈敬容和吴兴华。但是1961年方思在《蓝星季刊》重登这首译作时，却将这两个小节修改为：

像手中一支硫磺火柴，闪呈白色
在牠喷出火焰以前，而向四面八方
伸延抽搐的长舌——：在附近观众的
圈内开始，急遽，光辉与炽热
她回旋的舞痉挛地将自己布展。

而顿然化成了火，整然而全然。[③]

---

① 里尔克：《奥菲乌斯·优丽狄克·合尔米斯》，邝文德译，《文学杂志》第1卷第2期，1956年10月。

② 方思：《西班牙舞女及其它·后记》，《文艺新潮》第10期（香港），1957年4月。

③ 里尔克：《西班牙舞女》，方思译，《蓝星季刊》第1期，1961年6月。

请比较吴兴华翻译的《西班牙舞女》:

像一枝硫磺火柴在手里,白亮的
向四方喷吐(当它尚未完全燃起)
扭曲的火舌——:在一圈近的观者里
她的圆舞焦急的,光明而热切的
开始以扭曲的形式播散开自己。
而突然她像是整个化成了火焰。①

若从吴兴华的译文重新审视方思在1961年版的修改,则第一行加上“硫磺火柴”,第三行动词“舐”改用“伸延”,形容词“战栗”改用“抽搐”,标点使用在冒号前加上破折号,第五行“痉挛地将自己布展”,第六行加上“整然”,这些改动都可以看到吴兴华的痕迹。只是方思的语言更加“精炼”,也就是更远离自然口语。从这里也可以看到吴兴华和方思,对于理解里尔克的重要分歧。

吴兴华及其翻译的里尔克,对于台湾现代诗人的影响力,始终无法赶上方思和叶泥。造成这个现象的主要原因是,吴兴华及《文学杂志》所代表的学院派诗学主张,和当时台湾现代诗人对于“现代诗”的想象并不一致。吴兴华在《谈黎尔克的诗》中特别强调:“黎尔克诗中的音乐性是有耳朵的人全不会忽略过的”,又说:“黎尔克诗中的语言是极简单而不加炫饰的”,②然而这两个概念都和台湾现代诗人所追求的“自由诗”,及其后来发展出的“技巧决定一切”,恰好处于对立。吴兴华在台湾引起注意者,是他在谈及《现在的新诗》时,特别强调了新诗也需要“固定的形式”,夏济安延伸了此一观点,加以发挥,寄望“将来的大诗人‘能够给后人’预备好了形式和规律”,让新诗的作者“又有皮鞋可以穿,不用光着脚走路”。③ 但是这种试图为新诗“建立新形式”的主张,立即遭到了台湾现代诗人的群起声讨。现代派的方思曾言:“关

---

① 里尔克:《西班牙舞女》,邝文德译,《文学杂志》第1卷第2期,1956年10月。
② 邝文德:《谈黎尔克的诗》,《文学杂志》第1卷第2期,1956年10月。
③ 夏济安:《白话文与新诗》,《文学杂志》第2卷第1期,1957年3月。

于‘写诗有鞋’说，我不能想象这双鞋子是什么样子的。”①这是在针对夏济安。蓝星的黄用则说：“大谈‘形式’者，尤其是大谈‘固定形式’者，如果不是不懂诗，便是‘不合时宜’了。”②这就直接是在嘲讽吴兴华。学院派和现代诗人就此分道扬镳，各行其道了。余光中在1957年中放弃“格律新诗”，改用自由诗体，甚至反过来嘲讽传统旧诗与《自由中国》③，这就意味着学院派在“现代诗”路线上的全面败退了。也是在这一点上，我始终认为现代小说在台湾的发展，不应该简单的与现代诗混为一谈，或者径自以“自由主义”笼统涵盖。

四

里尔克的译介对50年代台湾现代主义诗歌的开展，主要影响有以下几个面向。首先，里尔克的诗作支持了1956年纪弦六大信条中“知性之强调”的理论要求，尤其是把“现代诗”和客观、理性与冷静的写作风格，牢牢地联系起来。方思对于里尔克“内省”精神的强调，以及叶泥对于里尔克“即物”（Sachlichkeit）概念的介绍，无疑都对台湾现代诗人的创作观念产生了关键的影响。尤其里尔克长期孤独、忍耐、献身于艺术的生命样态，更是超过梵乐希“纯粹”的美学理论，而给台湾现代诗人更多的启发与自信。这种自信包含了对艺术崇高的理性之美的追求，当然也包含了诗人对大众化的否定。

其次，里尔克的译作，再一次确立（或者可以说是拉大了）纪弦强调“诗、歌分离”的观念。在“声音”与“意象”的拉扯中，被译出的中文里尔克再次巩固了后者的重要性，而疏远了前者。纪弦从论述上要打倒“豆腐干”体，方思则是从翻译上淡化了新诗的韵律，他们两人所代表的现代派立场，在50年代中期显得特别坚定而一致。方思在1955年曾不无讽刺地说：

---

① 方思：《我对于新诗的乐观看法》，《今日新诗》第6期，1957年6月。

② 黄用：《略谈诗中的“顿”（中）》，《公论报·蓝星》第164期，1957年8月30日。

③ 《本刊三周年纪念大会纪盛》，《公论报·蓝星周刊》第154期，1957年6月21日。

> 至于有些自以为懂西洋诗的先生，一面用七言译法国象征派的诗，自鸣得意，且以老资格的架子，大谈一己经验，要人学其榜样，一面说什么“商籁”是如何的一种格律，今日中国人写十四行应加以依循……其实不要说无理由规定以中文写诗应依外国格律，即今日外国诗人，亦多已摒弃了昔日的格律。①

方思在这里主要攻击者，是《文艺创作》上盛成和侯佩尹的法国诗翻译。从这一点上也可以清楚地看到方思曾是如何诉求打破格律，拥护纪弦的“自由诗”体，而这同样体现在方思翻译的里尔克之中。② 在反对“格律”，主张“内容决定形式”这一点上，台湾的现代主义诗人取得了高度的共识，并与当时学院派观点（亦即吴兴华和《文学杂志》）分隔开来，由此确立了“现代诗”不同于“新诗”的基本特点。余光中在1957年放弃“格律新诗”的形式，就是最为明显的例子。

最后，由于贬抑音乐性，注重意象的设计，强调技巧的表现，中文里尔克也让50年代后期的台湾现代诗，逐渐走向了语言的晦涩，个人的存在与孤独，最后甚至趋于虚无。这正是里尔克最重要的追随者，《创世纪》的超现实主义诗人们所发展出来的“现代诗”。而叶泥对于里尔克的系列论述，则在这个偏离的发展上扮演了关键的角色。

里尔克是影响50年代台湾现代诗发展最重要的一位外语诗人，其所散发出广泛而持续的能量，甚至超越法语系的梵乐希，或者英美语系的艾略特。里尔克的《时间之书》在1958年出版，有可能替当时台湾“现代诗运动”的确立，发挥最为关键的一击。因为方思翻译的里尔克，在实际的创作上，“证实”了纪弦理论的可能：那就是“追求诗的纯粹性”与“知性之强调”。对于当时的台湾新诗人而言，中文里尔克意味着“纯粹”、“知性”，而且是一种更新潮、更“现代”的艺术风貌。

但是，对于里尔克更为深入的了解，也让某些年轻诗人反过来远离

① 方思：《后记》(1955)，《夜》，现代诗社，1955年4月。

② 方思在翻译《时间之书》时，虽曾“勉图作到”里尔克的押韵形式，但他还是同时强调“虽然我们不必太拘泥于其押韵的模式”。方思：《译者后记》，《现代诗》第10期，1955年夏季号。

了里尔克，甚至脱离了台湾现代诗。1960年到1961年间，身处美国的黄用和唐文标密集通信，共同讨论、翻译里尔克的《杜依诺哀歌》。他们藉由英文译本对照德语，原本计划全部翻译，并加上详细的注释与解说，但最终只草译了六首，数年之后仅发表《哀歌第六》于《现代文学》。黄用和唐文标联手翻译的里尔克，可能是台湾现代诗人对里尔克最为深入的一次阅读与讨论，但很可惜这样的工作成果在当时并未发表，后来也不曾获得充分的注意。尤其特殊的是，对于里尔克的深入探索，却反过来让黄用和唐文标"看透"了里尔克，贬抑了这位在台湾现代诗坛独领风骚的德语诗人。唐文标后来回忆说：

> 事实上，我们当日停译里尔克还有一个原因，简单地说，就是对他的"伟大"，最少是对哀歌的精美重崇高性，起了怀疑。究竟是否值得化精力去翻译和推及呢？……译完哀歌第六，我们曾有过一会论辩。黄用有信说："Rilke的世界在此与我背道而驰（指投入成熟的欢乐之中，）我是否有权认为他本质上是'传统'的？连哀歌的手法也颇传统，我并不太欣赏此首诗。"但那最后的一击来自整理哀歌第一和初译哀歌第十。我们开始进一步的了解（或许直是误解），我十分不满他的堆砌，和他那种"抽象"哲理硬梆梆的灌输。究竟这种表现方式，和里尔克不知第几流哲学，神学的推出，或启示录的炫耀，我至以为不满。我对黄用大力的贬里尔克了。[①]

唐文标在70年代初期发起了对台湾现代诗的全面批判，而那却是从深入阅读里尔克所开始，这无疑也是里尔克对台湾现代诗发展的"影响"，即便对很多人来说，这并不是"正面"的影响。但历史的进程就是这样充满矛盾与吊诡，里尔克在台湾启发了许多诗人的创造力，鼓舞了年轻的孤傲的艺术家，凭借晦涩的语言、精巧的意象，朝向自我内心挖掘探索；但同时也让初步认识、充分阅读，然后拒绝接受的另外一些年轻诗人，朝着与里尔克相反的方向走去。这一点应该也是"值得肯定的"里尔克在台湾的影响吧。

① 唐文标：《一首译诗的故事》（1968），《现代文学》第43期，1971年5月。

附表　里尔克在台港文坛译介情形一览表(1949—1965)

作者	篇名	译者	发表处	时间	备注
刘庆瑞	李尔克随录		新生报.桥	1948.6	李魁贤编目
里尔克	银色的雪夜	叶绿素	新诗周刊52	1952.11.3	
里尔克	论诗与概念底结合	郭枫	新诗周刊52	1952.11.3	隔周续完
里尔克	里尔克诗二首(女巫、秋)	方思	新诗周刊56	1952.12.1	
方思	略谈里尔克		新诗周刊57	1952.12.8	
里尔克	里尔克诗选(卡罗赛桥、孤独者、佛陀)	方思	新诗周刊58	1952.12.15	
里尔克	里尔克信札选(一)	方思	新诗周刊65	1953.2.2	
里尔克	里尔克信札选(二)	方思	新诗周刊66	1953.2.9	
里尔克	里尔克信札选(三)	方思	新诗周刊67	1953.2.23	
里尔克	“时间之书”:里尔克诗五首	方思	现代诗10	1955.夏	有后记
片山敏彦	关于里尔克的诗	叶泥	现代诗10	1955.夏	
里尔克	黎尔克诗二首(孤独、时间倾泄着)	林靖	文艺新潮1(香港)	1956.2	
里尔克	黎尔克诗三首(奥菲乌斯・优丽狄克・合尔米斯、西班牙舞女、夕暮)	邝文德	文学杂志1:2	1956.1	吴兴华
邝文德	谈黎尔克的诗		文学杂志1:2	1956.1	吴兴华

续 表

作者	篇名	译者	发表处	时间	备注
里尔克	黎尔克诗二首（圣马利亚被供献在庙中、天鹅）	邝文德	文学杂志 1:4	1956.12	吴兴华
里尔克	夜夕、孤寂	方思	复兴文艺 2	1957.1.1	
里尔克	西班牙舞女及其它（孤独者其一、孤独者其二）	方思	文艺新潮 10（香港）	1957.4	有后记
富士川英郎	关于里尔克的《时间之书》	叶泥	现代诗 22	1958.12.20	
里尔克	给奥费乌斯的十四行诗（那里升起一棵树、不要建立纪念的碑）	方思	现代诗 22	1958.12.20	
里尔克	给奥费乌斯的十四行诗（五首）	方思	现代诗 23	1959.3.20	旧译重刊
方思	略谈里尔克		现代诗 23	1959.3.20	旧译重刊
创世纪社	里尔克纪念特辑		创世纪 13	1959.10.	创刊五周年暨里尔克纪念号
叶泥	诗人里尔克		创世纪 13	1959.10.	
富士川英郎	关于里尔克的时间之书	叶泥	创世纪 13	1959.10.	旧译重刊
叶泥	从里尔克的时间之书谈起		创世纪 13	1959.10.	
叶泥	展开的世界——略谈里尔克《给奥费乌斯的十四行诗》		创世纪 15	1960.5	

续　表

作者	篇名	译者	发表处	时间	备注
富士川英郎	论里尔克的《新诗集》(上中下)	叶泥	香港时报.浅水湾(香港)	1960.8.22	连载三天
里尔克	给奥费乌斯的十四行诗(十首)	方思	笔汇2:2	1960.9.1	前五首旧译重刊
里尔克	旗手	方思	创世纪16	1961.6	
叶泥	里尔克的《旗手》及其它		创世纪16	1961.6	
里尔克	引导、通知、豹、西班牙舞女	方思	蓝星季刊1	1961.6.15	
叶泥	永恒的存在—略谈里尔克的《豹》诗与写作过程		蓝星季刊1	1961.6.15	
里尔克	练习曲	罗珞珈	文星51	1962.1	
叶泥	里尔克与梵乐希		蓝星季刊3	1962.5.1	
叶泥	里尔克与梵乐希(续)		蓝星季刊4	1961.11.15	
李英豪	论里尔克与尼采		创世纪18	1963.6	
兰村(叶泥)	里尔克的《恋歌》		中国学生周报647(香港)	1964.12.11	里尔克纪念特辑
叶泥	蔷薇诗人里尔克		中国学生周报647(香港)	1964.12.11	

续　表

作者	篇名	译者	发表处	时间	备注
里尔克	里尔克诗选(时为四月、寂静、天使、童年回忆、看书的人、盲人之歌、邻人、悲歌、斯坎的昏黄)	廖辅叔	中国学生周报647(香港)	1964.12.11	
里尔克	里尔克诗选(卡罗赛桥、秋日、秋尽、严肃的时刻)	方思	中国学生周报647(香港)	1964.12.11	旧译重刊
神品芳夫	关于里尔克的安魂曲	叶泥	创世纪21	1964.12	
里尔克	里尔克诗选(少女的祈祷、天使们、青春的梦)	姚家俊	创世纪22	1965.6	
里尔克	里尔克诗选译(入门、骑士、天使、疯狂、从小)	李魁贤	笠诗刊10	1965.12	
※以下材料未见原文,存目待考:					
里尔克	马尔持手记	孟华	香港时报(香港)	1954	李魁贤编目
里尔克	寂寞	林靖	文坛6:2(香港)		李魁贤编目
里尔克	里尔克、纪德来往书简	叶泥	青年战士报.诗队伍	1965	李魁贤编目
里尔克	豹	余光中	蓝星诗页9		叶泥文章
里尔克	第七夜	哥翰	星岛日报(香港)		叶泥文章
闻喜	德国诗人——里尔克		人生杂志(香港)		叶泥文章

诗歌课堂

俞铭传和他的《拍卖行》

——《40年代诗歌选读》讨论课之一

时　间:2006年12月27日

地　点:北京大学中文系

参与者:北京大学中文系现当代文学研究生

主　讲:李　斌

李斌:俞铭传,1915年出生在安徽省南陵县麟谭村一个地主家庭。一般人对这个诗人不大熟悉。杜运燮40年代中期跟他同在西南联大外文系读书。杜运燮1997主编《西南联大现代诗抄》,收俞诗16首,可谓相当推崇,但在简介中也只写了生卒年不详的字样。闻一多《现代诗抄》收其诗7首,比例很高。从他们的看重中可以推知这个诗人非等闲之辈,但为何后来在文学史中不出现了呢?初步推测有一个事件对他没有进入文学史有着决定性的影响,那就是《人民日报》1951年12月1日第三版的文章《北京大学副教授、共产党员俞铭传包庇反革命首恶被开除党籍》,这个反革命首恶是他的哥哥俞鼎传,是安徽省南陵县一个恶霸地主,土改时被抓,俞铭传给当地干部写信企图使他们对俞鼎传从轻发落,但没有效果(俞鼎传被处死),自己也因此被北大校务委员会开除党籍,在《人民日报》上公开检讨。在这个事件之前,俞铭传还颇受重视,1949年解放军进城后还被军事管制委员会任命为北大校务委员会几个常委之一、北大讲师助教联合会主席、中国教育工会北京市教育委员会办公室主任等职。此后大概在北大也待不下去了,调到外文局,后来又去河北师范大学工作,连哪年去世的学界都不知道。

现在我能找到的俞铭传诗集只有一本1945年10月由北望出版社出版的《诗三十首》,以及1947、1948年在《文学杂志》上发表的《溜冰场》、《最后的一代》、《悼闻一多师》三首,解放后未见有俞铭传的诗作发表，只是1963年编著了一本《欧文》，收入外国历史小丛书，1981年与王振昌合作在《河北师范大学学报》（外国语文专刊）第1期上发表过《英诗的格律和韵脚》。可见跟大多数作家一样，1949年后俞铭传走上了学者道路。无论是《欧文》还是《诗三十首》，俞铭传既没有写序，也没写后记，除了上面提到的《人民日报》外，其他地方也未见其关于新诗看法的论文以及有关其生平的零星材料，倒是姚丹老师的《西南联大历史情景中文学活动》一书提到俞铭传，并说他1942年考到西南联大外文系，之前在武汉大学念本科。孙玉石老师的《中国现代派诗潮史论》一书中"俞铭传"三个字出现一次，认为他属于30年代的现代诗派，大概他30年代发表过很多诗作。从《诗三十首》也可以看出，他30年代诗的风格和40年代是不同的，姚丹老师说他的诗歌有两种风格，一种是和杜运燮相似的表现个体与现实紧张关系的"都市感"，一种表现了更多的乡愁，并认为后一种或许更有意味一些。姚丹老师没有指出前一种风格基本上是他40年代诗作中才出现的，表现乡愁的诗作在40年代几乎没有，而且我觉得"乡愁"二字大概还不能准确表现他30年代诗作的特征，这里我就不深入下去了。这两种诗风在时间上就是以我们今天讨论的《拍卖行》作为分界点。

吴老师给我们提供的《拍卖行》这个版本来自杜运燮的《西南联大现代诗抄》，而杜运燮的这个版本是从《诗三十首》中来的，我没有查到《拍卖行》最初发表时的情况，只是闻一多的《现代诗抄》所收的这首诗跟它在《诗三十首》中的情况有些出入。《诗三十首》印刷得不大好，纸张很差，错别字也不少，所以我觉得《现代诗抄》的版本更有参考价值。在《现代诗抄》中，第2节每行末尾都是"；"，第3节的2、4、6行后都是"；"，第4节第1行后是"："，4、5行后有"，"，7行后面为"；"，8行后面为"："，第5、6两节合为一节，第2行后面为"？"，第3行后为"。"。只是有一处我有些怀疑，《现代诗抄》中的"Manet"是用汉译的"马奈"，我觉得照俞铭传的习惯，他会直接用英文的。我下面的解读主要用《现代诗抄》的版本。

我想疏理一下诗歌的语义脉络。"拍卖行"，在朱自清日记中多次提到：1943年1月5日，"晚到拍卖行"；2月25日，"到拍卖行取回皮袍等”;5 月 13 日,“到拍卖行”。上次讨论的联大诗人王佐良的《诗两首》中有“而嘴唇又薄又阔,像一张/拍卖行长开的旧唱片”的句子,可见拍卖行在联大师生的生活中是常常出现的。

第一节出现了“潘彼得”这个典故,这三个字来源于一本书的名字,那就是梁实秋于 1929 年 10 月在新月书店出版的译著《潘彼得》。叶公超在序言中说,这本书是英国作家巴利 1911 年出版的,是在《潘彼得》或名《一个不愿长大的孩子》的戏剧的基础上写成的一个童话故事,原剧二十多年来在伦敦和纽约每年冬天的圣诞前后是必演剧目。在戏剧界和一般小孩的想象中,该剧已经成了圣诞的一部分,就是莎翁的名剧也没有这剧受欢迎。叶公超解释这本书的主旨时说:“这剧的目的是要表现宇宙间那种永在的儿童精神;所以潘彼得就是永恒的象征;他重新提醒我们,这世间的主人还是青春的大地和童儿的幻梦;生长,无论在任何生活中,委实不过是一条日暮的穷途,一处天演的悲剧。”该诗的“潘彼得的梦”大概就是永远生活在童年之中而不愿意长大的愿望。

第二节很好懂,我以为可以跟第三节联起来看,“王昭君还在依恋汉宫吗?”点明了前面所写这些人物,都是从战前的中国的中心地区流落到大后方的。而这些“曾经”引出的“的”字短语,囊括了流落到大后方的各种人物。

“芝加哥的屠场”,芝加哥在 20 世纪初是美国的肉类加工厂,大批的牲畜主要是牛都是先运到芝加哥屠宰,然后销往各地,人称“芝加哥屠场”。“芝加哥屠场”在文学上的最初知名是在辛克莱的《屠场》一书中,该书就是以“芝加哥屠场”为背景反映美国资本主义的剥削的。该书 1929 年由易坎人翻译成中文在南强书局出版,对左翼作家影响很大。但我觉得这里恐怕更直接地来自海明威的《永别了,武器》。朱自清日记 1943 年 9 月 4 日写到“还给杨海明威的书”,这证明海明威的书在联大流行,外文系的研究生俞铭传很可能看见。海明威的《永别了,武器》第 29 章写道:“我一声不响。我每逢听到神圣、光荣、牺牲等字眼和徒劳这一说法,总觉得局促不安。这些字眼我们早已听过,有时还是站在雨中听,站在听觉达不到的地方听,只听到一些大声喊出来的字眼;况且,我们也读过这些字眼,从人们贴在层层旧公告上的新公告上读到过。但是到了现在，我观察了好久，可没看到什么神圣的事，而那些所谓光荣的事，并没有什么光荣，而所谓牺牲，那就像芝加哥的屠场，只不过这里屠宰好的肉不是装进罐头，而是掩埋掉罢了。有许多字眼我现在再也听不进去，到末了，只有地名还保持着尊严。还有某些数字和某些日期也是如此，只有这一些和地名你讲起来才有意义。抽象的名词，像光荣、荣誉、勇敢或神圣，倘若跟具体的名称——例如村庄的名称、路的号数、河名、部队的番号和重大日期等等——放在一起，就简直令人厌恶。吉诺是个爱国者，所以有时他讲的话叫我们彼此之间产生隔阂。"它的意思是说战场像芝加哥屠场，士兵们像牲畜一样被运到战场等待宰割，这种情况令海明威很反感。而所谓荣誉、光荣等支持战争的口号不过是令人作呕的谎言，这样一来我们就明白了"那边"实际上是指的战区，"哔叽"是用精梳毛纱织制的一种素色斜纹毛织物。呢面光洁平整，纹路清晰，紧密适中，悬垂性好，以藏青色和黑色为多。适用作学生服、军服和男女套装服料，所以"哔叽的纵队"大概指普通士兵，"皮革的纵队"指有着较高政治地位的人，"绸缎的纵队"大概是指那些从事文职的帮闲。Manet 是 19 世纪法国著名画家，他的《草地上的午餐》大家大概都见过，画中有一个裸女和三个男子，主色调为绿色，阳光透过青青的树叶，洒落在丰满的人体上。为了色调的和谐和明快，在远景处安排了一个白衣女子。可以看出他的特点并不在于题材和情节的描写，而是注重色彩和色彩的和谐，所以后来人们称他为印象派画家。这句话是说这些纵队衣服的颜色奇奇怪怪，说不出名字来。"torsi"是"torso"的复数形式，中文意思是人体的躯干或躯干雕塑像，下面排列了四个意象，酿造成都市的氛围，torsi 后面是冒号，这"都市的氛围"构成了躯干，那各种纵队则成了"脖子"的装饰，这脖子和躯干构成了屠场上一只待宰的牲畜。整个这一节诗意地表达了战争中城市的虚假繁荣、军队的等待屠宰。

"它们已经失去了处女的颜色"呼应"以往的日子乃是潘彼得的梦"，费解的是下面这一行："它们果真失宠了呢，还是战争消瘦了的恩人?"这种句式一般来说是肯定后者，问题在于怎么理解"战争消瘦了的恩人"，我想先看最后两行，再回过头来看这句。姚丹老师认为"失宠的尤物"的命运取决于"门楣上的收音机"传来的战争的消息，这固然可备一说，但我认为重要的意象倒不在于"收音机"，而在于最后一行出现的算命的吉普赛女人，这个意象显然是来自艾略特的《荒原》。《荒原》的第一部分《死者葬仪》中出现了著名的女相士马丹·梭梭屈里士(Madame Sosostris)。马丹·梭梭屈里士应该是梭梭屈里士夫人，出自阿道尔斯·赫胥黎的《克罗姆·耶娄》，小说中 Mr. Scogan 被女性抛弃，自愿成为算命者，他穿得像吉普赛女人，女扮男妆，取名 Sesostris。马丹·梭梭屈里士算命这几行在《荒原》里相当重要，在她牌里出现了腓尼基水手，带着三根杖的人(即渔王)，和"那被绞死的人"(即耶稣)，这些人物在诗中反复出现，耶稣和渔王一样都是主繁殖的神。这个卦象呈现出的是"水里的死亡"，"水里的死亡"是这个世界成为荒原的象征。

通过吉普赛女人算命这一意象，《拍卖行》和《荒原》建立了关联。我认为《拍卖行》描写的就是一个"荒原"，跑到大后方的各色人物失去了以往的生机和活力，"它们已经失去了处女的颜色"，前线却又是一个屠场，将军、士兵、政客都等待宰割，这个世界面临死亡。人在这样的荒原中已不再是"人"，诗中把本该用"他们"的地方一律用"它们"就是一个例子。但果真就沉沦下去了吗？"它们果真失宠了呢，还是战争消受了的恩人"，评论家对《荒原》中马丹·梭梭屈里士算命那几行的理解存在分歧，有人认为终结的情绪比较严重，但也有人认为死亡可以再生。我觉得俞铭传倾向于后一种理解。显然，他对自己诗中的"荒原"也并不完全绝望，也许战争能够使这个世界再生，但这一行未免突兀，它不借助意象来呈现，也使人看不出再生的理由何在。

我从该诗最后的吉普赛女人算命想到《荒原》中的同类意象，并以《荒原》作为参考文本来解读《拍卖行》，有一个重要的原因，就是我在阅读俞铭传诗歌时，发现它们在许多方面跟艾略特诗歌相似。就拿这首《拍卖行》来说，除了这个算命的意象外，"梅毒"也是艾略特诗中出现过的意象，艾略特的《小老头》中有这样的诗句："那个犹太人坐在窗台上，他是屋主，/是安特卫普的某一家小酒楼里出世的，/在布鲁塞尔长上了疮，在伦敦稍加调理又脱去/了一层皮。"这个"疮"就是"梅毒"

导致的。同时我们看“汽车，脂粉与香水”和“梅毒”酿造的都市的氛围跟艾略特诗中鄙俗、空虚、淫乱的都市如出一辙。除了意象外，艾略特诗以大量的用典和在同一首诗里使用多种语言而著称，俞铭传也有这个倾向。我之所以不同意闻一多《现代诗抄》版本把“Manet”写成“马奈”，跟在俞诗中大量直接引用外国人名有关系，比如他诗中的“Freud”、“Mephistophleles”、“Pandora”都直接使用英文。除大量用西洋典故外，他还使用中国的文史典故，比如这首诗里的王昭君。俞诗的用典在许多地方是失败的，他不像艾略特的典故那样能承载复杂的思想内涵，比如这首诗里的“Manet”，我以为对这首诗的生成毫无帮助，有炫耀才学的倾向。除上述之外，还有一个重要的原因，俞铭传在其他诗中也表现出“荒原”意识，譬如他 1944 年 6 月写的《黄金国》里面就有这样的句子：“五岳山上的松柏/不青也不黄；/稻麦一代又一代/田里的元气都已拔光：/为着土质的肥沃，/需要一次洪水的泛滥。”还有 1943 年 12 月写的《马》，他以马象征中国，在写了五百年前它们的辉煌后，最后一行写道：“五百年后它们的背上会不会生长驼峰？/五百年后它们的子孙会不会发掘恐龙的梦?”这其实就是对中国变成“荒原”的一种担忧。

我现在能找到的俞铭传的诗虽然不多(40 首左右)，但他的风格比较多样化。他这些对艾略特进行模仿的诗，我认为是新诗人中跟艾略特跟得最紧的一个，正因为这样紧，虽然也和抗战中国的现实结合在一起，具有新诗中难得的深度和广度，但我个人认为，恰恰是那些摆脱艾略特影响的诗歌，才能代表他诗歌的水准。随便举个例子，《空袭》最后几行是这样的：

> “以后可要小心，
> 听说他们已有大批的毒瓦斯运到。”
> “没有防毒面具，却能把手帕浸上小便
> 做一个临时的口罩”
> “哈哈，那才好看！
> 炸弹一响，
> 山头上挤满了男男女女，

个个都解开裤子来屙尿!”

我以为这绝不是油滑,而是以一种民间的幽默表现了对战争的最大蔑视,维护了个体在战争异化面前的尊严。

同时我认为姚丹老师所认为的那些乡愁诗也有很高的水平,这些在《诗三十首》里都有收录,我就不一一列举了。

最后我想再次申明自己的判断,俞铭传是现代文学史上难得的重要诗人。

吴晓东:这首诗在语义上其实不是很难懂,但是它背后涉及的互文性的知识背景,李斌总结得很丰富,对几个核心的意象,如"潘彼得"、"芝加哥的屠场"等他都挖掘得较为清楚,再如关于"吉普赛女人"和《荒原》的互文的解读。李斌还从朱自清的日记中了解到当时的读者从海明威的《告别了,武器》中也引出一大段关于"芝加哥屠场"的文字,他对整个诗歌意象涉及的当时历史语境或者是诗人所处的历史语境或者文本语境,提炼得比较丰富,这样就让这首我本来觉得有些简单的诗在与文本、历史语境的结合的过程中,解读起来有了复杂性。对俞铭传这个我们不太熟悉的诗人,李斌也找到不少关于他的生平和简历的资料,这个功夫下得很好,从中也反映出李斌进入历史语境的能力比较强,比如我比较感兴趣的是他翻朱自清日记,从朱自清日记中看到三处写道"晚到拍卖行","到拍卖行取回皮袍",然后又"到拍卖行",都涉及"拍卖行"意象,"拍卖行"也的确像李斌说的那样是40年代当时的诗作和其他体裁的文本中经常出现的意象,这和战争中的贫困相关联,所以"拍卖行"构成了当时的典型意象,所以像朱自清日记中涉及的"拍卖行"意象对于还原战争状态下的生存景况是非常有帮助的。

我先提出这首诗语义方面我自己的几个困惑:一个是"芝加哥的屠场"的意象,我觉得李斌找到了辛克莱的《屠场》1929年的中文译本,还谈及《屠场》对左翼作家的影响,这个资料非常好,接着你又提到海明威小说中的"芝加哥的屠场"。就我个人感觉,可能主要是辛克莱的小说《屠场》直接生成了《拍卖行》这首诗中的"屠场"意象,而海明威在《永别了,武器》中涉及的"芝加哥屠场",虽然和战争更相关,但其寓意是不是有些艰深了一点?一般人是不是能从这里面撷取到所谓典故的来源？这是一个问题。另外《拍卖行》中“那边却是芝加哥的屠场”一句，你在解读的时候指涉的是现实中的战争和战场，但是在这首诗的具体语境中是不是指拍卖行里挂着那些皮革之类的制品的角落与空间？还有一个问题是诗的倒数第三行，“他们果真失宠了呢，还是战争消瘦了的恩人”，我觉得你在这里功夫下得比较好，但我觉得“战争消瘦了的恩人”这一句从语义上还是很难理解。这首诗我一直搞不明白的就是这句，“他们果真失宠了呢”好懂，但“还是战争消瘦了的恩人”不好懂，为什么说他们是“恩人”？从这两句的语义和句法结构上看，“恩人”的主语是“他们”，显然指拍卖行中各种各样的物品，但这些物品为什么成了“战争消瘦了的恩人”，我还是搞不懂，希望一会儿讨论的时候大家各抒己见，提供一个更好的解释。还有一个问题，就是“吉普赛女人”这个意象，你找到了《荒原》的资源，我觉得这点是相当不错的，但是“吉普赛女人”在当时是不是还属于一个比较普泛的意象？我们一般都说吉普赛女人会算命，那么从这个意义上来讲，《拍卖行》中的“吉普赛女人”是不是一定和《荒原》有直接的联系，或者说是直接从《荒原》里搬过来的意象？这点也可以再讨论。

总起来说，李斌的解读让我很高兴，因为我本来对这首诗比较失望，觉得它的语义不是特别复杂，但经过李斌一解释我觉得这首诗背后的语境其实还是有它的历史丰富性的，或者说历史和文本语境的结合的过程中生成了丰富性，让我觉着这首诗选的还算可以。谁先来谈谈？

袁一丹：其实我对这首诗的解读也主要是从两个典故出发，一个是“潘彼得的梦”，一个是“芝加哥的屠场”，出处我找到的跟李斌一样。“潘彼得的梦”我也是用梁实秋翻译的1929年新月版的《潘彼得》，“芝加哥的屠场”，我主要依据的是辛克莱的《屠场》，是易坎人1930年翻译的版本，虽然我觉得李斌对其出处的指点我是认同的，但它们在这首诗中贯穿起来的意思，我可能是一个完全不同的解读。我先从俞铭传的《诗三十首》这个集子里来看一下《拍卖行》的位置，因为俞铭传的《诗三十首》虽然没有序言或者跋语，但是它的编撰显然是很有用心的，因为除了30首之外诗集中其实还有“外五篇”，俞铭传为什么把那五篇拿出去，我觉得《诗三十》是想对应“诗三百”，所以才有这样一个题目，并且他在每一首后面都详细注明了写作的时间和地点，第一首是在武汉大学所谓的珞珈山期间的创作，然后俞铭传南下，通过汉口、四川，最后抵达昆明从事教学。这些从诗后所注的内容中可以看得很清楚。但是这首《拍卖行》的特别的地方在于，诗后注明它是 1943 年 11 月 1 日在昆明作的，这是俞铭传到昆明以后的第一首诗作。但从它收录的情况来看，我不能判断这是不是他在昆明创作的第一首诗，但至少是诗集里到达昆明后的第一首。为什么我要强调这一点呢？因为“拍卖行”的意象确实是昆明当时整个的城市氛围的一个缩影。他经过一个人南下的漫长过程，把对昆明的第一观感浓缩在《拍卖行》里面。我想先念一下这之后的一首诗，是写他南下后对自己心境有所隐喻的《手捧》：

手捧一方宝石，
胸悬一串珍珠，
异教徒头顶白杨的冠
（缅怀古代的希腊）
仿效苦行僧
赤着脚去朝拜圣地。

特别是后面两句：“仿效苦行僧 / 赤着脚去朝拜圣地。”给我的感觉是俞铭传南下昆明实际上有一种朝圣的心理，但是他在昆明看见什么了呢？他写道：

第二天天明
他在城门口
（仰望隔夕的云霞的城楼呵）
发现那座静穆的雕刻
（是不是 Erato 呢）
已被赋予了温暖的血。

他要朝拜的想象中的昆明和实际上的“拍卖行”所代表的已被金元和法币所包围的充满了资本主义气息的昆明肯定是很不一样的，所以我觉得他写这个“拍卖行”其实也表明了他南下时的心情和昆明的现实的碰撞，于是他选择这样一个现实中的昆明的着眼点来反映他当时的心情。然后我跳到他《诗三十首》的最后一首《信》，可以说是对他八年心境的一种总结，其中几句引起了我的注意：

> 鞋底下消磨掉八年的别离，
> 短短的八行收集了千百卷演片！
> 年老的死了，孩子们长得像成人，
> 我们已经忘记自己的年纪。

然后是最后一段：

> 百忙中学会了抽烟，学会了喝酒，
> 还要借斗牌的紧张来解闷排忧。
> 童年的想象碰着了中年的石壁，
> "人散后，一钩新月天如水。"

有三句是我要强调的，一句是"年老的死了，孩子们长得像成人"，一句是"童年的想象碰着了中年的石壁"，从这里我重新想起了潘彼得的梦。《潘彼得》前面有叶公超的序，刚才李斌已经读了，但是为什么潘彼得的梦出现了两次呢？"以往的日子乃是潘彼得的梦"，然后中间夹着一大串的"曾经"怎样，然后再是"以往的日子乃是潘彼得的梦"。《潘彼得》的另外一个题目是《一个不愿长大的孩子》，也容易使我联想到我刚才念的"孩子们长的像成人"，"童年的想象碰着了中年的石壁"。但是潘彼得的梦怎么跟女人的饰物，也就是拍卖行里的宝石或者所谓的"失宠的尤物"联系在一起呢？这个不知道，李斌只是疏理了这个语义，很难贯穿，李斌省略掉的叶公超的一段序文很重要。他说："所谓的潘彼得，就是永恒的象征，委实不过一个字母，这世间的主人还是青春的大地和童儿的幻梦；生长，无论在任何生活中，委实不过是一条日暮的穷途，一处天演的悲剧。"紧接着叶公超还有一段话："这句话大概对于新旧的女子都无须十分解释，虽然多半的女子仍情愿拿她们前半生的艳丽去掩盖她们生长的表记，当然，这也不能不说是男子的罪恶。"就是说，女人跟孩子有一个相同的地方，女人用这些饰物来装饰自己，其实是想停留在童话中，一个不愿长大的梦想，拍卖行的这些饰物,无论是衣服也好,还是宝物也好,用来装扮自己的时候无非是想要留住自己的青春,所以潘彼得的不愿长大的梦其实有一种贯穿的作用。

关于"芝加哥的屠场"意象,我同意吴老师的观点,是来自于辛克莱的《屠场》,对"屠场"的解释一般会认为是对社会主义的一个宣传,就是揭露无产阶级所遭到的压迫等等。这是我翻的大英词典的解释。大英词典说《屠场》是无产阶级的小说。《屠场》的写作确实是辛克莱受《社会主义周报》委派到芝加哥去调查屠场情况,这本小说也是当时所谓的黑幕揭发者,揭发资本主义内部工厂的一些剥削情况。当时人们的确是这样接受它的,但是它的确像一个纪实小说,辛克莱在故事中写一对移民工人——一对年轻的夫妻,从立陶宛来到美国芝加哥,抱着对美国的幻想,到芝加哥屠场工作,遭到剥削后梦想的一个失落过程。移民主人公来到屠场后,小说的这样一段话引起我的注意:休菲斯把工作看得很容易,因为他还年轻,别人告诉他在那芝加哥屠场上有一些人负伤的故事,这些故事都是令人惊心动魄的,但主人公只是付诸一笑,他到这儿还年轻,他是一个魁伟的大汉,浑身健康洋溢着,一个人会零落,他想都想象不到。小说后面又提到说这个主人公像一个孩子,是一个乡下来的小孩子,是工头所喜欢找的一类人。这样一个年轻的移民工人,抱着打拼的愿望,像个孩子一样,但是他选择落脚的地方却把他童年的梦给破灭掉了,所以在我看来,"芝加哥的屠场"和"潘彼得的梦"背后都隐含了俞铭传自己带着一个朝圣的心理来到昆明以后所遭遇到的昆明的现实,像沈从文在《怀昆明》中也提到当时昆明的现实确实有一个让人失落的过程。所以《拍卖行》表面上写一个比较外在的东西,类似一个讽喻诗,却有一个自叙或自传的因素在里面,虽然这种自叙因素潜藏得很深。表面上俞铭传是用典故,"潘彼得的梦"和"芝加哥的屠场"的典故,也包括王昭君出塞的典故,"还在依恋汉宫吗?"昭君出塞实际上也是一个迁徙的过程。这是我对这首诗的理解。还想提供的是,俞铭传的这个诗集虽然没有序,但是在扉页上有两段十分有趣的外国人的评论,一个是 Robert Payne,一个是 Herbert Read。第一个人物是谁没有查到,第二个人物写过 *Forever China*,译成《永远的中国》,是日记体,他对俞铭传的诗有一个很高的评价。这个英文日记我没有仔细去看，但感觉到俞铭传在昆明时跟当时一些到中国战地来体验的外国人有很深入的交往，那些外国人有可能已经看到了俞铭传的诗作，才可能做出这样深入的一个评价。第二个人的评论说："他的诗好像敦煌石室中的壁画。他们闪耀着光彩，而且往往具有凶猛和壮丽的素质——这种凶猛和壮丽，乃是历代中国诗中所不常见的，现代的中国诗中尤其罕有"，评价都是比较高的，我怀疑它是出自《Forever China》，但该书是英文的，而且没有目录不好检索，所以我没有查到。

陈帅锋：我问一个问题吧，第四段的"那边"指哪一边啊？

吴晓东：这个"那边"刚才李斌说指的是战场，我的意思还是应该局限在拍卖行空间内部的某个角落——挂着皮革制品或者是哔叽或者是绸缎制品的角落？

陈帅锋：所以我觉得，刚才袁一丹师姐说她能够看出作者去昆明后的那种失落感，但我没大读出来。这首诗给我的感觉就是作者在拍卖行里看见很多东西，给他以中国古诗的"旧时王谢堂前燕，飞入寻常百姓家"的感受。虽然没有飞到百姓家去，但是飞到拍卖行里来了，这是一种人生的感叹，他在想这些古物、旧物的经历，隐约有一种伤感，有一种惆怅，但并没有对昆明城市的感觉。

袁一丹：我觉得"那边"是"芝加哥的屠场"，那个"屠场"是在芝加哥城市里的一个很龌龊的角落，昆明跟拍卖行与芝加哥跟屠场是一个对应，拍卖行也被看成这个城市的一个藏污纳垢的一个角落吧，我是这样理解的。

陈帅锋：我觉得他这拍卖行拍卖的东西不一定是从昆明来的。

袁一丹：我没有说从昆明来的，我说"那边"体现了一个位置感，芝加哥的屠场和昆明的拍卖行是对应的。

吴晓东：这里的"芝加哥屠场"肯定有它的讽喻意味，也是可以联想到战场啊、屠杀之类的。但是从具体的语义来看，还是借用了"芝加哥屠场"的文本深度，这里宰了很多牲畜，所以制成了很多皮革的制品。

袁一丹：还有就是《屠场》的封面它是一个铁丝吊着一个被解剖的鸡，跟一个铁丝下面吊着衣服是有关系的。

吴晓东：这是一个很关键的发现。

陈帅锋：刚才吴老师说做成皮革，但是哔叽等呢？

吴晓东：屠宰出来的皮、毛都可以做成衣服的。（学生笑）

学生甲：屠场它是临时建的，屠宰出的牲畜就是一个个挂着的。

袁一丹：对，就是挂着的那种感觉。

学生乙：像衣服架子那样。

彭春凌：我想先说一下吴老师提到的两个问题，一个是"战争消瘦了的恩人"，确实是一个很有意思的问题。刚才我也想了一下，从中我感觉好像人对物是有情的，人是拥有物的，诗中写的是物的有情，你看前面那个"曾经在香艳的嘴唇上亲吻的／曾经与女人的手指同谋的／曾经随着蜜蜡的胸脯而起伏的"，一系列"曾经"的主语都是物，都是物跟人的关系，"在香艳的嘴唇上亲吻的"，肯定是宝贵的东西，而跟手指同盟的肯定是戒指，胸脯上起伏的肯定是项链的吊坠，所以这里面实际上在写一种物的有情，从修辞上看是一种拟人，从表达上看是一种情感，所以这里面诗人会用"战争消瘦了的恩人"。还有"吉普赛的女人"，我同意吴老师的判断，这是一个普泛性的意象，不一定特指《荒原》里面的那个意象，而这里面实际上是有一个最大的落差和悖论的，因为吉普赛女人本身就是一种命运无所归依的代表，她们是永远流浪，不知道归宿在哪里的代表，而算命又表达的是命运的确定性，所以命运的无所归依和要去算命之间有一个落差，恰恰构成一种现代的悖论。关于"那边却是芝加哥的屠场"，我同意大家的判断，更可能多来自辛克莱的小说《屠场》，这部小说大家关注的都是阶级与人的命运的主题，但这部书却是影响美国20世纪的十大小说之一，它的影响力到底在什么地方？小说主要揭露的是芝加哥的屠场的肉很脏，用全世界的死耗子肉啊等等做成香肠，以至于美国总统罗斯福都不敢吃香肠了。正因为这部小说的揭露，美国政府通过了一个《食品卫生法》。小说让我想到的是，20世纪早期正是美国资本主义的一个非常繁华的时期，在一个经济欣欣向荣，人们都对未来充满期待的时候，恰恰是一个藏污纳垢的时候，比如说假冒伪劣商品啊，人和人之间的欺诈啊，贪污腐化啊，什么都来了。整个是美国20世纪早期的状况的写实，跟我们现在的状况有些相似。所以"那边却是芝加哥的屠场"，以及最后一句"酿造着都市的氛围"，映照出的是都市的氛围与人的丑恶关系。我觉得这首诗是在抗争爆发后写的，按理说，历史的动荡总是会产生一些感怀自己的身世凭吊过往的没落的贵族，即庾信的《哀江南赋》所反映的传统。但这首诗，也包括40年代大后方的诗歌里面比较少看到这种对衰败的贵族精神的凭吊，抗战开始之后的诗歌我感到的还是血与泪，愤与恨，战火硝烟，冷嘲热讽，这是战后诗歌的一个特点，而不是文明堕落到极点的一种无可奈何。正因为有血和泪这样一种氛围的存在，让我感到40年代的历史还是有生气地继续往前走，因为没有生气地往前走的话，它真的就是没落贵族的精灵，就像白先勇的《台北人》，只能写没有生气的没落的贵族，只能是凭吊过往。但这首诗里没有，40年代的诗歌里都没有这种凭吊感，给人以历史是有希望的还在继续往前走的这么一种感觉。所以这跟古代传统的凭吊诗以及白先勇的创作有很大一个反差。这可能就是我们理解的抗战之后的历史，一方面是黑暗性，另一方面又存在希望。包括《食品卫生法》的通过也同样预示着社会在进步。我们今天的社会，也给人一种历史继续往前走的感觉，这是我的一个看法。

李春："芝加哥的屠场"，我觉得不一定就像你说的包含希望的意思，我记得这个小说里面好像有一个情景，写屠宰工人的手被弄断了掉进肉里面，就做成腊肠卖给人吃掉了。这部小说对当时中国知识分子特别是留美的学生影响是很大的，徐志摩就写过资本主义的黑暗，在很大程度上也是受到这小说的影响。关于《拍卖行》这首诗呢，我很喜欢，觉得它的意义和感情有一种多重性。我自己建立了一个解读的结构，认为俞铭传通过拍卖行描写一种物的命运，我把这首诗分为三部分吧，"那边却是芝加哥的屠场"之前是一部分，中间的一节是一部分，最后两节是一部分，刚才李斌好像说最后两节应该是一节。第一部分写以往的日子，所谓的"曾经"怎样，对以往还有所依恋，诗人就写了那些物过去的存在方式，实际上也是写人们过去的生活方式，接下来"那边却是芝加哥的屠场"，就把目光转向了当下，进拍卖行是这些物现在的存在方式，等待拍卖行来决定它们的命运，所以我们就很容易理解下面这两句："它们已经失去了处女的颜色。它们果真失宠了，还是战争消瘦了的恩人？""它们果真失宠了"是放弃了过去的生活方式，物被交给拍卖行来决定命运,“还是战争消瘦了的恩人”,因为这些物过去带给了我们很享受的生活,但是战争使得我们必须抛弃它们,所以这个物是应该由拍卖行来决定它们的命运呢?还是因为战争而不得已要抛弃它?作者最后也不能给出答案,所以最后两行有一个戏剧性的结尾,说战争也不能决定它们的命运,最后只有交给吉普赛女人来给它算命。诗人写的是一种物的命运的转化,过去怎样现在怎样,实际上显示了我们的生活方式的变化。我觉得文本意义可能是多重的,比如“芝加哥的屠场”可能指的就是现实社会的黑暗。又比如“潘彼得的梦”,我记得好像在心理学著作中看见这样一个名词:潘彼得综合症。概括的是那种有孩子气,不愿长大,不敢承担责任,不愿面对困难的人,比如说顾城好像就有潘彼得综合症。所以这首诗表达了很多种东西,有一种多重的指向。我大概就是从结构上来理解这首诗。

陈艳:对俞铭传,不讨论这首诗我还不知道他。主讲人说有关他诗歌的评论很少,确实。但1947年4月20日,天津《大公报·星期文艺》有他的一篇《现代英诗漫谈》,是他翻译的一个序言,但可以反映他的观点,比较偏于现代性。这首《拍卖行》则反映了俞铭传在《诗三十首》之前后还是有一个变化。在《拍卖行》之前是一首落款“1941年冬白沙”的诗,中间隔了两年没有写诗。我认为《拍卖行》之前的诗歌还是比较唯美的那种,就像他后来自己在《一个小孩》里说的那种:“水仙花染了摩登女郎的习气,/坐在水滨顾影自矜。”其实就蛮有唯美味道的,虽然他自己在《山风》里说:“我却怕风雨不顾情面/闯入紧闭的窗户,/嘲笑我有一个太活泼的意象。”我当时注意到的就是这种活泼与跳跃的意象,这种中西意象的杂糅是他的一个特别显著的特点,就像《拍卖行》里的这一句“以往的日子乃是潘彼得的梦,/王昭君还在依恋汉宫吗?”所反映的那样。再如1938年的《为什么》:“为什么我的眼睛里/画着Epicurus的肖像,/开了一片人鱼酒店?/为什么江南失去了三千个暮春三月/都驻留在我的唇边”,都反映了非常明显的意象杂糅。这首《拍卖行》,刚刚袁一丹说诗人到了昆明很失落,我觉得这种失落有一种普泛性。当时很多诗人到了抗战时期,诗风都在发生变化,像俞铭传在《金子店》里就说“时代的现实,/打倒了释迦和耶稣,/还向亚里士多德吐着唾沫”。“以艺术和科学制造了方舟，/人们漂浮在洪水中/寻觅冷冰冰的金羊毛”，这是当时大多数人的感受吧。

袁一丹：提供一个细节，《潘彼得》里有一个类似乌托邦的永无岛，这跟现实中的芝加哥屠场形成对比。

陈颖男：诗人写诗通常都是运用先前看过的意象，而不是临时去翻书的，是以往看了书后，有印象，就用在诗里了。所以我觉得无论是“芝加哥的屠场”还是“潘彼得的梦”都表示一种虚指的存在，如果落到实处，无论说是笼罩着儿童精神，还是不愿意长大的心态，都可能太落实了。其实诗人不一定意识到这些东西。

吴晓东：我想顺着陈颖男的话说几句，我比较认同陈颖男的感觉，大家对“芝加哥的屠场”意象的原始材料的发掘，我觉得是很出色的，但是解诗的时候可能过多流连于辛克莱的“屠场”的语义。当然它的语义对于理解这首诗不是全无用处的，但我更同意陈颖男的意见，《拍卖行》可能只是借用了一下辛克莱那里来的“屠场”意象，在诗中用来指代拍卖行的某一个角落，所以对辛克莱的《屠场》不能做过多的联想阐释，否则可能会分散我们的注意力，这是我的感受。但另一方面，大家对“芝加哥屠场”的分析的确又很精彩，因为它的语义空间的确能够引发和生成这些内容。但怎样围绕这首诗的语义脉络来作更进一步的阐释，这方面的讨论可能还是不足。我个人对“拍卖行”这个意象空间很关切，因为这个空间既是战时的一个典型社会生活空间的反映，又构成了人们生存状态的一个空间性隐喻，同时它又有一种指喻意义，由此“拍卖行”既有现实感又有历史感。我觉得这样的意象空间比单纯的“古董店”更有丰富性，我们今天的现实中有很多古董店，电视节目中也常看到“盛世收藏”之类的栏目，但古董店里的古董跟拍卖行里的拍品承载的意义是不一样的，虽然它们都是器物。所以在这首诗里我进而关注的是李春、彭春凌等同学提到的物的含义。每个物都有它的命运，物在拍卖行中的命运其实还指涉了这个物的前尘、今生，甚至来世，在这个意义上它也比古董的意义更为丰富，所以说是物把《拍卖行》中的诗的意象串了起来。物占据了这首诗的主导位置，这首诗从头到尾其实写的还是物。关于物的意义分析，我想借助于本雅明的研究。有人认为本雅明关注的是现代都市空间中的各种各样的物，而且在物的现在中发现它的过去和历史。还有人认为本雅明擅长在物之上洞见所谓的大众记忆，我觉得拍卖行里的物其实就凝聚了一种所谓的记忆，既有普通民众的记忆，也有可能是贵族的记忆，如果物的前主人是一个贵族的话。所以拍卖行里的物关涉了各种各样的记忆的层面，也指涉的是各种人的命运。刚才李春也关注这种物的命运，这个视点跟我比较相似。但在这个物的背后呢，其实是一种历史感和现实感。包括陈帅锋提到的"旧时王谢堂前燕"的感受，也是物背后沉淀的历史巨变的沧桑感，类似的感兴，在诗中的"昭君"与"汉宫"的意象上都可以见出。同时从这首诗还可以看出战争时代使这些物的命运具有一种趋同的普泛性，即使曾经是王谢堂前的燕子，如今也只能飞进寻常百姓之家。所以命运的趋同性使我们既可能重现了古人的命运，也可能与西方人同命运，尤其是二次世界大战把作家的视野引向的是全人类的文明的成与毁。包括诗中的芝加哥屠场，马奈，其实指涉的都是一种趋同性，用今天的话说，是一种全球性的存在。所以物就变成一种普泛的意象，它指涉的空间就既触及了现实的处境，背后也有历史的沧桑，以及所有人的命运的偶然与无常。彭春凌提到从物背后能感到历史的跃动，所以拍卖行里的物绝不是古董行里的古董，古董的上面体现的是一种岁月的凝固感，好像岁月就静止在古董中了。但在拍卖行中，时间的三个维度都可能在这里交错，既有过去，也有现在，还有吉普赛女人预测的命运的将来。所以物的命运指涉的是现实和历史。这种诗的语义可能还是值得我们挖掘的，或者说是更有意思的。

（李斌整理）

（吴晓东附记：主讲人李斌同学在整理讨论稿时发现当初在课堂上讨论的《拍卖行》一诗中"还是战争消瘦了的恩人"一句在《诗三十》初版本中和40年代闻一多编选的《现代诗抄》中其实为"战争消瘦了它们的恩人"。我当初上讨论课时给同学们复印的《拍卖行》诗歌文本，用的是1997年出版的《西南联大现代诗抄》的选本，这一句中缺

“它们”二字,使我本人和参与讨论的同学们对这一原本应该没有什么争议的句子花费了很多课堂讨论时间。作为任课教师,我本人负有重要的责任,本应该选取最初的版本,至少应该在与初版本对校之后再提交给同学。这一教训可谓重大,警醒我在治学和教学上应该有一种严谨认真的态度,同时提示我们在研究和讨论现代文本时翻检最原始资料的重要性。特向参与讨论课的同学们和读者致歉。2010 年 2 月 5 日谨识)

附:

拍卖行

来自不同的门第的
一群失宠的尤物。
以往的日子乃是潘彼得的梦。

曾经在香艳的嘴唇上亲吻的,
曾经与女人的手指同谋的,
曾经随着蜜蜡的胸脯而起伏的,
曾经以神秘的团眼睛 (斌注:疑为“圆”,但原文为“团”。)
摄取欢乐的灵魂的,
曾经不分永昼与永夜地
用象牙的吸盘吮血的,
曾经藉浩渺的风云或苍老的松石
装饰着华丽的客厅的,
曾经任劳任怨地越过
千重山万重水的……
以往的日子乃是潘彼得的梦。
王昭君还在依恋汉宫吗?

那边却是芝加哥的屠场。
吊在铁丝的脖子上的

皮革的纵队，
哔叽的纵队，
绸缎的纵队，
还有使 Manet 的眼睛迷离的
说不出名字来的纵队，
还有羊毛与驼毛的 torsi：
汽油，脂粉与香水
以及梅毒的细菌
酿造着都市的氛围。

它们已经失去了处女的颜色。
它们果真失宠了呢，还是战争消瘦了它们的恩人？

且听门楣上的收音机：
吉卜赛的女人替它们算命了。

一九四三年十一月一日昆明

（选自俞铭传《诗三十》，北望出版社，1945 年 10 月，第 39—43 页。）

诗人俞铭传生平考

李　斌

闻一多先生1944年编《现代诗抄》,诗作被选5首以上的诗人有10位,其中俞铭传有7首被选,排在闻一多和冰心之后,郭沫若和田间之前,可见俞诗在闻一多先生眼中的地位。1997年10月杜运燮、张同道编选的《西南联大现代诗钞》出版,学生卷内收俞铭传诗16首,仅排在杜运燮、穆旦、郑敏、袁可嘉、王佐良后。无论是闻一多、冰心,还是袁可嘉、王佐良,学界都耳熟能详,唯独俞铭传,我们知之甚少,研究现代新诗的著述一般会提到他,多半只是一笔带过,仅有两处介绍较详,一处是上面提到的《西南联大现代诗钞》,其对俞铭传介绍如下:"俞铭传(具体生卒年不详),40年代毕业于西南联大外文系,曾先后在北京大学、国家外文局、石家庄河北师范大学工作。病逝于石家庄。"另一处是姚丹在《西南联大历史情景中的文学活动》一书中对俞铭传的介绍:"他是在武汉大学外文系读的本科,1942年才进入属于西南联大的清华研究院文科研究所读研究生。"这两段材料弥足珍贵,但对我们把握俞铭传其人远远不够。

文学史上有很多失踪者,多半是属于自然淘汰,俞铭传这位失踪者有些特别。1951年12月1日《人民日报》第3版"党的生活"栏的三篇文章是我们认识俞铭传的重要资料:第一篇题目是《中国共产党北京市委员会纪律检查委员会关于开除俞铭传党籍的决定》,第二篇题目是《北京大学副教授、共产党员俞铭传包庇反革命首恶被开除党籍》,第三篇文章是俞铭传写的检讨,题目为《关于包庇反革命首恶分子错误行为的自我检讨》。第二篇第二段对俞铭传其人其事介绍较详:"俞铭传是安徽省南陵县麟谭村人,地主家庭出身。现年三十六岁。武汉大学外国语文系毕业，清华大学研究院毕业。一九四八年三月混入中国共产党。解放后，曾任北京大学讲师、助教联合会主席，校务委员会常务委员，中国教工会北京市委员会办公室主任等重要职务。在皖南地区解放以前，他曾给他的大哥俞鼎传写信，怂恿他变卖土地，以逃避土地改革斗争；解放战争以后，又数次写信给他的大哥，叫他变卖农具什物，并数次动员他外出工作，以逃脱人民对他的制裁。"该篇文章接着谈到俞鼎传曾经杀害过干部群众七八十人，破坏污蔑土改。俞鼎传被捕后，俞铭传写信给地方政府替他大哥说情，无效，俞鼎传被处死。中共北京大学委员会该年 10 月 7 日召开党员大会，认为他是属于混进党内的异己分子。俞铭传被开除党籍，随后在《人民日报》公开自我检讨。（笔者注：北京大学校务委员会是 1949 年 5 月 4 日中国人民解放军北平军事管制委员会文化接管委员会平秘字 982 号文件通知北大成立的。当时指定以汤用彤为首的 9 人为常委，俞铭传以唯一一位讲师助教代表的身份列名其中。）

上述材料向我们提供了俞铭传的年龄、籍贯以及相关政治活动，但其生平大部分活动仍付阙如，幸好俞铭传有个习惯，他绝大部分诗作皆署时间地点，这可向我们提供其行踪的部分材料。现在已知的俞铭传最早一首诗是发表于 1930 年 3 月出版的《中学生》第 3 号"读者之页"栏的《我底脚上黏了一点黄泥》，署名是"立达学园初中二年 俞铭传"。可知他 15 岁时在立达学园学习。1945 年 10 月由北望出版社出版了俞铭传的《诗三十》，这是现在能找到的俞铭传唯一的诗集，收录他 1937 年 3 月至 1945 年 9 月诗作 35 首，诗作按时间排列，几乎每首后面都署有时间地点。第一首"一九三七年三月十日珞珈山"，第二首"一九三七年六月珞珈山"，第三首"一九三八年三月下旬东湖中学"，第四首"一九三八年四月八日汉口租界"，第五首"一九三八年四月中入蜀途中"，第六首"一九三八年四月二十一日宜昌"，第七首"一九三八年五月七日叙府"，第八首"一九三八年十一月十三日嘉定"，第九、十首"一九三九年三月二十二日乌尤寺"，第十一首"一九三九年十月泸州"，第十二首"一九三九年十二月镇子上"，第十三首"一九四一年冬白沙"，第十四首《拍卖行》，署"一九四三年十一月一日昆明"，最后一首署“一九四五年九月二十八日昆明”，此外除第二十二、二十三两首署“清华”、第二十五、二十七、二十八首署“马坊”、第二十六、三十四首署“云大”外，其他或未署地点，或署“昆明”。此处有几个地名需要介绍：1. 珞珈山，1932 年国立武汉大学从武昌阅马场东厂口迁到珞珈山，此后直到 1938 年春武汉大学西迁四川乐山。可知 1937 年俞铭传诗中所署珞珈山，即武汉大学所在地。2. 东湖中学，1935 年 7 月新的武大附中在珞珈山南麓创办，取名私立武昌东湖中学。3. 叙府，即宜宾。4. 嘉定，即今天的乐山，抗战时期武汉大学所在地。5. 乌尤寺，乐山境内，抗战时期与武汉大学仅隔一条大渡河，马一浮当时在此创办复性书院。6. 白沙，古镇，长江码头，地处宜宾和重庆之间。7. 马坊，昆明郊区，抗战时期云南大学理学院所在地。抗战胜利后，俞铭传在《文学杂志》第 2 卷第 3 期发表《溜冰场》，署“一九四七年一月北平”，该刊第 2 卷第 12 期发表俞铭传《最后的一代》，署“一九四八年二月北大”。被开除党籍后，未见俞铭传诗歌创作。1963 年俞铭传编著了一本《欧文》，收入外国历史小丛书。1981 年与王振昌合作在《河北师范大学学报》（外国语文专刊）第 1 期上发表《英诗的格律和韵脚》一文。

俞铭传在西南联大的情况，《吴宓日记》有相关记载，兹录如下：1942 年 10 月 29 日，“11—12 系中会商研究生俞铭传之修学范围”；1943 年 4 月 1 日，“请俞铭传文林晚饭（ $ 35）。偕访 Winter，见其倦甚，不久即归”（笔者注：Winter 系当时联大清华外文系教授）。4 月 12 日下午，“俞铭传来”。12 月 31 日，“下午俞铭传送呈年礼，计酱鸭一只，鸡蛋面二匣，绍酒二瓶。宓即持各物往赠沈来秋夫人，坐谈片时”。1944 年 2 月 20 日，“茅于美来，述俞铭传昨夕在昆中被盗事情”。2 月 21 日，“4:00 俞铭传来，述说失盗事。宓即偕同入城。中旅社留言催淑归。兴仁街 47 赵宅，见赵夫人。病卧。询知地址，乃至南屏街实业大楼二楼 205 室事务所，见赵凤喈律师。鸣岐。承蒙指示，并留饭。宓谢之，而宓请俞铭传君冠生园便宴（ $ 200），为讲 T. H. 外文系往昔情形。同步归，8:30 抵舍”。2 月 28 日，“T. H 送信，请发给俞铭传全津贴”。6 月 6 日，“俞铭传、李铿又相继来，谈多，颇倦。”7 月 11 日，“俞铭传来，坐谈移时”。9 月 22 日，“6—7 宓请水、宁，俞铭传及淑在园圃便饭,菜价遽已增,费 $ 1130)”。这几则材料可证明姚丹的俞铭传“1942 年才进入属于西南联大的清华研究院文科研究所读研究生”的说法属实。从吴宓三次请俞铭传吃饭、要求清华给俞铭传全津贴、带俞铭传见外籍教授、俞铭传过年送吴宓礼物来看,师生关系处得很好。

除此之外,我们还可以从抗战时期的相关材料中推知俞铭传的一些情况。1943 年 3 月 13 日,闻一多、曾昭抡、沈从文等 342 人在《昆明文化界关于挽救当前危局的主张》上签名,俞铭传亦列名其中,宣言主张成立民主联合政府,保障人民各项权益,实现军队国家化。4 月 10 日,俞铭传在《闻一多等昆明文化界人士为国民党取消文化工作委员会等组织致郭沫若顾颉刚的声援信定稿》上签名。8 月 14 日,在文化界 207 人联名发表的《告国际友人书》上签名,该文指出现实的问题是要民主,要团结,要彻底的胜利,呼吁国际友人共同支持中国人民建立新中国。12 月 6 日,在 298 人联名发表的《为十二月一日党政军当局屠杀教师学生昆明市各大中学教师罢教宣言》上签名,可知此时俞铭传已经毕业做教师了。1946 年 1 月 20 日,在一百九十余人联名发表的《昆明教育界致政治协商会议代电》上签名。1946 年 6 月 25 日,在闻一多起草的《为呼吁和平救灾号召万人签名运动》上签名,该文由“昆明市各界人士”签名,可知此时俞铭传尚在昆明。

杜运燮跟俞铭传同在西南联大读书,又同是新诗人,姚丹是研究西南联大文学的专家,他们有关俞铭传的介绍在没有可靠材料证伪的情况下,是可信的。综合上述材料,我们可以得出俞铭传的生平简历:

> 俞铭传,1915 年出生于安徽省南陵县麟谭村一个地主家庭,至迟 1930 年到达上海,在立达学园读中学,后就读于武汉大学外文系,毕业后可能在武汉大学附中东湖中学任教。抗战爆发后,于 1938 年 4 月从武汉启程沿长江入蜀,5 月到达宜宾,在四川辗转于乐山、泸州等地。至迟 1942 年 10 月已到达昆明,于西南联大清华研究院文科研究所就读研究生,1945 年毕业从事教育工作,1945 年 12 月由北望出版社出版诗集《诗三十》,1946 年 6 月 25 日尚在昆明,在昆明其间,积极参加昆明文化界的民主运动。至迟 1947 年 1 月到北京,1948 年 2 月前已到北大任教,1948 年 3 月加入中

国共产党,1949 年 5 月 4 日被任命为北京大学校务委员会 9 个常委之一,后来还担任中国教工会北京市委员会办公室主任等重要职务。因包庇作为反革命的哥哥俞鼎传,1951 年 10 月 7 日俞铭传被中共北大委员会开除党籍。同年 12 月 1 日在《人民日报》公开检讨,后来调到外文局工作,其间编著了一本《欧文》,收入外国历史小丛书,于 1963 年出版。又调至石家庄河北师范学院工作,1981 年尚与人合著文章。

访谈

母亲的坟墓是我的记忆

——日本诗人高桥睦郎访谈

访谈、翻译　田　原

田原:1959年,您在21岁出版的处女诗集《米诺托,我的公牛》的后记里记述到该书收录了您14岁以后创作的作品。能具体谈一谈您是从何时、且是在怎样一种状况下开始诗歌写作的吗?您最初的写作是读了别人的作品受到了启发,还是自发性地亦或本能性地开始的呢?

高桥:我的第一首诗大概是在上小学二年级的冬天老师布置的作业。从这层意义上讲是老师强迫的结果,也可以说是年幼时被寄养在姑姑家,长期积累的孤独感得到机会喷发所致。上了小学四年级以后,每天上午的两小时自习时间写下了大量的类似于童话的东西。写诗成为一种习惯是中学一年级冬天之后的事。总之,在贫寒和孤独中,语言应该是能轻而易举供我玩耍的唯一工具吧。

田:我第一次读到诗人谷川俊太郎为您的第二本诗集《蔷薇树、假恋人》写的序文时深受感动。那的确是一篇有质感的漂亮序文。这篇序文让我再次确信谷川俊太郎不仅是一流诗人,而且是一流批评家。稍后,在我又读到1965年40岁的三岛由纪夫为您的第三本诗集《睡眠、冒犯和落下》写的序文时,真的很羡慕您。三岛和谷川都是日本现代文学的巨擘,人和作品也将永远会被时间和历史记忆。谷川俊太郎为您写序时也不过30出头,当时,您和他是什么样的一种交往?这本诗集的序为什么不是别的诗人写,而是谷川俊太郎?

高桥:可能是在北九州上高中时,读的谷川俊太郎的诗集《二十亿光年的孤独》给我留下的印象太强烈的缘故吧。另外,还有一个原因,高二那年夏天，我把用铅笔写满了诗歌的笔记本冒昧地寄给了大名鼎鼎的诗人三好达治，没想到很快收到他恳切鼓励的回信，也许这也是对与三好的序文一起横空出世的诗集《二十亿光年的孤独》的作者产生亲近感的理由吧。大学毕业因肺结核病疗养推迟了两年，之后在东京的一家广告公司就职。参加工作的第二年，正准备出版诗集的时候，去当时号称前卫艺术根据地的草月会馆电影院看电影时，在观众席里发现了诗人谷川俊太郎，就鼓足勇气上前做了自我介绍。我恳请谷川能否看看我的诗稿，谷川让我把诗稿寄给他，并答应写序，这就是诗集《蔷薇树、假恋人》里谷川序文的由来。这本诗集出版后寄给了一些人，其中接到三岛由纪夫的电话。他请我在银座的高级中华料理店吃饭时说："谷川俊太郎的序文是不错，不过如果是我的话，我会用别的写法写。"正巧，当时我正好随身带着第三本诗集《睡眠、冒犯和落下》的书稿，我从挎包里掏出书稿说："如果您能拨冗赐序，将十分荣幸。"接过书稿的三岛随口道："因为是我主动想给你的书写序，你可不能送我点心啊。"十天后收到了三岛的序。接下来的诗集序文是由涩泽龙彦写的。现在仔细想一想，自己有着多么幸运的开始啊。尽管后来也有人把我嘲讽为(谷川+三岛+涩泽)÷3=高桥。

田：在与您的个人交谈中得知您的父亲在您出生不久就去逝了。那么，没有父亲的少年时代您是怎样度过的呢？我总认为少年时代对于每一位诗人的成长都是十分重要的。某种意义上，少年时代决定着诗人以后的写作方向和作品质感。

高桥：我出生后的第105天父亲过世，第106天大姐夭折。我二姐被没生育孩子的姑姑抱走。母亲把我交给爷爷奶奶去了远方的城市打工。因为爷爷奶奶年纪很大了也还在工作，就用母亲每月寄回来的生活费的一部分把我托付给姑姑和别人家。在幼年绝望的孤独中，我学会了幻想和用语言玩耍。虽说每天过着地狱般的生活，但大自然带给我的美丽记忆是无法忘记的。上小学前，母亲从中国天津回国，之后一直到我长大成人都是与母亲相依为命。但由于长久以来没和母亲在一起生活，所以我与母亲之间存在着一种距离感。可正是这种距离感导致的孤独，引领我走进了诗歌。

田：在战后日本现代诗人中，我想再也找不到能像您一样同时创作俳句、短歌、歌舞伎剧本、小说、评论和随笔的诗人了。这一点您可以说是凤毛麟角的存在。您的诗歌中既有俳句的凝练，又有小说的叙述性，甚至还带有戏剧的荒诞性。那么，请您谈谈创作现代诗与创作俳句和短歌的区别在哪里？

高桥：因为从很早就开始写自由现代诗和短歌、俳句等定型诗，所以很自然形成一种生理习惯。在产生写作的冲动时，那种冲动会自然地选择表现形式，所以我从来没有考虑过用哪种形式写，散文也是如此。不知道这样回答你是否满意。

田：去年，受中国一家出版社的委托，您把李白的古诗翻译成了现代日语。在我读完您的译文后，深感这种传神的翻译非您莫属。作为日本诗人，对于通晓中国古诗的您来说，中国古典诗歌是何存在？战前的日本诗人当中，有不少人不仅对中国古诗了如指掌，而且还能写一手地道的中国古诗，这当然跟他们所处的时代使他们受到了良好的汉学教育有关。比如出身于仙台的诗人土井晚翠（1871—1952）就是其中一位，读他的诗能一下子联想到中国古诗的影响。他们的写作或许太依赖于中国古诗的意象和典故，再加上日语语言本身的变化和更新速度的加剧，不足百年，现在再读他们的诗，会产生一种过时感。当然这里不排除他们作品时代的局限性。两年前，中央公论社出版了您的《汉诗百首》，这本书我看得非常认真。您对中国古诗解读的有趣之处就在于您同时是俳句、短歌和现代诗的写作者。您的汉学修养远不低于那些汉学大家。但读您的现代诗作品，却感觉不到中国古诗的影子，您是怎样消化和吸收中国古诗的？

高桥：土井晚翠这一代日本诗人在摆脱俳句和短歌、确立新体诗的过程中，摸索和尝试了各种方法。晚翠是汉语风格，岛崎藤村是日语风格。可理想的诗歌形式应该是森欧外早在15年前翻译的诗集《面影》。他把德国的尼古拉斯·莱瑙和英国的拜伦等诗人的作品按中国古诗体翻译，又把中国的高青邱（明朝诗文家——田原注）的古诗翻译成日语风格。通过森欧外的翻译我们也许能发现日本现代诗的理想形式。虽说战前的土井晚翠有些过于依赖中国古诗，但我还是为战后日本诗人彻底舍弃汉语的丰富资源而感到惋惜。尽管我的努力已为时太晚，但还是希望能恢复汉语资源，丰富日语诗歌。我并不认为自己已消化了中国古诗，只是觉得其实它离我们很近，跟日本诗歌是血脉相连的。

田：在战前战后百余年的日本现代诗人中，请列举五位您认为最好的诗人，其中至少一位是健在的。

高桥：蒲原有明、萩原朔太郎、吉冈实、田村隆一、谷川俊太郎。

田：在与您以往的闲谈中，您曾谈到受博尔赫斯的影响很大。其实，博尔赫斯最推崇的是美国诗人弗罗斯特简洁朴实、寓意深远的诗歌文本。总之，综观您的整体作品，确实跟博学的博尔赫斯的跨文本写作有不少相似之处。能具体谈谈您最喜欢博尔赫斯的什么地方吗？除博尔赫斯之外，影响过您写作的外国诗人、哲学家、批评家和艺术家还有哪些？

高桥：我对博尔赫斯的理解是：世界和自己都是一种虚妄，也正因为是虚妄，自己和世界才得以存在。我觉得这正是博尔赫斯诗歌的出发点，这一点对我有强烈的吸引力。除此之外，我还喜欢里尔克、特拉克尔、荷尔德林、马拉美、巴雷里、洛尔迦、马查多、乌拿木诺、狄金森、庞德、叶芝、爱伦·坡、莎士比亚。同时我还喜欢古希腊的诗人和哲学家、中国古代的诗人和思想家，以及日本古代的大伴家持、紫式部、清少纳言、世阿弥、芭蕉。

田：在最能留下重要作品的中年时期，您为什么没有写下太多的作品？如果从那时完全远离诗歌，您现在还会活在这个世界上吗？即使活在这个世界，请想象一下自己现在是一种什么样的生存状态？

高桥：27 岁到 42 岁的 15 年间是我创作的最大萧条期，即使这样我仍没放弃诗歌。这是因为，即使放弃了诗歌，我也很难对别的事情产生兴趣。而且我不想输给与我同时起步的诗人。就是因为这两个形而下的理由，放弃诗歌这种事，连想象一下都是可怕的，所以根本不可能想象。但在这 15 年间，我阅读了大量的古今中外的古典名著，在国内外的旅行中，观摩了许多境内境外的舞台艺术。这为我后来的复活积累了很多有益的东西。不过，当时我还是拼命地写了。

田：如果重新出生，您会选择什么样的性取向？还会和现在一样选择同性吗？

高桥：性爱面向异性、同性、异生物、无生物、观念。甚至可以面向虚无。现在的性爱对象只不过一种偶然，什么都有可能成为我的性爱对象。即使重活一次，情况应该也是一样的。

田：在与您的闲聊中，我非常震惊的是您的母亲过世后，作为丧主您没有出席她的殡仪。请谈一谈您当时的心情和出于什么原因。之后，仍是通过闲谈我了解到您从年轻时代开始，几十年如一日往家里寄钱，贴补母亲的生活。尤其读到是您刚出版的诗集《直到永远》写给母亲的那首诗《奇妙的一天》里的最后一句："我至爱的、唯一的母亲"这平易的诗句时，非常感动。终于觉得您原来也是一位大孝子。尽管如此，还是无法忘记当初听您说"连母亲的墓在哪儿都不知道"时所受到的震撼和冲击。读完这首《奇妙的一天》后，我突发奇想，地球也许就是您母亲的坟墓。

高桥：没有出席殡仪是因为我知道母亲信奉的宗教不会接纳我这个非信徒，所以没去出席那个宗教式的葬礼。我当时觉得既然是母亲自己选择的宗教，把母亲托付给那个宗教应该是最合适不过的事。后来，在缴纳了永久佛事费不久，收到通知说"以后可再也见不到你母亲的骨灰了"。母亲的墓是我的记忆。怀念者的记忆就是死者的墓地。看得见的墓地不过是形象化了的外形而已。

田：诗人谷川俊太郎半个多世纪以来，深受一代又一代不同年龄层读者们的热爱。我曾在文章里称他是亚洲的普列维尔。其中原因之一我想就是他简约的诗句“轻中有重”、“重中有轻”。当然也跟他诗歌文本的多样化有关，童诗、供专业诗人和普通读者阅读的作品他都有。谷川俊太郎的诗使我终于明白：诗歌的魅力来自感性！当下不少的现代诗作品，不是重轻避重，就是避轻就重。这里的动词“避”乍听起来带有一定主观意识性，其实不然，“避”大多是不自觉的，它跟诗人的气质、天份和语言感觉息息相关。只有“轻”当然经不住回味，只有“重”读者又不知所云，会弃之远去。“轻”和“重”在现代诗里的平衡问题跟一个诗人的能力有关，某种意义上它带有与生俱来的成分，不是谁都能轻易掌握的。古代的李白、松尾芭蕉，现代的普列维尔、谷川俊太郎，他们的诗看似简单，实则深奥。因此，不管岁月过去多么久远，他们都会比一般诗人拥有更多的读者。一个诗人的伟大与否，很大的程度上我觉得在于他的诗是否能长久地影响一般读者，而不是狭隘的诗人小圈子。我曾在闲聊中半开玩笑说过，您的诗中缺乏“轻”。“轻”不是浅薄，它是有效地传播诗歌的声音和获得更多读者共鸣的一条途径。现代诗中的“轻”您是怎么理解的呢？

高桥：为人为诗我都不得不承认自己的沉重。正因如此，我常常憧憬轻快的感觉，那种最终融化在广阔虚无里的轻快。说起轻快，这也是松尾芭蕉最终到达的诗歌理念。芭蕉本质上是一位性格沉重的人，正因为如此，我想他才彻底地去追求轻快。尽管我无意拿自己的沉重跟芭蕉相比较，但最终提倡轻快，又死在这种追求上的芭蕉，对于我是作为一个诗人活着的理想。关于有多少读者的问题，把诗歌的表现追求到极限的马拉美说过这样的至理名言：“与其说一百个读者只读一回，不如说被一个读者反复读上一百回。”我同意这种说法。可是，即使马拉美这么说，但如果被一百个读者读上一百回，比被一个读者读上一百回我想会让诗人感到更欣慰。

田：您的诗歌好像随着您年龄的增长在成长。一般而言，诗人的创造力到了一定年龄都会衰退，您虽过古稀之年，但每年仍有不同的作品出版。请问，随着年龄的增长，您是怎样保持创造力的？

高桥：每一天的到来都让我感到不安，可能就是这种不安使我和世界保持着新鲜的关系。每天遇到的人、物、思想、语言等全都因不安而新鲜。所以，我没工夫使自己更成熟。

田：跟您一起参加过不少次诗歌活动，也一起去过几次国外旅行。不管怎样，我对您旺盛的食欲非常好奇。现在想一想，这也可能跟您旺盛的创造力成正比吧。因此，我在想象您跟我完全不同性兴趣的私生活是不是一定也很激烈和旺盛呢？请允许我触及到了您的隐私。

高桥：人的性欲与其说是肉体莫如说更多是来自心情。如果说肉体，我也许是弱的一类。如果说强烈应该是心情方面更强烈。不管怎么说，性都是深深的黑暗，能够酝酿万物的黑暗。我预感，对性的探求将会成为我今后的一个重要工作。

田：您理解的诗歌的本质和诗人的本质是什么？

高桥：诗歌存在于遥不可知的地方，是无法预先知道时的突然访客。如果问诗人必须做的是什么，那就是要不断地锤炼自己，以便能随时做好迎接它突然来访的准备。贪得无厌地到处搜寻诗歌的材料，我认为对诗人来说是可耻的。

田：您认为诗和性是一种什么关系？

高桥：人是通过性行为诞生的，正因为人的一生无法脱离性意识，诗往往会透过性来表现。也正因如此，我觉得有时忘掉性的存在是必要的。

田：生与死是文学和艺术表现的普遍主题。读您的诗，我发现您好像更偏爱死亡这种意象。而且始终贯穿着您诗歌中的死亡也是极其沉重的。当然这跟您的生命经验、生死观、世界观和价值观有一定关联。某种意义上，人从出生那天，就已经向着死亡靠近。死亡在平等地等待着收割我们。以前我曾在飞机极度颠簸后的一万米高空上问过座位旁边的谷川俊太郎是否害怕死亡，他平静的回答“一点都不畏惧死亡”让我大为震惊。后来我想了想，哦！他是超越了死亡的诗人。您比谷川俊太郎小六岁,都出生于1930年代。您害怕死亡吗?为什么?

高桥:对我来说不怕死是绝对张不开口的。可是,与其说是可怕不如说是痛苦吧。理由是活着尽管包括不安,但活着还是太美好了。与没有达到极其美好的人生诀别是十分痛苦的。

田:在我对战前战后日本文学有限的阅读中,总认为三岛由纪夫在日本文学家中是至高无上的天才。但也愿意努力去理解文艺批判家加藤周一所言及的“他是美国文化的牺牲品”。三岛与靠努力写小说的作家不同,读他的作品,感觉好像是小说在写他。中国在70年代,曾作为批判的反面教材翻译过他的作品。但令人啼笑皆非的是,他的作品一经出版,便很快被许多读者所热爱。三岛可以说是给中国作家带来决定性影响的日本作家之一。他比那些靠什么什么奖进入中国的日本作家更受中国读者的喜爱。但是,至今仍有不少学者和读者认为他是一位军国主义者和右翼作家。三岛对于您来说,我想无论是文学还是精神和肉体都是绕不过去的存在。他到底是一位什么样的人?他的作品中您认为最好的是哪些?三岛让您无法忘却的往事又是什么?

高桥:以前也针对这个话题写过一些东西,我觉得三岛自己是缺乏活着的真实感的人。所以为了获得真实感,不断发表有冲击性的作品、做令人震撼的行动。这样,被媒体报道后,他可以通过大众的反响,获得一瞬间自己存在的真实感。可因为这种真实感维持不了多久,他只有不断制造新的话题。也许唯一获得真实感的是最后剖腹时的剧痛吧。但那种真实感也是转瞬即逝。不管是好是坏,能最大程度反映作者自身的应该是处女作和遗作。那么三岛的《假面的告白》和《丰饶之海》四部曲正可以说是这样的作品。不戴上假面具就无法告白,或者说戴着假面具时最真挚的告白才有可能,这正是《假面的告白》所揭示的。而《丰饶之海》则描述了月面上滴水不见的洼地,在那里发生的事情实际上是什么也不可能发生。我和三岛交往的六年中有很多难忘的记忆,其中印象最深的是他自杀的几个月前曾谈到:“日本没有自己独创的东西。可正因为没有独创的东西,日本这个熔炉在吸收外界各种有独创性的东西并搅拌后,排出的是与原来完全不同的东西。这个内部看似虚无的熔炉实际上正是日本的特色。”他说的这段内容将成为我以后永远的课题。

田:您用一句话概括现代诗的定义是什么?

高桥:如果直面现代这个时代去追求诗歌,诞生的自然而然是现代诗吧。如果故意的把现代性强加进诗歌中,我觉得只会产生出贫乏无力的作品。

田:我曾经拜访过您依山傍海有着一百多年历史的家,那独特的空间感令人难忘。您的家里没有电视。稍后又知道您不用手机,不碰电脑。简直就是在反抗现代文明。现在,不论是中国还是日本,诗人、作家给杂志、报纸和出版社寄稿大都是通过电子邮件。手稿尽管珍贵,但反过来,也恰恰是给编辑带来额外的负担和麻烦。某种意义上,您像是生活在现代社会里的古代人。这是为什么?

高桥:我并不是电脑的抵制者。我只是觉得用铅笔写作的速度和思考的速度同样而已,而且也没有听周围的编辑说过为收到我的手稿感到为难。对我而言,用笔写作是最好不过的状态。但是,我非常满意被你称为“生活在现代社会里的古代人”。不涉及外在的条件,我想作为一个最真实的人活在这个世界上。

田:现代诗最难的地方在哪里?

高桥:把超越现代作为诗歌的目标去写作应该是最为困难的。

田:在您至今为止出版的26册诗集中,您最喜欢的是哪一本?在您创作的所有诗歌作品中,请列举五首您最喜欢的诗。

高桥:最喜欢的仍然是我刚出版的诗集《直到永远》。如果列举五首诗应该是《死去的少年》、《旅行的血》、《信》、《我的名字》和《新疆诗篇》。看来我还是太偏重于自己的新作。

田:随着因特网的普及,网络诗歌诞生了。从不面对电脑的您说不定也许跟网络诗歌无缘。但是，因特网的存在不可无视。这样说并不代表我对网络诗歌抱有极大的关心。我觉得，在不远的将来，无论因特网怎样发达，无论因特网怎样把信息最快地传达给我们，它也最终无法取代发表现代诗的纸张这一媒体。您是怎么看待因特网的呢？

高桥：我对因特网没有偏见，只是与它无缘罢了。诗歌能呈现在各种各样的媒体我认为是一件好事。

田：请描绘一下您百岁时的自画像。

高桥：如果肉体和精神条件允许的话，我仍想鼓足劲头埋头写作和阅读。

田：创作对于您来说意味着什么？

高桥：创作是一种表现，表现不是自我主张，而是自我解放，向着广阔无边的"无"的那种自我解放。

田：您是怎样看待当下日本最年轻一代诗人作品的？

高桥：大家开始议论日本现代诗坛没有新人出现已经过去很久一段时间了。可是，就我而言，我一直相信经过了很长时间，有实力的新一代诗人肯定会出现，而且也必定会出现。因为现代诗作为现代诗的持续，必须不断地交接给那个阶段现代的新力量。比如最近我从青年诗人岸田将幸刚出版的诗集《孤绝之角》里，就看到了他在与诗集同名的孤绝性里肩负起现代诗重任的觉悟，这样的诗人我觉得是靠得住的。新一代的现代诗人没必要借助他人的帮助就能成长是不言而喻的。

田：诗人应该在现代社会里承担什么样的角色？

高桥：诗人应该通过自己的写作让所有的人都认识到：活着不是自我主张，而是自我解放。

田：请列举出您认为战前战后最优秀的女诗人。

高桥:用现在日本的分类应该叫做歌人(短歌的作者在日语中称为歌人,俳句作者为俳人。一般在用别的语言表达时统称为诗人——田原注)的葛原妙子、俳人杉田久子,作为现代诗人存在的是多田智满子。

田:每个国家的现代诗坛甚至都面临着这样一个处境:诗人变得越来越边缘和孤立。当然,我不完全认为原因都在诗人这一边,欣赏力下降的读者也应该承担一部分责任。但主要责任还在于诗人自身。想象力和创造性的衰退、语言的拖泥带水、在创作上的"集团思维"、相互复制的"集体声音"和思想的空洞化、甚至通过诗歌标榜自己的知识和思想等是读者远离现代诗的主要原因。在此,我想问:您是怎样处理诗人与读者关系的?

高桥:先不说我怎样处理诗人与读者的关系,一般而言,是创作者和阅读者双方共同深入并忍耐孤独把作品完成的吧。

田:请您简洁地描述一下日本现代诗的发展轨迹。

高桥:日本的近代诗和现代诗的父亲是欧洲诗歌,母亲是日本和歌和日本语。由于它们的结婚和私通诞生出近代诗和现代诗并促使了它们的成长。或许也跟衰弱的历史有关。

田:日常生活中,对您最重要的是什么?

高桥:是我在日常生活中碰到的一切。脱离它们诗意的栖居是不可能的。正是因为磨练在日常生活中碰到的一切才使我们的生存有了意义和内涵。

田:我个人觉得世界上的现代诗大致来自于地球上的资本主义国家、社会主义国家和殖民主义国家这三大版图。诗歌因它诞生的文化环境、自然环境和政治环境以及宗教环境的不同会产生一点点差异,但具有超越覆盖性和视野开阔的诗人在表现的主题上基本没有太大的差别,无外乎是面对人类共通的问题意识和喜怒哀乐抒发自己的情怀和发出自己的声音,而不是局限在自己狭隘的自我中心式的个人恩怨中。因此,他们用自己的诗歌超越了自我。这也是我想问您的一个问题:诗人怎样才能超越自我?

高桥:并不是诗歌为诗人存在,而是诗人为诗歌存在。剩下的诗歌会替我们来思考吧。

田:您诗歌中的"我"是离现实中的"我"近,还是离想象和虚构中的"我"近呢?

高桥:即使我认为是现实中的"我",但作品诞生后,它说不定已经变成虚构的"我"了。

田:博尔赫斯曾在文章里称日本诗歌中只有对照没有比喻,我想他读到的应该是俳句或短歌而不是日本的现代诗。日本现代诗里同样有很丰富和鲜活的比喻。在此我想问您的是:随着文化和信息的发达和全球化,俳句和短歌在表现现代人的心灵时是不是有一种局限性?

高桥:即使博尔赫斯读俳句短歌,也不过是在极其有限的范围之内吧。我认为俳句短歌虽短,正因为在表现上有局限才显得丰富。现代诗能表现的俳句短歌确实有无法表现的东西,反之亦然。对我来说,论述两者的优劣是没有意义的。至于说到比喻,俳句短歌是从来不考虑把现实世界用于比喻的。

田:中国古典诗歌和日本俳句甚至佛教禅宗中"无"的境界怎样才能有效地被现代诗所采用呢?

高桥:我从来没想过把"无"采用到自己的诗歌写作中。虚心读书、虚心写作。"无"不是刻意地去采用,而是需要它自己体现出来。

田:至今在您阅读到的中国现代诗作品中,哪些诗人给您留下了深刻印象?

高桥:屈原可以说是中国的俄耳甫斯,他是中国诗人受难的一条大源流。中国一直到黄遵宪和鲁迅为止受难的只是官僚和杰出人物。可是,我认为朦胧诗以后诗人们的受难是在作为一个个民众的受难里呈现出现代诗的特性的。最为典型的代表就是流浪海外的北岛和留在国内的芒克。他们都具有强烈的魅力。最近的北岛经过痛苦的半生后,敢于肯定并接受这受难的人生,他对命运的热爱着实令人感动。芒克虽说长年停笔让人觉得遗憾,但是,去年八月号《现代诗手贴》(这期杂志发表了"面对四川大地震,此刻,诗歌的力量是什么?"特辑。由诗人田原组稿,中日两国的诗人、作家和艺术家参加,呼吁日本的诗歌界和文学界向灾区捐款也是目的之一)上,他为四川大地震遇难者写的那首追悼诗比任何诗人的作品都更充满深刻的悲痛,让人真实地感觉到了他诗心的健在。还有,骆英的最新诗集《小兔子》尖锐地捕捉到现代社会的悲惨结局,令人惊叹。

田:通过您阅读到有限的中国现代诗,您认为中日现代诗的不同点在哪里?

高桥:中国现代诗里显著的受难的命运性是日本现代诗里所没有的。作为一位日本现代诗的相关者,我切实羡慕这一点。对于现在的日本现代诗人可能的是:把没有受难的受难视作受难,把没有命运的命运视作命运彻底地生活。鉴于这种思考,比起经历了种种困难的中国诗人说不定更具有生存的意义。

2009年12月16日至20日东京——仙台

本辑作者简介

姜涛 1970年生于天津，1989年考入清华大学攻读生物医学工程专业，2002年于北京大学中文系获文学博士学位后留系任教。著有《“新诗集”与新诗的发生》、诗集《鸟经》及译著《现实主义的限制——革命时代的中国小说》等。

杨小滨 生于上海，耶鲁大学文学博士。历任上海社科院、美国密西西比大学、北京师范大学、台湾“中央研究院”、台湾政治大学等教授、研究职务。著有《否定的美学：法兰克福学派的文艺理论和文化批评》、《历史与修辞》、*The Chinese Postmodern* 等。另著有诗集《青春残酷汉语·诗歌料理》(2007)、《景色与情节》(2008)等。

周瓒 1968年生于江苏，1999年于北京大学获文学博士学位，现为中国社会科学院文学所副研究员。出版论著《当代文学研究》(合著)、《透过诗歌写作的潜望镜》，诗集《松开》等。

王敖 诗人，生于1976年。文学博士，曾就读于北京大学、华盛顿大学和耶鲁大学。现任教于美国三一学院(Trinity College)，教授亚洲文学课程。

许莎莎 2005年考入北京大学中文系，现为北京大学中文系现代文学专业2009级硕士生。

张松建 1972年生于河南方城，新加坡国立大学哲学博士，清华大学人文学院博士后，现为首都师范大学文学院副教授，著有《现代诗的再出发：中国四十年代现代主义诗潮新探》、《抒情主义的政治》(即出)等。

吴晓东 1965年生，1984至1994年于北京大学中文系读书，现为北京大学中文系教授，著有《阳光与苦难》、《象征主义与中国现代文学》、《记忆的神话》、《镜花水月的世界》、《从卡夫卡到昆德拉》、《漫读经典》、《文学的诗性之灯》等。

高桥睦郎(Takahashi Mutsuo) 日本当代著名诗人、作家和批评家。生于福冈县北九州市,毕业于福冈教育大学文学部。从少年时代开始同时创作短歌、俳句和现代诗。21 岁出版处女诗集《米诺托,我的公牛》。之后,相继出版有诗集和诗选集 27 部,短歌俳句集 9 部,长篇小说 3 部,舞台剧本 4 部,评论集 13 部,随笔集 9 部。

松浦恒雄(Matsuura Tsuneo) 1957 年生于日本大阪,神户大学文学院硕士毕业。现为大阪市立大学文学院教授。与人合著有《中国的宣传艺术》、《越境的文本》等。先后翻译有台湾诗人痖弦的诗集《深渊》、《台湾现代诗系列之二》、《客家的女性们》、《文明戏研究的现在》等。

田原 诗人,文学博士。1965 年生于河南郾城(今漯河市),上世纪 90 年代初赴日留学,现在日本国立东北大学任教,并同时兼任东京大学外国人研究员。先后出版过《田原诗选》等五本诗集。在日本出版有用日语创作的诗集《岸的诞生》、《石头的记忆》和多部文论集等。

蔡明谚 1977 年生,台湾台中人。新竹清华大学中国文学系博士,现任职于成功大学台湾文学系。主要研究领域为现代文学、台湾文学。著有《龙族诗刊研究》(2002)、《一九五〇年代台湾现代诗的渊源与发展》(2008)。

李斌 1982 年生,四川省南部县人,现为北京大学中文系博士生。

编后记

90年代以来的文学批评遭遇了较大的历史困境，丧失的是应对社会和时代的能力，以及自身对社会历史的介入视野和对现实政治的审视功能。这种介入视野和审视功能的失落也同时表现在诗歌批评领域。在这个意义上，本刊“观察与言论”栏目中的两篇文章表现出令人欣喜的思考与探索。

姜涛的《巴枯宁的手》一文展示了开阔的历史和问题视野，借助于对现代史和当代史的反观，思考的是诗人以及知识分子与现实和历史的关系。作者从肖开愚的《下雨——纪念克鲁泡特金》这首诗以及其中的“巴枯宁的手”的意象出发，首先勾勒了20世纪中国知识分子几种观看风景的方式，以及“看风景”中所蕴涵的诗学姿态与身份政治，认为中国诗人在把“历史风景化”以及“历史个人化”的同时，也意味着对现实利害关系的超越，意味着甩脱历史担当后的轻逸。作者进而从“巴枯宁的手”的意象中打捞出影响了中国现代的无政府主义传统和资源，并兼及融进了革命时代互助理想的儒家遗风，揭示出在肖开愚的诗中所存在的一种斑驳和复杂的语义系统，有助于在文学的现代主义与政治的现代主义潮流之外还原诗歌历史的复杂化图景。在此基础上，文章认为：“诗歌能否唤醒潜在的政治性，还是要寄托于对自身位置及历史脉络的沉思上，诗歌社会场域的重构，不仅要考虑写作的外部功能，它同时也应在写作内部发生。它必须提供一种关于文学生活的全新理解，必须有能力置身于当代精神生活的危机之中，而不只是一如既往地陷入伦理与美学的习见冲突。”从而对诗歌怎样唤起介入和承担意识提供了具体而独特的思考视野。文章兼具诗人的智性领悟和学院的知识考掘的双重批评风格，试图寻找的是文本与历史、诗学与政治相结合的具体途径。作者借助诗歌文本洞察历史，并使“历史的肌理”结构在文本的脉络中，为渐趋苍白的诗歌批评乃至文学批评提供了一种值得体味的方式,也意味着诗歌批评语言的某种新维度的生成以及诗歌的自省方式从内部生长出来的自觉。

杨小滨的《中国当代诗中的文化转译与心理转移》探讨了构成诗歌史一个重要诗学现象的当代中国诗人在诗中关于西方(后)现代主义诗歌大师的具体书写,认为这种书写"是将西方的伟大心灵转译到中国语境中的一种方式"。文章借用拉康的移情理论探讨当代中国诗人如何以不同方式响应西方的"他者",归纳了在这种文化迻译过程中的三种不同倾向,进而勾勒了中国诗人在吸纳与对待西方大师的不同姿态中透视出的主体建构的历程。文章对诗歌文本的精细解读,对主体历程的具有精神分析深度的描述,都有助于理解 1980 年代以来中国诗歌主体实践的文化轨迹。

王敖的《怎样给奔跑中的诗人们对表:关于诗歌史的问题与主义》在本刊 2008 年第 2 辑上发表之后,西川在本刊 2009 年第 2 辑上发表了一篇"回应"文章《中国现代诗人与诺斯替、喀巴拉、浪漫主义、布鲁姆——读帕特丽卡·劳伦斯著〈丽莉·布瑞斯珂的中国眼睛〉,并回应王敖〈怎样给奔跑中的诗人们对表:关于诗歌史的问题与主义〉一文》,对如何看待中国新诗中的浪漫主义问题提出了若干质疑。本期在"问题与事件"专栏中登出王敖对西川的"回应"文章的"回应"——《关于〈对表〉一文的澄清》。这些文章都有助于深化关于浪漫主义问题的认识。浪漫主义不仅仅涉及新诗的文学资源问题,也涉及对 18、19 世纪西方文化传统的认知和传承问题,对这一议题的深入探究,有助于重新蠡测 20 世纪中国文化版图。在中国文学界近几十年持续表现出对西方 20 世纪文学潮流,尤其是对现代主义的极大热情之后,重新探索 19 世纪之前的文学和文化遗产,是一个值得重视的文学视野。本刊有意愿进一步提供关于浪漫主义问题的讨论空间,计划今后继续刊登浪漫主义专题。

许莎莎《从神坛走向狂欢——未名高校诗歌节文化符号意义阐释兼论诗歌现状》一文聚焦北京大学高校诗歌节,通过对未名高校诗歌节文化符号建构的分析,窥测当代诗歌和高校诗歌写作的现状和问题,呈示出一种诗歌事件的"现场"感。

在本期推出的“诗歌史研究”栏目中，张松建的《论中国现代诗学中的“抒情主义”：兴起、流变与后果》一文对新诗理论中的“抒情主义”这一重大议题“从理论与历史、现代性与传统、科技与市场的多重角度，展开繁复的辩难”。作者认为：现代中国诗学中的一些观念、理论和文学事实的争论（例如诗体、抒情性、叙事性、形象化、语言、想象力等等）都是在“抒情主义”这个基本的“结构”中展开的。作者对“抒情主义”问题的讨论，兼及审美与政治、幻想与现实、理论与历史的诸种维度，展示出开阔的理论视野和扎实的史料钩沉能力。

本期有特色的还有“翻译与接受”栏目。两位日本诗人和学者高桥睦郎与松浦恒雄呈现了日本语境对中国当代诗人的独特的认知和异域的理解。高桥睦郎的《现在时的启示录》把诗集《小兔子》中的“启示录的末世论”与百年前里尔克的关于死亡的深刻思考建立起了跨时空和文化的关联性。松浦恒雄在《小兔子》译后记中进一步挖掘了诗人“从城市文化所抵达的目的地中发现了人类生存的最终目的地；从城市人的性与死所抵达的目的地中发现都市文化目的地”的当下内涵。两篇文章经过旅居日本的诗人和学者田原的翻译呈现给中国读者，展示了一种诗歌理解和接受的跨语际性质。这种跨语际性质也在蔡明谚的《里尔克在1950年代的台湾现代诗坛》一文的翔实与深入的梳理和讨论中得到体现和印证。

本期关于日本诗人高桥睦郎的访谈也同样值得关注。

《新诗评论》到这一辑之前，已经共出版了10辑。本刊虽然注重新诗史研究和史料的整理，但也始终保持对当下诗歌状况的关注，在甘居“后场”的同时，也力图向“现场”开放，并始终力图凸显新诗史研究中的“问题意识”，关注当下诗歌写作及理论的热点问题。在此也真诚欢迎《新诗评论》的读者就本刊今后的编辑思路、方针和走向提出宝贵意见，谨致以衷心的谢忱。